KB243068

아트
메이지

Art
Mage

①

기천검 판타지 장편 소설

FUSION FANTASY STORY & ADVENTURE

dream
books
드림북스

아트 메이지 /
극단 노리터

초판 1쇄 인쇄 / 2008년 5월 30일
초판 1쇄 발행 / 2008년 6월 10일

지은이 / 기천검

발행인 / 오영배
편집장 / 김경인
펴낸 곳 / (주)삼양출판사 · 드림북스

주소 / 서울특별시 강북구 미아8동 322-10호
대표 전화 / 02-980-2112~4 팩스 / 02-983-0660
편집부 전화 / 02-980-2116 팩스 / 02-983-8201
홈페이지 / www.sydreambooks.com

등록번호 / 제9-00046호
등록일자 / 1999년 3월 11일

ⓒ 기천검, 2008

값 8,000원

(주)삼양출판사 · 드림북스의 서면 허락 없이는 어떠한
형태나 수단으로도 이 책의 내용을 이용하지 못합니다.

ISBN 978-89-542-2632-5   04810
ISBN 978-89-542-2631-8   (세트)

* 지은이와 협의하에 인지는 생략합니다.
* 잘못된 책은 구입한 곳에서 바꾸어 드립니다.

기천검 판타지 장편 소설
1
FUSION FANTASY STORY & ADVENTURE
극단 노리터
아트메이지
Art Mage

목차

전업 작가로서 살아온 지 5년.

그동안 4개의 작품을 썼지만, 작가서문은 처음이네요. 이 글이 작가서문으로는 등단인 셈이군요.

작년 6월 이후 1년이 조금 못 되는 시간이 흘러서야 출판을 하게 되었습니다. 너무 오랫동안 글을 쓰지 못했습니다. 그저 지금까지 기다려 준 여러분에게 감사할 따름입니다.

좌절이란 누구에게나 찾아옵니다.

남자에겐 남자의 좌절이 있고, 여자에겐 여자의 좌절이 있습니다. 아이는 어려서 느껴야 할 좌절이 있고, 어른은 어른이기에 찾아오는 좌절이 있습니다.

학생은 학생이기에 가지는 좌절이 있고 직장인은 또 직장인이기에 가지는 좌절이 있습니다. 좌절은 저에게도 찾아오는 것이더군요.

작년 이맘 때.

참 많은 일이 있었습니다. 대부분은 실망스럽고 힘든 일이었습니다. 심지어 작가로 살아가는 것조차 힘겹다는 생각이 들 정도로 회의를 느꼈습니다. 다른 직업을 생각하기도 했습니다.

술도 많이 마셨고 체중도 불었습니다. 그나마 자신 있던 체력도 약해졌습니다.

마냥 힘들어 하고 있을 때 놀라운 사실을 알게 되었습니다. 이렇게 망가지고 있음에도 저를 믿고 기다리는 독자분이 있더군요.

그래서 다시 시작하자고 마음먹었습니다. 결국은 이 길이 제가 끝까지 달려가야 할 길임을 알았습니다.

작년 11월.

나 자신과 싸워 이기겠다는 결심을 하고 마라톤을 시작했습니다. 아직은 10km와 하프코스만 간신히 달리는 중이지만 언젠가는 풀코스도 가능하겠죠.

아직 독자 여러분에게 버림받았다고 생각하지 않습니다. 결코 포기하고 좌절하지 않겠습니다.

이 작품에 여러분의 사랑을 보여 주세요. 저도 제 각오와 결심을 풀코스 완주로 보여 드리겠습니다.

아무리 외롭고 힘들어도 한 번에 한 걸음씩 꾸준히 달리겠습니다. 끝까지 믿고 기다려 준 모든 분들에게 감사드립니다.

어느 따스한 봄날, 기천검

Prologue

Q: 지금까지 연기한 배역 중 가장 애착이 갔던 배역은 누구인가요?

A: 글쎄요, 배우란 어떤 역을 맡던 그 인물이 되어야 하니 특별히 애착이 가는 배역이라는 질문은 좀 곤란한데요?(웃음) 일단, 얼마 전에 크랭크업 한 〈건달과 공주〉의 '상찬' 이 무척 인상적이었습니다.

아무래도 제가 처음 연기자로서 시작할 수 있었던 '강 변호사' 역이 아직은 가장 애착이 간다고 할 수 있겠네요.(웃음) 그리고…….

…〈중략〉…

연극계에서 기초를 닦은 배우 성훈은 탄탄한 연기력으로 TV와 영화계에서도 캐스팅 0순위로 꼽히고 있다.

세계에 진출한 한국 배우들 중에서도 가장 성공한 사례로 꼽히는 그이니, 첫 주연을 맡은 〈건달과 공주(Scamp and Princess)〉에 전 세계 사람들의 이목이 쏠리는 것은 당연한 일이다.

그가 주연을 맡은 첫 할리우드 진출작인 〈건달과 공주(Scamp and Princess)〉는 세계의 주목을 받으며 개봉 당일 100만 관객 동원에 성공했다. 앞으로 그의 차후 행보가 기대된다.

——무 비 월드(movie world) 6월호 중에서

자신의 기사를 읽으며 성훈은 쓴웃음을 지었다.

'그리고 귀선문의 후계자이기도 하지. 영화만으로도 정신 집중하기 힘든데.'

본의는 아니었지만 성훈에겐 또 다른 신분이 있었다. 지킴이의 갈래 중 하나인 귀선문(鬼仙門)의 전수자였던 것이다.

"성훈아, 시간 됐어."

매니저가 손목시계를 톡톡 두드리며 성훈을 부른다. 성훈은 읽고 있던 잡지를 내려놓으며 매니저에게 물었다.

"왜 혼자 오라고 했는지 알아, 형?"

"글쎄다. 오늘은 그냥 얘기만 나눠보고 싶다고 하던데. 혹시 그 여자가 너에게 반한 거 아냐?"

"형, 농담도……."

"그래도 스캔들은 안 된다, 성훈아. 지금이 중요해."

 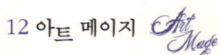

"아, 알았어요. 내가 그걸 모를까봐?"

농담이라 일축하면서도 정말 그런 거면 어쩌나 싶기도 했다. 성훈은 호텔 로비에서 매니저와 헤어지며 엘리베이터 타는 곳으로 향했다.

21세기에 접어들며 문화산업은 새로운 고부가 산업으로 떠올랐다. 영화 한 편의 수익이 소국의 1년 예산을 뛰어 넘었다. 소설 하나는 수조 원의 경제 효과를 창출하기도 했다.

문화산업이 가지는 가장 큰 장점은 어떻게든 흥행에 성공만 한다면 2차적인 다양한 콘텐츠의 창출로 지속적인 수익을 기대할 수 있다는 점이다.

대한민국이 인터넷 강국이라고 떠들어대지만 그에 따른 부작용도 만만치 않다. 저작권에 대한 인식이 희미하고 불법복제와 무분별한 파일공유로 인하여 다양한 문화매체들의 시장이 위축되어 고사 직전까지 몰렸다.

심지어 자국에서 인정받지 못한 소재가 타국에서 상업성과 작품성을 인정받는 현상이 벌어지기도 했다. 그로 인한 문화 역수입이 계속 발생하자 그제야 한국 정부는 문화산업에 대한 중요성을 깨닫게 되었다.

굴뚝 없는 산업이라 불리는 각종 문화산업에 대한 투자와 지원을 시작하고, 그로 인해 각종 영화 및 드라마의 해외 수출이 이뤄졌다.

한국의 영상매체가 해외로 수출되자 소위 한류스타가 탄생하게 되었다. 성훈은 그런 의미에서 시운을 잘 탄 배우였다.

세계 10대 그룹에도 꼽히는 태양그룹이 영화산업에 뛰어든 것은 정부의 문화산업에 대한 정책이 바뀌기 조금 전이었다. 태양그룹은 막대한 자본력을 바탕으로 영화사를 창립했는데 그것이 바로 태양필름이다.

영화계에서 태양필름의 대표를 모르는 사람은 없었다. 성훈도 마찬가지였다. 영화사 창립식에 초대받아 인사도 나눴었다. 그때 기억으로 영화사의 대표를 하기에 너무 젊고 아름다운 여자였다.

그런 그들이 성훈에게 먼저 손을 뻗었다. 성훈도 선뜻 거절할 수 없었다. 앞으로 태양그룹 계열사와 CF를 찍을 생각이 없다면 혹시 모르겠지만.

"그런데 정말 꼭 이런 호텔에서 만나야 되는 건가?"

성훈이 엘리베이터 안에서 내내 투덜거렸다. 하다못해 시나리오라도 던져주며 배역에 관한 언질을 줬다면 모르겠다. 그런데 이건 무작정 얼굴부터 보자고 하니 기분이 나빴다. 그것도 직접 찾아오라는 것이었다.

연신 투덜거리면서도 태양필름의 대표가 초청한 스위트룸에 들어갔다.

"아무도 없잖아."

스위트룸에 들어선 성훈이 중얼거렸다. 별다른 기척도 느껴

 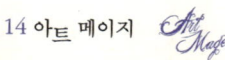

지지 않았다. 기척이 없다는 점이 묘하게 신경 쓰였다. 뭔가 불길한 예감에 방에서 나가려 했다. 그러나 나갈 수 없었다.

"오랜만이군. 아니, 직접 보는 건 처음인가?"

문이 열리며 낯선 사내가 들어섰다. 다부진 체격에 실크 소재의 고급 양복을 입고 있었다. 실내임에도 선글라스를 쓴 그는 성훈에게 반갑다는 듯 손을 흔들어 보였다.

'위험하다.'

사내가 반가운 제스처를 보였지만 성훈은 긴장했다. 침을 삼키며 상대를 노려봤다. 그만큼 상대가 주는 위압감은 보통이 아니었다.

"감각이 좋군. 요력을 감췄는데도 눈치챈 모양이야."

"누…… 누구……?"

"알고 있을 텐데. 설마 네게 기생하는 영혼이 가르쳐 주지 않았나?"

사내의 말에 성훈이 침을 삼켰다. 사내는 아무도 모르는 비밀을 알고 있었다.

성훈이 긴장하는 모습에 사내가 피식 웃으며 말했다.

"내 이름은 헌원이다. 옛날엔 인간이었지만, 지금은 요괴지. 인간의 본성은 버렸지만 유감은 없어. 덕분에 나이보다 젊게 보이니까. 누가 내 얼굴을 보고 몇천 년을 넘게 살았다고 생각하겠나."

헌원이 농담을 했지만, 성훈에게 재미를 주지 못했다. 그보다는 극심한 위기감이 전신을 짓누를 뿐이다. 또 한편으로 헌원이 어떻게 자신의 비밀을 아는지도 궁금했다.

"어떻게 알았죠?"

"전에 인면충과 싸웠던 것을 기억하나? 나는 인면충의 눈을 통해 자네를 봤지. 자네의 몸엔 예전에 나와 싸웠던 자가 숨어 있을 거야. 아, 그런 눈으로 보지 말라고. 나처럼 술법사와 수천 년간 싸우면 그 정도는 저절로 알게 되니까."

헌원이 너스레를 떨며 친근한 척했다. 그러나 성훈은 안심할 수 없었다.

상대는 수천 년을 살아온 대요괴다. 고대의 황제로서 이름을 알렸으며, 농사를 처음 가르친 신농씨라 불리기도 한 인물이다.

그렇게 뛰어난 인물이 요괴가 되어 수천 년을 살아왔다. 그렇지 않아도 뛰어났던 인물이 세월이 준 지혜까지 얻었을 테니.

헌원이 다가섰다. 성훈이 침을 삼키며 물러서려 했지만 소파에 가로막혔다. 그 광경에 헌원은 헛웃음을 머금으며 탁자에 놓인 와인을 잔에 따랐다.

"내가 비록 요괴가 되었지만 인류의 역사와 함께했네. 당연하게도 그동안 많은 힘을 가지게 되었지. 그 힘으로 지금까지 많은 일을 해 왔지. 전 세계의 경제를 암중 조정하는 게 바로 날세. 나야말로 세계의 진정한 지배자란 말일세."

헌원이 말을 잇는 동안 성훈은 상단전의 기운을 운기하며 마음을 진정시켰다. 헌원의 속셈이 무엇인지 모르지만 당장은 대화를 하며 시간을 끌 때였다. 성훈은 침을 삼키며 질문을 던졌다.

"저를 어떻게 할 생각이죠?"

성훈이 질문했다. 헌원이 어깨를 으쓱거리며 대답했다.

"일단 겉으로 드러난 신분만으로는 어찌할 생각이 없네."

헌원의 대답에 성훈은 미간을 찌푸렸다. 드러난 신분은 헐리웃 진출에 성공한 한류 스타다. 헌원은 말하지 않았음에도 숨겨진 신분을 알고 있다.

헌원이 말했다.

"미안하지만 죽어줘야겠네. 자네 같은 술법자는 좀 성가시거든. 나는 아무 방해 없이 자네의 나라를 무너뜨리고 싶다네."

헌원은 황제라 불리며 치우천왕과 맞서다가 패했던 인물이다. 치우천왕에게 패하였으나 한족을 다스리던 왕. 그 힘이 결코 작을 리 없었다.

그 힘과 치우천왕에게 패한 원한에 대한 집착은 더욱 강한 힘을 가진 요괴로 다시 태어나게 했다. 헌원은 그것을 이용하여 쥬신 제국을, 치우의 피를 물려받은 한민족의 번영을 막아왔다.

자중지란을 일으켜 광활한 요동지역을 잃게 만들어 반도국가에 머물게 한 것은 물론이요, 일제강점기나 지금의 혼탁한 정치판을 만들어 국민 대다수가 외면하는 상황에 이르기까지, 그 모든 것이 헌원이 조작한 것이었다.

"하여간 성가신 민족이야. 이렇게까지 끈질기게 살아남다니. 놀랍지 않은가? 뭔가가 계속 삐걱거리면서도 이상하게 잘 극복한단 말이야. 오랜 세월을 지켜봤으면서도 이해할 수가 없어."

헌원이 정말 알 수 없다는 듯 어깨를 으쓱거렸다. 성훈은 헌원을 노려보며 말했다.

"이 나라가 그렇게 싫다면 무슨 이유로 나를 부른 겁니까? 태양필름에서 나를 초대할 때 선뜻 거절하지 못한 이유가 당신 때문이었습니다. 누군가 암중에서 저를 후원한다고 하더군요. 그럼에도 나를 후원하려 한 건 무슨 이유죠? 우리 영화산업의 발전은 뜻하는 바와 다른 것 아닌가요?"

"네 말이 맞아. 모순이지. 훗! 아직도 모르겠나? 거짓말한 거야."

헌원은 태연히 웃으며 와인 잔을 들어 한 모금 마셨다. 성훈은 할 말을 잊었다.

'그 이야기들이 다 거짓말이라고? 한국 영화를 세계무대에 세우겠다는 것도, 문화 사대주의 때문에 묻힌 우리 고유의 문화와 우리의 좋은 소재들을 발굴하겠다는 것도. 그래서 일본 애니메이션 시장과 미국 헐리웃 시장을 뛰어 넘겠다는 것도

모두……'

　지금까지 흔들리지 않던 성훈이 분노했다. 성훈이 분노하고 있음에도 헌원은 신경 쓰지 않고 말을 이었다.

　"처음엔 적당히 미끼를 던지고 요괴를 보내면 해결될 줄 알았네. 그런데 늘 실패하더군. 그때야 알게 됐지. 내가 너무 쉽게 생각했다는걸. 어쩌겠나? 밟으면 밟을수록 잡초처럼 자라나는 이 나라, 이 민족의 특징이겠지. 그래서 자네만큼은 내 손으로 직접 죽이기로 했네. 정 안되면 요력을 주입해서 동류로 만드는 것도 방법이겠지."

　"제, 젠장……."

　헌원의 말이 끝나기 무섭게 성훈이 뒤쪽으로 점프하며 소파를 뛰어넘었다. 부족한 육체의 힘을 충만한 공력으로 대신했다. 그러는 한편 품에서 부적을 꺼내 헌원에게 내던졌다.

　"발화!"

　누런 괴황지가 날아가더니 헌원의 몸에 달라붙었다. 그와 동시에 화염이 일어났다. 발화의 술법은 부적이 붙는 그 자리에 화염을 일으킨다.

　강렬한 화염과 항마척사의 기운을 동시에 품고 있어 어지간한 요괴는 감히 대항하지 못한다. 물론 헌원 정도의 대요괴가 그 정도에 쓰러지지 않겠지만, 나름 자신이 있었다. 공격은 발화 하나만이 아니기 때문이다.

　"광염탄."

성훈이 술법의 이름을 외치며 손끝으로 빛의 구슬을 퉁겨냈다. 이미 화염에 쌓인 헌원의 몸을 향해 빛의 구슬이 날아가 부딪쳤다.

콰쾅!

다급한 상황에서도 법력을 다한 덕분인지 강렬한 폭음이 주변을 휩쓸었다. 그 여파로 멀쩡히 있던 탁자가 박살이 날 정도였다. 이만하면 사나운 맹수라도 갈가리 찢기고 말 위력이건만!

"제법이군. 술법을 익힌 지 얼마 되지 않았을 텐데. 내 예상을 넘어서는 성장이야."

폭발의 여파로 탁자와 소파가 박살나며 일어난 먼지가 가라앉았다. 먼지가 가라앉으며 시야가 확보되자 멀쩡히 서 있는 헌원의 모습이 보였다. 성훈도 자신의 얄팍한 실력으로 헌원을 물리쳤으리란 생각을 하지는 않았다.

누가 뭐라도 상대는 헤아릴 수 없이 많은 술법사들을 상대했던 대요괴가 아닌가. 그에 비해 성훈은 연기자로는 몰라도 술법사로는 햇병아리다.

"그래도 조금은 다쳤을 거라고 생각했는데……."

"내가 쓰러진 것을 기대한 건 아니군."

"나도 그렇게 바보는 아니니까."

성훈이 대답하며 얼른 식지를 물려고 했다. 영사필법의 술법을 사용하려는 것이다. 그러나 상대는 노련한 대요괴였다.

"쓸데없는 짓은 그만 두는 것이 좋아."

헌원이 가볍게 손을 퉁겼다. 동시에 성훈의 입에서 피가 터졌다. 별다른 예비동작이나 요력을 끌어올리는 기색도 없이 펼친 일격이었다.

"나처럼 오랫동안 살게 되면 이런 일도 가능하지. 인위적으로 공기를 조종해서 공격해 본 거네. 적당한 곳에 적당한 압력을 집중했다가 한꺼번에 터뜨리는 거야. 별로 큰 힘이 필요하지 않는데도 의외로 유용하더군."

헌원은 성훈 정도는 쉽게 죽일 수 있다고 생각하기 때문인지, 자신의 수법을 설명하는 여유까지 보였다. 그러나 당하는 입장에서는 치욕이었다. 성훈도 헌원의 의도를 모르지 않았다.

헌원이 자신의 수법을 일일이 설명하고 가르치는 것은 호의가 아니었다.

모욕하고 비웃기 위한 것이었다. 자존심과 긍지의 한 조각까지 산산이 짓밟고 부숴 으깨 버리려는 것이었다.

"이대로 당하진 않아."

성훈의 가슴에 헌원에 대한 증오가 뿜어졌다.

"그냥 내버려두면 연기나 하면서 잘 살 사람을 왜 자꾸 건드리는 건데?"

헌원이 치우에 대한 증오와 집착으로 요괴가 되건 말건 성훈의 관심 밖이다. 나라의 정기를 엉뚱하게 흘려보냈다는 말을 들었지만 별로 밉다는 생각도 들지 않았다. 그러나 연기에 대한 열정을 이용했다는 말에서는 화가 났다. 더구나 자신의 목숨을 노리는 바에야 그냥 당할 수는 없지 않은가?

성훈은 입가에 묻은 피를 훔쳐냈다. 영사필법의 술법에 반드시 필요한 것이 바로 술법자 자신의 피다.

식지를 물어뜯지 않았고 자의로 흘린 피는 아니지만 입으로 토한 것도 자신의 피. 영사필법을 쓰기에 부족할 이유가 없었다.

성훈은 입가의 피를 손가락으로 훔쳐내더니 허공에 '蒼龍'이라는 글자를 새겼다.

캬오옹—

성훈의 의념이 피를 통해 구현되며 용이 나타났다. 법력이 약해 오랜 시간 형상을 유지하기는 힘들겠지만, 그래도 용의 기운을 가진 존재니만큼 헌원을 상대할 수 있을 것 같았다.

"가라, 창룡이여!"

성훈의 외침을 따라 창룡이 날아갔다. 입에서 토해지는 울림에는 항마척사의 기운이 담겼다.

푸른 비늘을 번쩍이며 헌원을 칭칭 감았다. 인간을 뛰어넘는 신수가 대요괴의 몸을 조이더니 입을 벌려 목덜미를 물었다.

창룡이 싸우는 동안 성훈은 현현천뇌공이라는 심법을 끌어올렸다. 법력을 끌어올리기 위한 것이었다. 심법을 운용하자

주변의 기운이 상단전으로 흡수되었다.

상단전에 유입된 기운은 중단전으로 하단전으로 흘러 내려갔다가 온몸으로 퍼져 나왔다.

끊임없이 공력을 끌어들이면서도 정신은 헌원에게 집중했다. 생사의 위기에서 극도로 발휘되는 정신력 때문일까?

성훈의 이마 한가운데 눈 하나가 생겨났다. 신목안(神目眼)이었다.

신목안은 영의 눈이다. 육안으로는 보이지 않아 보통 사람은 발견할 수 없어 신경 쓸 이유가 없다.

신목안은 금정화안의 술법을 사용하는 것과 비슷한 힘을 가지고 있다. 오직 인연이 있는 이에게만 닿는 것인데 성훈에겐 너무 쉽게 열렸다.

"신목안을 얻었군. 축하할 일이야."

헌원은 창룡의 공격을 받으면서도 여전히 여유를 보였다. 그 사이 성훈의 술법이 완성되었다.

"음양쟁투(陰陽爭鬪) 뇌전(雷電)!"

성훈의 외침에 따라 헌원의 머리 위에 뇌전이 떨어졌다. 창룡이 감싸고 있어 움직일 수도 없던 헌원은 허공에서 내리꽂히는 뇌전을 온몸으로 받아냈다.

콰콰콰쾅!

강력한 위력에 헌원을 감싼 창룡마저 사라져 버렸다. 뇌전의 위력을 고스란히 받아낸 헌원의 육신은 숯덩이로 변하더니, 그조차 순식간에 재만 남겼다.

성훈은 숨을 몰아쉬며 자리에 주저앉았다.

"하악, 하악, 이긴……건가?"

성훈은 자신이 해낸 일이 믿기지 않는 듯 남겨진 재를 손으로 움켜쥐었다. 그때 성훈의 뇌리에 누군가의 의념이 전해졌다.

『아직 아니네. 금위신갑을 펼쳐야 해.』

"금위신갑(金衛神甲)!"

전해지는 의념에 따라 성훈은 생각할 겨를도 없이 금위신갑을 펼쳤다. 거의 비슷한 찰나에 예리한 칼날이 몸을 두드렸다.

따다당 따당.

황금의 갑옷을 부르는 호신술법 덕분에 아무 상처도 입지 않았다.

마냥 안심하고 있었다면, 아니 조금만 늦게 술법을 발휘했다면 끔찍한 결과가 발생했을 것이다.

"감각이 좋군. 느껴지는 기운으로 봐서 옛 친구가 깨어난 모양이군. 신목안 덕분인가?"

헌원이 멀쩡한 모습으로 말했다.

"좀 전에 뇌전에 가루가 되는 걸 봤는데……."

생채기 하나 보이지 않는 모습에 성훈은 허탈한 심정으로 말했다. 성훈의 말에 헌원이 코웃음을 쳤다.

"멀었군. 터럭 하나만 있어도 분신을 만들 수 있다는 건 상

 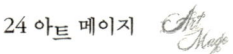

식 아니었나? 자네 안에 숨어 있는 친구가 가르쳐 주지 않은 모양이군."

『저 요괴는 분신술 정도는 쉽게 펼칠 수 있을 게야. 자네가 죽인 건 헌원의 분신이네.』

머리를 울리며 운성의 의념이 전해졌다. 헌원의 말대로 성훈의 신목안이 열렸을 때 운성의 영혼도 깨어났다. 평소라면 성훈도 당황했을 것이다.

지금은 생존의 의지와 헌원에 대한 적개심으로 운성에게까지 심력을 나눠주지 못하는 상황이었다.

저토록 강대한 힘을 가진 요괴를 무슨 수로 싸워 이길 수 있을지 막막하기만 했다.

"자네가 나를 이기는 건 아직 백만 년은 이른 일이야. 내가 살아온 세월이 얼마이며 또 얼마나 많은 술법사들을 물리쳤는지 아는가? 그 모든 것을 감안한다면 자네 정도로는 나를 어떻게 할 수 없어."

헌원이 자신 있게 승리를 선언했다. 성훈이 입술을 깨물며 정면을 응시했다. 운성의 의념도 헌원의 말을 인정했다.

『맞는 말이네. 지금 자네의 힘으로는 절대 저 요괴를 물리칠 수 없네.』

"아니, 영감님까지 이기지 못할 거라고 힘을 빼면 어떻게 해요?"

『입으로 떠들지 말고 생각으로 하게. 그렇게 해도 우리끼리 의념을 주고받는데 아무 문제가 없네.』

'그런 방법이 있으면 진작 말해 주지. 그런데 정말 방법이 없어요?'

『만일 자네가 이 위기를 벗어나 살아남고, 20년 정도 수련을 더 쌓는다면 가능성이 있겠지만 지금은 불가능하네.』

운성이 당연하다는 듯 성훈의 패배를 말했다. 그 말에 성훈이 발작이라도 하듯 고함을 질렀다.

"이 미친 노인네야. 지금 당장 죽게 생겼는데 뭘 어쩌라고!"

성훈이 미친 듯이 고함을 쳤다. 전신의 기운을 끌어올리며 품에 있던 부적들을 꺼내 닥치는 대로 날렸다.

그러나 부적들은 헌원의 손짓 한 번에 재가 되어 사라졌다. 이어서 성훈은 광염탄을 남발했지만, 역시나 소용이 없었다.

허공에서 저절로 폭발하고 사라지며 헌원의 몸에 공격이 닿지도 않았다.

뭔가 특별한 수단으로 몸을 보호하는 것 같은데, 잔뜩 흥분한 성훈은 미처 확인하지 못하고 있었다. 대신 운성이 헌원의 수법을 확인하고 조언해 주었다.

『백귀야행술이네. 헌원의 요력이라면 백귀를 제압해 부리는 것도 간단한 일이지. 우선 진정하게. 지금처럼 흥분해서는 아무것도 할 수 없어.』

운성의 의념에 성훈은 비로소 마음을 진정시켰다.

'그러면 귀신들부터 물리쳐야 하는 건가요?'

『분신술이 가능하면 좋겠지만 자네의 법력으로는 힘들겠군. 식신을 사용하게. 할 수 있겠나?』

'뭐든 해 봐야죠.'

성훈은 여전히 미친놈처럼 운성을 욕하고 부적을 날리며 난동을 부렸다.

그것은 나름대로 헌원을 기만하기 위한 술책이었다. 이미 마음을 가라앉힌 성훈은 운성과 냉정하게 대화를 주고받는 중이었다.

헌원은 근성과 오기로 이길 상대가 아니었다. 성훈이 지금까지 요괴와 제대로 싸워본 건 얼마 되지 않았다.

그나마도 어렵지 않은 상대라 실전경험이라고 하기도 어색할 정도. 그에 비해 헌원은 다른 요괴와는 아예 격이 다른 존재다.

성훈이 주머니에서 부적 몇 장을 꺼내 허공으로 날렸다.

나풀거리며 떠오른 부적들이 스르륵 접히더니 수리나 사다귀의 형상으로 변하였다.

평범한 사람의 눈에는 보이지 않지만, 성훈과 헌원의 눈에는 허공에서 서로 물어뜯고 싸우는 잡귀와 부적으로 만들어진 식신들의 치열한 전투가 보였다.

"뭔가 술법을 준비하는 모양이군. 하긴 기왕 죽을 거라면 발악이라도 해 봐야 후회가 없겠지. 그러나 너는 무엇을 해도 나를 다치게 할 수 없어."

"웃기는 소리 하지 마!"

성훈이 빠르게 수인을 맺으며 고함을 질렀다.

헌원의 말대로 성훈은 비장의 한 수를 준비하는 중이었다. 운성이 말한 것처럼 성훈의 법력으로 헌원을 이길 가능성은 없었다.

비슷한 수준의 적이라도 반드시 죽이려면 상당한 희생을 치러야 한다. 하물며 압도적으로 강한 힘을 가진 상대라면 두말할 필요도 없었다.

'이대로는 죽을 수밖에 없어. 저 요괴의 말대로 내가 쓸데없는 저항을 하는지도 몰라. 좋아, 어차피 죽을 거라면 혼자 가진 않겠다.'

성훈이 한 가지 결심을 하며 입술을 깨물었다. 아직 남아 있는 비장의 수가 있었다. 다만 약간의 문제가 있다.

『정말 그 술법을 사용할 생각인가? 다시 생각해 보게. 자네의 법력으로는 불가능해. 술법이 발현될지도 의문이지만, 발현되더라도 통제하지 못할 게야.』

'방법이 없잖아요. 그러면 도박이라도 해야죠.'

성훈은 식신을 날리는 한편 비장의 술법을 준비했다. 강대한 힘을 지닌 만큼 주문도 길고 정신을 집중하는 것도 쉽지 않았다. 그걸 보면서도 헌원은 팔짱까지 끼고 구경을 했다.

"마음껏 반항해라. 너의 무력함에 좌절하라. 너의 무력함과 고통을 비웃어주지."

"그래, 실컷 비웃어라."

성훈이 눈을 부릅뜨며 고함을 질렀다. 전신에서 좀전과 다른 강대한 기운이 일어났다. 그와 함께 술법이 발현되었다.

"수! 리! 건! 곤!"

성훈의 외침을 따라 회오리가 일어났다.

수리건곤은 천지까지도 작게 만들어 소매에 담을 수 있게 한다는 술법이다.

성훈의 법력으로 감당할 수 있는 술법이 아니었다. 아니 앞으로 30년의 수련을 더해도 무리일 것이 뻔한 술법이다. 그렇게 강한 술법을 의욕만으로 사용할 수 있을 리 없다.

『무슨 짓인가? 수명을 갉아먹으면서 술법을 사용하다니…….』

운성의 의념이 안타깝게 뇌리를 울렸다. 그러나 무시했다.

헌원을 이길 가능성도 도망갈 방법도 없다. 이대로 죽어야 한다면 선택의 여지는 없었다.

"혼자 죽을 수 없지. 같이 가자."

성훈이 이를 드러내며 웃어보였다. 헌원이 서 있는 곳을 중심으로 거대한 바람이 일어났다.

성훈이 자신의 생명력까지 소모하여 발현한 술법의 위력은 본래 가지고 있어야 할 법력을 수십 배나 부풀리는 효과를 보였다.

『어쩔 수 없는 일인가. 그렇다면 나 역시 힘을 보태겠네.』

성훈에게 기생하여 존재하던 운성 역시 의념을 더해 주었다. 술법은 보다 강한 의념으로 이뤄지는 것이다.

그렇기에 미약하더라도 강한 의념을 지닌 영혼은 죽어서 육신을 잃어버려도 힘을 발휘할 수 있다. 운성이 하는 일은 성훈이 발휘한 법력이 헛되이 낭비되지 않도록 통제해 주는 일이었다.

"네까짓 녀석의 힘으로 수리건곤이 실현될 것 같은가?"

헌원이 자신의 요력을 방출하며 술법에 저항했다. 그러나 쉬운 일은 아니었다.

본래 수리건곤 자체가 강대한 힘을 가진 존재를 봉인하는 술법이다. 그 때문에 어느 정도 힘과 수준의 차를 극복할 수 있었다.

그것만으로도 위력을 발휘하는데, 스스로의 생명력을 바쳐 법력을 증폭시켰다. 덕분에 본래의 기량을 뛰어넘는 위력으로 헌원을 압박했다.

성훈은 헌원을 봉인시키는 정도를 뛰어넘어 완전히 으깨 버릴 생각을 했다.

단순한 봉인 정도라면 결국 깨어나 또 나쁜 짓을 저지를 게 뻔했다. 그러니 술법을 변형하여 가공할 압력으로 짓누르는 것이 최선이리라 생각했다.

수리건곤의 위력으로 인해 헌원을 중심으로 스위트룸 안에 있던 고급 가구들이 몰려들어갔다.

헌원이 부리던 백귀들과 성훈이 발현시킨 식신들도 이미 소멸된 지 오래였다.

성훈이 사용한 수리건곤은 어느새 전혀 다른 모습으로 변질된 상태였다.

쿠오오옹―

헌원의 발밑으로 블랙홀이 형성되었다. 주변의 물건이 점점 블랙홀로 빨려들어갔다.

헌원은 자신의 요력을 방출하며 버텼지만, 역시 성훈이 만든 필살의 수법을 이기지 못했다.

"크하하핫, 놀랍구나. 나를 곤란하게 만드는 일이 생길 줄은 몰랐다."

헌원이 광소를 터뜨렸다. 수천 년의 삶을 치우의 후손을 몰살시키기 위해 살아왔다.

그러나 치우의 후손이 가진 역량은 헌원이 생각하는 그 이상이었다. 다른 나라 다른 민족이었다면 적어도 이천 년 이전에 멸망하고도 남았다. 그러나 여전히 번성했다.

"그래, 치우의 후손은 끈질긴 놈들이지. 너 역시 치우의 후손이렸다!"

헌원이 고함을 질렀다. 그러나 성훈은 이미 정신을 잃은 지 오래였다. 성훈의 육체를 대신 지배하는 것은 바로 운성이었다.

"당신의 음모는 충분할 만큼 잘 먹혀왔다. 당신의 방해가 아니었다면 우리 민족은 오래전부터 전 세계를 지배했을 것이

다. 창검이 아닌 문화와 경제로써 세계의 지배자가 되었겠
지."

성훈의 몸을 통해 운성이 말했다.

"너는 그 애송이가 아니로군."

"그렇다. 이미 이 청년은 정신을 잃어버렸어. 사실 이 정도
로 싸운 것도 대단하지."

"크큭, 그 애송이는 인정하지."

헌원이 광소를 터뜨렸다. 헌원의 광소를 들으며 운성이 말
을 이었다.

"지난 수천 년간 당신은 우리 민족이 받아야 할 영광을 다
른 곳으로 흘려보냈다. 그 때문에 우리가 가져야 할 영광과 번
영은 다른 이들에게 넘어가 버렸지. 지금까지 당신의 계획은
성공했다고 할 수 있어. 그러나 그것도 끝이다. 당신이 빼앗은
우리 민족의 영광과 번영은 다시 돌아올 것이다. 위정자들은
마땅히 백성들을 위해 일할 것이며, 역사는 우리 민족의 자긍
심을 지킬 것이야. 안타까운 것은 지금까지 귀선문이 하지 못
한 것을 이 청년이 한 것이다."

운성이 담담히 말했다. 그러나 아쉽게도 헌원은 운성의 말
을 모두 들을 수 없었다.

말이 채 끝나기도 전에 성훈이 만든 블랙홀 속으로 빨려들
어가 사라졌기 때문이다.

운성도 마찬가지였다. 아무리 성훈과 비교할 수 없는 술법

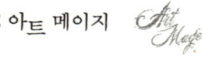

에 대한 통제력을 가지고 있다 하더라도 기본적인 법력을 전제로 한다.

"수천 년의 싸움을 이렇게 허무하게 마치게 되는군. 그저 자네에게 미안할 뿐이야."

운성의 말이 허공을 맴돌았다. 어느덧 성훈의 육체가 헌원의 뒤를 따라 블랙홀로 빨려들고 있었다.

성훈의 술법이 만들어낸 블랙홀이 사라질 즈음 태양호텔의 스위트룸은 가구 하나 없이 깨끗했다. 을씨년스럽게 텅 빈 공간만 남아 있을 뿐이었다.

제1화
프로슬란
자작가의 노예

『정신 차리게. 어서 정신을 차려!』

　누군가의 목소리가 성훈의 머릿속을 울렸다. 귀에서 들리는 소리는 아니었다.

　깊은 단잠에 빠져 있다가 갑작스런 악몽처럼 울리는 내면의 소리였다.

『정신 차리게. 어서 정신을 차려!』

　다시 누군가의 의념이 뇌리를 울렸다. 그러나 성훈의 의식은 엉뚱한 곳으로 날아가고 있었다.

　'이대로 잠들면 편할 거야.'

　몇십 알의 수면제라도 먹은 듯 머릿속이 몽롱했다. 몸을 버려두고 의식만 남은 것 같았다. 그럴 리 없음에도 이대로 육체를 벗어나 더 넓고 환한 곳으로 향하는 것 같았다.

'나는 죽은 건가?'

『자네는 죽지 않았네. 정신 차리고 눈을 뜨게.』

다시 뇌리를 울리는 의념이 있었다. 이대로 잠들고 싶다는 의지와 알 수 없는 존재의 의념이 맞부딪쳤다. 성훈의 상식으로 자신은 살아남을 수 없었다.

'이대로 잠들고 싶어. 아무것도 하지 않으면 정말 편할 거야.'

몽롱함 속에 환한 빛이 보이는 것 같았다. 빛 속에서 누군가 어서 오라고 손짓을 하는 것 같았다.

눈부신 미녀의 몸짓처럼 치명적인 유혹이었다. 거부할 수 없는 유혹에 모든 것을 내맡기려 할 때 다시 뇌리를 울리는 일성이 있었다.

『갈!』

영혼의 힘이 가득 담긴 외침이었다. 그러나 성훈은 여전히 눈을 뜨지 못하고 있었다.

죽음의 달콤함 때문이었다. 이제 급한 것은 성훈의 내면에 있는 운성이었다.

술법을 익히면 싫어도 강한 정신력을 얻게 된다. 현현천뇌공의 수련이 그렇고, 법력을 통제하는 것도 역시 정신력 수련이 된다. 그런 정신력을 가지고도 성훈이 죽음의 유혹을 벗어나지 못하는 것은 이유가 있었다.

『헌원과 싸우며 죽음을 확신했던 건가?』

운성도 이해가 가는 일이었다. 부족한 법력을 생명력으로 대신했을 뿐 아니라 정신까지 잃지 않았던가? 정황상 절대 살아남을 수 없었다.

아니 죽는 것이 당연했다. 아무리 그렇더라도 지금 결과적으로 목숨은 붙어 있다. 그럼에도 운성은 성훈이 죽어가는 것을 지켜봐야 했다.

문득 운성에게 떠오르는 묘한 생각이 있었다. 조금은 말이 되지 않았지만 외치는 방식이 틀렸다는 생각이 들었다. 다시 영력을 모아 힘차게 의념을 보냈다.

『레디 액션!』

촬영현장에서 연기 시작을 알리는 외침에 성훈의 눈이 뜨였다. 갑자기 눈을 뜬 덕분에 눈앞이 희미했다. 뿌연 안개가 가득한 것 같았다. 정신을 차리기 위해 눈을 깜빡거렸다. 조금씩 세상이 밝고 또렷해졌다.

'아직 살아 있구나.'

성훈의 눈에 낯선 풍경이 들어왔다. 울울창창한 숲과 나무들이 빼곡하게 늘어서 있었다.

대자연의 모습이 경이롭긴 하지만, 성훈으로서는 납득하기 힘든 장면이기도 했다.

'이상하다. 나는 분명 헌원과 싸우고 있었는데.'

성훈은 정신을 잃기 전에 있었던 일들을 천천히 떠올렸다. 그러나 여전히 답을 가르쳐 줄 사람은 없었다. 아니 있다.

성훈의 몸에는 마운성이라는 노인의 영혼이 기생하는 중이니까.

마운성은 민족정기를 수호하는 지킴이의 문파 중 하나인 귀선문(鬼仙門)의 문주이자, 뛰어난 술법사였다. 술법이라는 것도 그렇지만 사람의 몸에 다른 이의 영혼이 기생할 수 있다는 것 자체가 이미 상식을 벗어난 일이었다. 그 때문에 처음엔 얼마나 혼란스러워 했는지 모른다.

운성이 성훈의 몸에 기생하게 된 것이 좋은 계기로 이뤄진 것이 아니지만, 덕분에 각종 술법을 배웠을 뿐 아니라 머리도 좋아졌으니 손해는 아니었다.

당연했다. 귀선문의 심법은 다른 내공심법과 달리 상단전을 여는 것으로 시작하기 때문이다.

본래 처음부터 상단전을 여는 것은 순리를 벗어난 수련법이다. 모든 무공과 내공심법은 단계가 있다.

처음엔 하단전을 형성하고, 그것이 차고 넘치면 중단전이 만들어진다. 중단전을 만든 이가 높은 경지와 깨달음을 얻으면 비로소 상단전을 열 수 있다.

말이 쉬워 하단전에서 중단전, 상단전의 순서로 열린다고 할 수 있지, 그게 그렇게 만만한 일이 아니다. 그럼에도 귀선문의 술법사들은 처음에 상단전을 여는 것으로 시작을 한다.

순리를 벗어난 수련을 하는데 부작용이 없을 수가 없다. 보통 열에 아홉은 뇌가 터져 목숨을 잃는다. 살아도 그중 열에 아홉은 백치가 되거나 식물인간이 된다.

 성훈도 귀선문의 내공심법인 현현천뇌공(玄玄天腦功)을 익혔고, 문제가 생기는 쪽이었다. 군 입대 전 마지막 방송에 출연하며 노래를 부르던 중 뇌출혈로 쓰러진 것이었다.

 그때 무의식의 세계에서 자신의 내면에 숨어 있던 운성을 만났다. 어떻게 해서 자신의 몸에 기생하게 되었고, 또 무엇 때문에 자신이 정신을 잃게 되었는지에 대한 사연을 들었다. 심지어 성훈이 잠들 때마다 몸의 주도권을 얻어 마음대로 사용했다고도 했다.

 성훈이 잠든 사이 운성은 위험천만하기 그지없는 현현천뇌공을 수련했던 것이다. 다행히 21세기의 대한민국 청년이라 목숨을 구했다.

 수련의 부작용으로 뇌출혈이 있었는데, 머리를 절개하여 고인 피를 뽑아내는 수술을 했었다. 수술은 매우 성공적이었다. 정상적인 생활이 가능하게 된 것이다. 물론 군 면제는 덤이었다.

 어쨌든 덕분에 성훈은 영을 볼 수 있게 되었다. 뇌의 활동력도 왕성해졌다.

 예전에는 쉽게 배우고 익힐 수 없던 것이 지금은 순식간에 배우고 익힐 수 있게 되었다. 그러나 아무리 머리가 좋아졌다

하더라도 지금 상황은 납득이 가지 않았다.

'영감님, 어떻게 된 거죠? 분명히 호텔 스위트룸에서 헌원과 겨뤘는데……'

『진원까지 깨뜨려가며 금단의 술법을 발휘한 덕에 다른 세상으로 떨어진 것 같네.』

'……'

운성의 말에 의혹이 풀리긴 고사하고 더 혼란스러워졌다. 술법의 여파로 낯선 곳으로 떨어진 건 인정하지만, 다른 세상이라는 말은 심하지 않은가?

여러 가지로 의문을 품어보지만, 얼마 못 가 관심 밖으로 밀려났다. 의식이 깨어나며 무지막지한 고통이 밀려왔기 때문이다. 거대한 압축기로 짓누르면 이와 비슷할까?

전신의 뼈 마디마디가 산산이 으깨지는 고통이었다. 아주 나쁘지는 않았다. 고통 때문에 다시 정신을 놓지 못하고 있었으니까. 잠시의 시간이 흐르고 고통에 익숙해지고 나서야 비로소 생각이라는 것을 할 수 있게 되었다.

'여기는 어디지?'

성훈은 대요괴인 헌원과 싸워 물리치던 순간을 떠올려봤다. 지금 목숨이 붙어 있는 것이 이해되지 않았다. 수천 년을 살아온 요괴답게 어지간한 술법으로는 긁힌 자국조차 생기지 않았다. 그에 반해 헌원의 공격은 아무리 가벼운 것이라도 목숨을 위협하는 것이었다.

성훈이 금단의 술법을 사용한 것은 선택의 여지가 없었기 때문이다.

혼자 죽지 않겠다는 오기로 생명의 근원이 되는 진원까지 깨뜨려가며 부족한 법력을 증폭시켰다. 그제야 간신히 술법을 발휘하여 헌원을 물리쳤지만…….

성훈은 결국 체념하고 말았다.

'진원까지 깨진 마당에 다른 수를 찾는 건 욕심이겠지?'

성훈의 체념에 운성의 의념이 뇌리를 울렸다.

『희망을 버려서는 안 되네. 최후의 순간까지 희망을 가지게. 자네가 나와 대화를 할 수 있는 것만 봐도 우리에겐 아직 희망이 남은 게 아니겠나?』

'그…… 그렇군요.'

운성의 충고에 성훈도 수긍했다. 운성의 말대로 죽은 영과 대화할 수 있다는 것은 아직 상단전이 열려 있다는 증거다. 달리 말해 현현천뇌공이 깨지지 않았다는 것이다.

'살 수 있을까?'

성훈은 희망을 가지고 심법을 운기하며 몸 상태를 살펴봤다.

몸에 기운은 남아 있지 않았지만, 신기하게도 단전은 멀쩡했다. 아니, 무리한 술법을 사용한 덕분인지 이전보다 더 크고 단단하게 확장되어 있었다.

단전은 처음 만드는 것이 어렵지 다시 채우는 데는 그리 많은 시간이 걸리지 않는다. 강한 술법을 사용한 덕분에 단전이 확장되다니. 화가 변하여 복이 된 셈이다. 이것이야말로 기연이 아니겠는가?

현현천뇌공을 따라 진기를 받아들이며 한편으로는 자신의 몸 상태를 관조했다. 다행히 몸 상태는 그럭저럭 나쁘지 않았다. 뼈나 내장이 상한 것도 아니고, 혈이 막히지도 않았다. 어떤 의미에서는 더 좋아진 것 같기도 했다. 그러나 심각한 문제가 있었다.

'진원은 어떻게 하죠?'

모든 사람의 몸에는 진원(眞原)이라는 것이 있다. 사람이라면 누구나 태어날 때부터 선천적으로 가지고 태어나는 것이다. 진원은 사용하기에 따라 상당한 위력을 발휘할 수 있게 하는 공력의 보고(寶庫)지만, 어느 누구도 쉽게 사용하지 않는다.

진원은 사람이 가진 생명력 자체다. 성훈도 이왕 죽을 바에야 혼자 죽을 수 없다는 생각을 하지 않았다면 절대 사용하지 않았을 것이다.

『다른 사람의 방해가 없다면 진원을 복원할 수 있네. 본래 모든 운공법은 좀 더 오래 살기 위해 만들어진 것이지. 현현천뇌공은 모든 심법들을 통틀어 고금 천하에 제일가는 것이야.』

'그야 그렇죠. 처음 상단전을 열 때만 뺀다면.'

운성의 조언에 성훈은 말대꾸를 하면서도 희망을 품었다.

 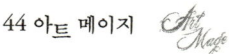

둘이 나눈 이야기처럼 현현천뇌공은 처음 상단전을 열 때의 위험만 무사히 넘긴다면, 고금 천하에 짝을 찾을 수 없는 심법이다.

공력을 쌓는 속도는 이루 말할 필요가 없으며, 몸 상태를 최상으로 회복시키려는 속성이 있다. 깨져 버린 진원이 복원된다는 말을 들어본 적은 없지만, 희망은 있었다.

성훈은 우선 현현천뇌공을 운용하리라 마음먹었다. 마음을 편안히 하고 깊게 숨을 마셨다.

『천천히 주변의 기운을 느껴보게. 조금이라도 주변의 기를 느끼고 받아들일 수 있다면, 몸을 회복시키는 것도 가능할 게야.』

운성의 의념이 뇌리를 울렸다. 성훈은 주변의 기운을 느끼기 위해 몸과 마음의 긴장을 풀었다.

이미 3개의 단전 모두를 열었기 때문에 성훈의 기감은 더할 나위 없이 민감했다. 숨을 들이마시고 내뱉을 때마다 가슴의 통증이 심해졌지만, 묘한 쾌감으로 여겨졌다.

아직 살아 있다는 증거가 아닌가?

기감이 확장된다. 성훈은 자신을 감싸고 있는 거대한 기운들을 느낄 수 있었다. 예전 지리산에서 현현천뇌공을 사용할 때의 기감이 공기 중의 습도라면, 지금은 강물에 들어가 있는 듯했다.

『믿을 수 없군. 이렇게나 엄청난 기운이라니…….』

'단전이 확장되서 그런 거 아닐까요?'

『그렇다 하더라도 이 정도의 기운은 상식을 벗어난 수준일세.』

'감탄은 나중에 하죠. 일단은 몸을 회복하는 게 우선이니. 이 정도라면 진원을 복원하는 정도를 넘을 수 있을지도 모르겠네요.'

운성이 경악하는 동안 성훈도 놀라 잠시 운공을 멈출 정도였다. 그동안에도 이미 발동한 현현천뇌공에 의하여 주변의 기운이 성훈의 몸으로 빨려들어갔다. 아쉬운 것은 그 엄청난 기운을 공력으로 만들 수 없다는 것이었다.

상식을 무시할 만큼 무지막지한 자연의 기가 단전으로 쏟아져 들어왔지만, 그것들이 다시 깨져 버린 진원으로 흘러들어간 것이다.

『누군가 오고 있군.』

'잠시 운기를 멈춰야겠네요.'

상단전의 개방으로 확장된 감각이 낯선 이들의 접근을 감지하게 했다. 성훈은 잠시 운기를 멈추고 몸 상태를 확인했다. 역시나 깨져 버린 진원을 조금 채운 정도에 불과했다.

『실망할 이유가 없네. 어쨌든 진원을 복원할 수 있지 않은가.』

'그렇군요. 어쨌든 살 수 있게 됐네요.'

성훈은 낯선 풍경으로 관심을 돌리며 마음을 편히 먹었다. 진원만 회복하면 다시 공력을 쌓을 수 있다. 무리한 술법의 사용으로 몸이 엉망이 됐지만, 덕분에 단전이 엄청나게 확장되었다. 그러니 진원을 회복하면 순식간에 이전과는 비교할 수 없는 공력을 얻게 될 것이다.

성훈이 마음을 정리하고 얼마 지나지 않았다.

무성한 수풀을 헤치고 낯선 복식을 한 사람들이 하나둘 모습을 드러냈다.

대체로 백인과 황인의 혼혈로 보이는 외모에 탄탄한 체구를 가졌다. 바지는 품이 넓고 편안해 보였으며, 가슴에는 가죽으로 만든 흉갑을 걸치고 있었다.

그들은 성훈을 발견하고 뭔가 알아들을 수 없는 말로 떠들었다. 성훈이 처음 듣는 언어였다.

'어느 나라 말이지? 영어를 할 줄 알면 좋을 텐데. 하다못해 영화라도 좋아하면 내 얼굴을 알아볼 수 있지 않을까?'

성훈은 자신의 처지가 우습기도 하고 한심하기도 했지만 도리가 없었다.

낯선 환경에 낯선 곳이지만, 당장 알아낼 방도가 없었다. 성훈이 여러 가능성을 두고 고민하는데 운성이 참견을 했다.

『아까도 말한 것처럼 자네가 술법을 통제하지 못해 엉뚱한 세상으로 날아온 것 같네. 그렇지 않더라도 먼 과거나 미래일 수도 있지.』

'최소한 미래는 아닌 것 같네요.'

운성의 의념에 성훈은 설마 하면서도 다른 방식으로 말을 받았다. 자신이 대요괴 헌원과 싸운 호텔 스위트룸이나 병원이 아닌 건 그냥 봐도 알겠지만, 그것으로 의문이 풀린 것은 아니었다.

알 수 없는 말에 시끄럽다는 생각이 들 즈음 화려한 옷을 입은 사내가 나타났다.

사람들 모두 길을 비켜주며 허리를 숙이는 폼이 아무래도 높은 신분인 듯했다. 그는 성훈을 살피며 몸 구석구석을 만져보더니 뭐라 말을 걸었다.

그러나 뭔가 알아들어야 대꾸를 하든 말든 할 게 아닌가? 아니 알아듣는다 하더라도 혀가 굳어 입을 열기도 불편했다.

말이 통하지 않는 것을 깨달은 그는 포기한 듯 고개를 저으며 일어났다. 그는 성훈을 손가락으로 가리키며 뭐라 말을 했다.

'지금 날 어떻게 할지 이야기하는 것 같은데……'

성훈은 낯선 이들에 의해 자신의 운명이 정해지리라는 것을 직감하면서도 달리 할 수 있는 일이 없었다. 손가락 하나 까딱할 수 없는 형편에 지켜보는 것 말고는 뭘 할 수 있을까? 답답하지만 지켜볼 수밖에 없었다.

그들은 한참을 떠들다가 화려한 옷을 입은 사내가 손을 들자 모두 입을 닫았다.

그가 고개를 까딱거리자, 곰 같은 체격을 가진 사내가 앞으로 나섰다. 말은 알아듣지 못하지만 절대 복종의 자세라는 건 쉽게 눈치챘다.

사내는 덩치만 곰 같은 게 아니라 힘도 곰 같았다. 한 손으로 성훈의 몸을 번쩍 들어올리더니 아무렇지도 않게 어깨에 걸쳤다. 아무리 군살 없이 날씬한 몸이라도 다 큰 남자를 가볍게 들어올리는 것은 쉽게 볼 수 없는 일이었다.

그러나 성훈은 사내의 힘에 감탄할 여유가 없었다. 가만히 내버려둬도 아파 죽겠는데 짐짝처럼 취급되니 어쩌겠는가? 이대로 뼈가 부서질 것 같은 느낌이 들었다. 온몸의 세포 하나하나까지 비명을 지르는 것 같았다. 어찌나 아픈지 절로 눈물을 찔끔거릴 정도였다.

'이 야만인들 같으니. 나 성훈이야, 성훈! 나 같은 인기스타를 너희들이 함부로 대할 수 있는 거냐? 나를 좀 더 소중하게 대해 달라고!'

『복장을 보니 영화를 즐기는 것 같지는 않네만.』

'지금 그걸 농담이라고 하세요?'

성훈은 의념을 통해 운성에게 화를 냈다.

성훈이 안내된, 아니, 옮겨진 곳은 좁은 방이었다.

곰같이 생긴 사내는 성훈을 내려놓더니 곧 옷을 벗었다. 저항은 고사하고 움직이지도 못하는 성훈은 공포에 질렸다.

'서…… 설마 남자를? 나는 너희 같은 변태가 아니란 말이다!'

숫총각은 아니지만 그렇다고 남자에게 당하고 싶은 마음은 없었다. 더구나 아무 저항도 할 수 없는 상황에서 곰 같은 사내에게 끔찍한 일을 당한다니.

상상만으로 공포스러웠다. 마침내 속옷까지 벗겨졌다. 성훈은 끔찍한 상상을 하며 절망과 공포에 빠졌다.

'……'

그러나 더 이상 사내의 손길이 느껴지지 않았다.

무슨 일인가 싶어 실눈을 떴다. 다행히 우려하던 일(?)을 벌일 생각은 애초에 없었던 모양이다. 옷을 벗긴 사내가 어디서 가져왔는지 모를 누더기 한 벌을 던져 놓고 사라진 것이다.

벗고 있기는 싫었던 성훈은 옷을 입고 싶었지만, 몸이 움직여지지 않으니 어떻게 할 수가 없었다. 시체처럼 발가벗겨진 채 누워 있는 것이 성훈이 할 수 있는 모든 일이었다.

성훈은 안도의 한숨을 내쉬면서도 내심 투덜거렸다.

'기가 막히는군. 보는 눈은 있어가지고 명품이라는 건 알아봤나보네.'

성훈이 몸에 걸친 것은 수백만 원 어치의 옷이었다. 자신의 수입으로도 좋은 옷을 사 입는데 문제가 없지만, 돈을 들이지 않아도 명품 패션을 입을 수 있었다. 유명 의류 업체에서 협찬을 해 줬기 때문이다.

'인기스타 성훈의 꼴이 말이 아니군. 두고 봐라. 내가 반드시 변호사 불러서 소송 걸고 말 거다!'

『운공이 더 급한 일 같은데. 우선 할 수 있는 일을 하는 게 어떤가?』

'그, 그 말이 맞네요.'

잠시 으르렁거리던 성훈은 운성의 의견을 받아들였다. 강제로 벌거숭이가 된 것이 분했지만 당장 할 수 있는 일부터 하기로 했다.

천천히 호흡을 고르며 눈을 감았다. 머릿속으로 구결을 떠올리며 현현천뇌공을 운기했다.

숲의 기운에는 미치지 못했지만 이번에도 엄청난 기운이 백회혈을 통해 흘러 들어왔다. 기로 충만했던 지리산 자락에서도 맛볼 수 없었던 엄청난 기의 폭풍이었다.

한 방울씩 떨어지는 약수를 맞다가 갑자기 거대한 해일과 맞서는 기분이었다.

그 기운은 순식간에 상단전을 채우더니 중단전으로 흘러내려가고, 중단전으로 흘러내려간 기운은 하단전으로 내려가 죄다 진원으로 흘러가 버렸다.

『엄청난 기운이로군. 어쩌면 자네는 기연을 만난 것인지도 모르겠네.』

'그럴 지도 모르겠어요.'

진원을 복원하느라 단전에 공력이 쌓이지는 않았지만, 몸으로 유입되는 기운은 성훈의 상식을 넘어서는 것이었다. 이렇게 엄청난 기운을 매일 받아들일 수 있다면 진원을 복원하는 것이 생각보다 쉽고 빠르게 이뤄질 것도 같았다.

한참 동안 진원을 복원하기 위해 노력하는데, 누군가가 문으로 오는 것이 느껴졌다.

성훈은 곧장 현현천뇌공을 멈췄다. 술법을 위해 만들어진 심법인 만큼 갑자기 멈춰도 문제가 없는 것 또한 현현천뇌공의 장점.

문이 열리고 누군가 들어왔다. 숲에서 본 화려한 옷을 입고 있던 자였다. 그는 제대로 움직이지 못하는 성훈을 향해 뭔가 말을 걸었다. 말을 알아듣지 못했지만 손짓을 보고 짐작할 수는 있었다.

'일어나라는 것 같은데, 그럴 정신 있으면 옷부터 입었지.'

성훈이 내심 투덜거렸다. 아직 혀가 굳어 말도 제대로 할 수 없었다. 그 모습에 사내는 인상을 찌푸리며 문을 닫고 나가 버렸다. 성훈은 한숨을 내쉬며 다시 진원을 복원시키고자 노력했다.

하루가 지났다. 성훈은 돌봐주는 이 하나 없이 좁은 공간에서 운공만을 되풀이할 뿐이었다. 소모된 진원을 채우며 어떻게든 몸을 회복시키는 것이 당장 성훈이 해야 할 일이었다.

다행히 하루 동안의 노력으로 조금이나마 몸 상태를 회복시킬 수 있었다.

굳어 버린 혀를 움직일 수 있게 되었고 힘들게나마 상체를 일으킬 수 있었다. 이대로 며칠만 더 노력하면 술법은 무리겠지만, 일상생활은 문제가 없을 것 같았다.

"이런 지저분한 옷을 입어야 한다니. 정말 많이 구차해졌다."

성훈은 연신 투덜거리면서도 누더기를 몸에 걸쳤다. 벗고 있는데, 혹시 여자라도 들어오면 난감한 일 아닌가. 한참 낑낑거리며 옷을 입는데 다시 문이 열리며 숲에서 봤던 사내가 노인과 함께 들어왔다.

노인은 아직 몸 상태가 회복되지 않은 성훈의 몸을 구석구석 만지작거렸다.

다 늙은 노인에게 몸을 맡기기 싫었던 성훈이 온몸을 비틀며 저항했다. 그러나 구더기처럼 꿈틀거리는 주제에 멀쩡한 사람을 이길 도리가 없었다.

노인이 사내에게 뭔가 말을 건네자 사내가 고개를 끄덕였다. 그 모습에 성훈이 입을 열었다. 전날은 혀가 굳어 말을 할 수 없었지만 이제 말을 할 수 있게 되었으니 망설일 이유가 없었다.

"혹시 영어 하실 수 있나요? 아니면, 영어 할 수 있는 분이라도 좋습니다."

성훈의 말에 사내의 미간이 찌푸려졌다. 노인이 손가락으로 성훈을 가리키며 뭔가를 설명하자 고개를 끄덕이며 인상을 풀었다. 노인이 돌아서자 성훈은 처음엔 영어로 그 다음엔 다른 데서 대충 주워들은 외국어들을 풀어보았다. 그러나 노인은 여전히 알아듣지 못하고 있었다.

할 수 있는 것은 만국의 공통어인 바디랭귀지뿐이었다.

손짓 발짓으로 의사소통을 하려니 이만저만 불편한 게 아니었지만, 멀뚱멀뚱 쳐다보는 것보다는 나았다.

성훈은 눈치가 빠르고 영리한 편이라 노인의 의사를 어느 정도는 알아들을 수 있었고, 노인도 역시 어느 정도는 성훈의 의사를 알아듣는 모양이었다.

뒤에서 성훈과 노인의 커뮤니케이션을 지켜보던 사내는 헛기침을 하더니 노인에게 뭔가 지시를 했다. 노인은 잠시 당황하는 듯하더니 이내 고개를 끄덕였다.

그 광경에 성훈은 역시 처음 생각한 대로 사내가 높은 자리에 있는 사람임을 확신했다. 그렇지 않고서야 자신보다 한참 나이 든 사람에게 뭔가를 시킬 수 없을 테니까.

그날 이후 노인은 매일 성훈을 찾아왔다. 성훈은 그때마다 노인과 손짓 발짓을 통해 의사소통을 했다. 처음 노인은 손가락으로 자신을 가리키며 세튼이라고 했다.

성훈은 그것을 이름이라 짐작하곤, 역시 자신의 소개를 했다. 이들의 언어 체계나 문법을 알 수 없으니 간단히 이름만 말했다.

아쉽게도 성훈의 이름은 노인이 발음하기 어려웠던 모양이다. 노인은 몇 번을 반복해도 세온이라 불렀고, 성훈도 노인이 제대로 발음해 주기를 포기했다.

성훈이 침상에서 일어나 제대로 움직일 수 있게 된 것은 노인을 만나고 일주일이 지나서였다.

보통 사람이라면 이미 죽었어도 이상할 게 없는 상태였지만, 현현천뇌공을 통해 유입되는 기의 양이 엄청난 것이라 몸의 회복 역시 빨랐다.

하루 한 끼밖에 제공받지 못하는 식사에도 불구하고 건강을 찾아가는 경이적인 회복력을 보였다. 성훈이 가진 영양학의 조잡한 지식으로도 건강을 회복하기엔 턱없이 부족한 영양섭취였다.

이것 역시 현현천뇌공의 도움이었다.

현현천뇌공은 최소한의 영양분만 공급받으면 주변의 진기뿐 아니라 공기 중에 존재하는 먼지 한 알갱이에 담긴 양분까지 빨아들여 몸을 회복시킨다.

햇살을 받아들여 스스로 영양분을 만드는 식물 같다고나 할까? 성훈도 주변의 기운을 받아들여 스스로 몸이 필요한 것을 공급할 수 있었다.

성훈이 활동을 할 수 있게 되자, 노인은 손짓을 통해 청소를 시켰다. 아직은 하루 종일 운공에 신경 써야 할 시기였지만, 신세를 지는 마당에 마냥 거부할 수는 없었다.

그나마 다행스러운 것은 몸을 움직여 일을 시작하자 하루 한 끼에서 하루 두 끼로 식사량을 늘려줬다는 것이다. 그렇다고는 해도 식사는 여전히 형편없었다.

식사라고 나오는 것은 언제나 빵과 스프 하나가 전부였다. 빵은 단단해서 스프에 충분히 불리지 않으면 이가 들어가지 않았고, 스프는 물보다 조금 걸쭉한 정도였다. 아예 없는 것보다 나았지만 불만이 생기는 것은 어쩔 수 없었다.

여전히 말은 통하지 않았지만 성훈은 노인이 시키는 일을 했다. 어치피 신세를 지는 입장이니 밥값 정도는 하자는 생각이었다.

처음엔 공짜 밥을 먹으니 작은 일이나마 도와주자는 생각이었지만 시간이 지날수록 뭔가 이상하다는 생각이 들었다. 조금씩 시키는 일이 더 많아지는 것이 아닌가?

부당한 대우에 거부의사를 보이기도 했다. 그랬더니 노인의 곁을 지키던 다른 덩치 좋은 사내가 채찍을 꺼내 휘둘렀다. 난데없는 채찍질에 저항을 했지만 소용이 없었다.

법력만 있다면 술법을 펼쳐 몸을 보호할 수 있다. 하다못해 몸 상태가 정상이고 단전이라도 채워졌다면 무공을 이용한 반격도 가능했다.

귀선문의 무공이 다만 술법의 보조일 뿐이라도 무공은 무공이다. 힘만 믿고 마구잡이로 채찍을 휘두르는 남자 하나를 어쩌지 못할 정도는 아니었다. 그러나 지금은 몸을 가누는 것조차 힘겨운 상황이라는 것이 문제였다.

'젠장, 두고 보자.'

성훈은 자신을 때린 이를 노려보며 이를 갈았다. 그 대가로 다시 채찍질을 당했음은 물론이다. 생각 같아서는 당장에 달려들고 싶었지만 운성의 의념이 성훈을 말렸다.

『참게. 지금은 몸을 아껴야 할 때야.』

'술법만 쓸 수 있다면……'

『그래. 그러니 나중을 생각하고 참아. 분하고 원통해도 자존심을 세울 때가 아니야.』

'알겠습니다.'

성훈은 참고 물러섰다. 이 원한은 차곡차곡 마음에 쌓았다 가 나중에 갚아주면 될 일이었다. 어쩌다 말이 통하지 않는 곳 으로 오게 된 건지 모르지만, 주변의 풍족한 기운을 생각하면 진원을 복원하여 공력을 모으고 다시 법력을 회복하기까지 얼 마 걸리지 않을 것 같았다.

'조금만 기다려. 나중에 전부 끝장을 내 줄 테니.'

분통이 터졌다. 진원을 회복하고 단전을 채우면 이 거대한 성곽도 단숨에 날려 버릴 힘이 있는데 써먹지 못하니 답답했 다. 한류스타로서 어딜 가도 대접을 받던 입장에서 갑작스레 매질을 당하는 처지가 됐다. 서글펐지만 일단 참았다.

'나는 연기자다. 진정한 연기는 연기를 하는 게 아니라 그 캐릭터 자체가 되는 거다. 명심하자. 진정한 연기는 연기를 하 는 것이 아니라 캐릭터 자체가 되는 거라는 것을.'

성훈은 분했지만 웃는 낯으로 순종했다. 모든 울분을 삭히 며 스스로를 세뇌했다. 지금 이 자리에 있는 것은 한류스타 성 훈이 아니라고. 역시 연기력 하나로 스타가 된 배우다웠다.

'제기랄!'

채찍에 맞은 뒤로 성훈은 좁게나마 혼자 쓸 수 있던 방에서 쫓겨났다. 본래 쓰던 방보다 넓어졌지만 함께 지내야 할 이들의 숫자가 만만치 않았다. 여럿이서 같은 방을 이용하게 되자 불편한 점이 한둘이 아니었다.

'일을 시키려면 사생활을 인정해 줘야 할 거 아냐.'

성훈은 불만을 품을 수밖에 없었다. 사적인 취미를 가질 틈도 없지만, 정작 치명적인 것은 현현천뇌공을 운기할 수 없다는 것이었다.

현현천뇌공이 처음 고비만 넘기면 이후부터 고금 천하에 가장 안전한 내공심법이 되지만, 기본적으로 마음을 안정시키고 집중해야 한다는 점은 변하지 않았다.

『법력을 회복하려면 좀 더 오랜 시간이 걸릴 것 같네.』

'어쩔 수 없죠.'

성훈이 알고 있는 수련법은 귀선문에서 권장하는 정통의 수련법이었다.

제대로 된 수련장과 안정된 수련 시간을 확보할 수 있다는 전제에서 수련을 하는 방법이다.

그러나 지금 성훈의 상황은 따로 자기만의 시간을 가질 수 없었다. 그렇다고 공력을 쌓지 않고 지낼 수도 없다.

금이 간 상태의 진원을 내버려 뒀다가는 순식간에 생명력이 소모되어 목숨을 잃는다.

성훈에게 수련은 강해지기 위한 방법이기도 하지만, 생존을 위한 유일한 동아줄이었다.

다행히 성훈의 몸에 기생(?)하는 운성이 도움을 주었다.

운성은 정통의 수련법뿐 아니라 생활 속에서 수련을 할 수 있는 방법도 알고 있었다.

길을 걸으면 각력을 키우며 보법을 익히고, 물건을 들 때는 팔과 어깨의 힘을 키우게 해 준다.

걷고 뛰고 엎드리고 눕고 앉는 사소한 동작조차 근력을 강화하고 공력을 쌓을 수 있게 해 준다. 아무래도 정통의 수련법에 비해 공력을 쌓는 속도가 상당히 느리지만, 없는 것보다는 나았다.

성훈은 운성의 가르침을 따라 노동과 수련을 병행했다. 걸음을 옮길 때는 보법을 연습했고, 물건을 옮길 때는 근육을 움직이며 외공의 수련법과 일치되도록 노력했다.

마음먹기에 따라 생활 속에서도 외공을 익힐 수 있었고, 성훈은 그렇게 했다.

노동과 수련을 병행하는 것이 꼭 나쁜 점만 있는 것은 아니었다. 현현천뇌공을 익힐 당시에는 뇌를 단련하여 범인을 천재로 바꿔주는 체험을 할 수 있었지만, 이번엔 육체를 단련하는 효과를 얻을 수 있었다.

상식적으로는 제대로 된 영양섭취를 할 수 없기 때문에 몸을 움직여도 근육이 단련될 수 없는 게 정상이겠지만, 현현천뇌공 덕분에 예상치 못한 효과를 거둘 수 있었다.

그러나 한 번 금이 간 진원이 그리 쉽게 복원될 리가 없었다. 성훈의 노력에도 불구하고 진원은 여전히 금이 간 상태였고, 그 틈으로 상당량의 기운이 빠져 나가고 있었다.

만일 성훈이 시간의 여유를 두고 현현천뇌공을 운공한다면, 한 달 안에 좀 더 크고 단단하게 진원을 복원할 수 있었겠지만 다른 방법이 없었다.

다행히 진원에서 빠져 나가는 기운보다 채워지는 기운이 조금 더 많았다. 기운이 채워질수록 진원이 복원되어 가고, 그럴수록 빠져 나가는 기운보다 채워지는 기운의 비율이 더 높아졌다.

그렇게 성훈은 더디긴 했지만 조금씩 생명력을 회복해 나갔다.

성훈이 낯선 사람들에게 수집(?)된 지 1년이 지났다.

그동안 새로운 환경에 적응하기 위해 상당한 노력을 했다. 폭력과 강제성에 의한 것이지만, 시키는 일도 열심히 했다. 처음엔 맞는 게 싫어서 일을 했고, 나중엔 수련으로 생각하고 먼저 나섰다. 그 덕분에 다들 성훈을 성실한 일꾼으로 생각하고 신뢰를 보였다.

실은 기회를 봐서 도망갈 생각을 했다. 폭력을 앞세우는 야만적인 이들의 틈에서 벗어나면 집으로 돌아갈 수 있으리라 생각했다. 그러나 포기하기까지 얼마 걸리지 않았다.

이상하다 생각했던 것은 하늘의 별자리 때문이었다.

천문학적 지식이 하찮은 수준이긴 하지만 최소한의 상식 정도는 가지고 있었다. 성훈이 가진 그 조그만 상식으로도 하늘의 별자리는 하나같이 낯선 것이었다. 심지어 지구상 어느 곳에서도 볼 수 있다는 북두칠성도 보이지 않았다.

별자리를 알아볼 수 없을 당시만 해도 자신의 천문학적 지식의 미천함을 원인으로 여겼다.

운성이 의념을 통해 '삼일신고'라는 책에는 사람이 살아가는 세상이 칠백여 성상이나 된다고 했다. 아마도 그중 한 곳으로 떨어졌을 거라는 말을 했지만 무시했다.

'제가 무슨 토끼 꽁무니를 쫓아간 앨리스라도 되는 줄 아세요? 이참에 책도 한번 써 봐야겠군요. '이상한 세상의 성훈' 어때요?'

그렇게 여러 번을 되풀이하여 무시했지만 황금빛 달까지 그럴 수는 없었다.

서울에서 보던 달은 하얀 바탕에 검은 얼룩 같은 것이 보인다. 그 얼룩이 묘한 그림을 만들어 동서양에서 수많은 전설과 신화를 탄생시켰다.

한국 사람들은 달에서 토끼가 방아질을 한다고 생각했고, 서양 사람들은 울부짖는 늑대를 상상했다. 그런데 이곳의 달은 달랐다. 말 그대로 하늘에 거대한 황금의 공이 잡티 하나 없이 찬란한 빛을 뿜어냈다.

다행스러운 건 성훈이 정신적 충격을 받을 여유가 없었다는 것이다.

끊임없이 반복되는 노동은 몸을 고단하게 만들었다. 비록 수련이라 생각하고 또 수련을 병행하기도 했지만 힘들지 않은 것은 아니었다.

목숨이 달린 일이라 진원을 회복시키는 일에 최선을 다했지만, 늦은 저녁이면 순식간에 잠이 들고는 했다.

설령 정신적인 여유가 있다 하더라도 술법을 통해 얻어진 강대한 정신력이 어지간한 일로 흔들리지 않게 만들어 주었다.

집으로 돌아갈 수 없다는 것을 깨달은 다음부터 성훈은 조금이라도 빨리 새로운 세상에 적응하려고 노력했다. 아무리 손짓 발짓으로 의사소통을 한다 해도 직접 말을 하는 것보다 불편했다. 처음엔 말을 배우는 데 어려움이 많았다.

한국이었다면 DVD를 구입해서 자막과 사전으로 공부했을 것이다. 기초에 관한 것은 따로 교재를 구입할 수도 있었겠지만, 이곳은 사전도 없었고 DVD도 없었다. 그저 눈치와 귀동냥으로 배워야 했다.

같은 숙소에 묵는 사람들이 대화를 나누면 하나도 남김없이 귀에 담았다. 물건을 가리키며 뭔가 말을 하면 반드시 기억했다. 여자들이 아이들에게 뭔가 말을 가르치는 것도 놓치지 않았다.

다행히 술법을 익히기 위해 상단전을 연 것이 상당한 도움이 되었다. 상단전의 발달은 비약적인 두뇌의 발달을 가져왔을 뿐 아니라 죽은 자의 영혼과 대화를 할 수 있게 만들어 주었다. 특히 도움이 된 것은 저절로 얻게 된 신목안(神目眼)이었다.

신목안은 이마 한가운데에 있는 영적인 눈이라 육안으로는 볼 수 없지만, 상당한 힘을 가지고 있다. 본래 영안을 뜬 술법사는 악령이 깃들기 쉬운 체질이다.

평소에는 몸 안에 상당한 공력을 품고 있어 사악한 영이 감히 접근조차 못하지만, 아쉽게도 헌원이라는 대요괴와 싸우느라 공력은 고사하고 진원까지 깨진 몸이다.

그야말로 악령들에게 있어 잘 차려놓은 밥상이었다.

다행히 성훈에겐 신목안이 있었다. 신목안은 그 자체로 항마척사의 기운을 가지고 있으며, 상대의 본질을 볼 수 있게 해 준다. 안력(眼力)만으로 그만한 공능을 얻으려면 금정화안이라는 술법을 사용해야 하는데, 신목안이 그 역할을 대신해 주었다.

덕분에 하찮은 잡귀들은 성훈을 두려워하여 감히 얼씬도 하지 못했다. 그런 의미에서 신목안은 성훈의 목숨을 구해 주는 또 다른 힘이었다.

신목안은 영혼만 남은 존재에게 상당한 위력을 발휘했다. 성훈은 그 힘을 이용해 세상을 떠도는 영혼들에게 말을 가르

쳐 달라고 요구했다. 영혼에게는 의념으로 의사소통이 가능
했으니, 말 선생으로 안성맞춤이었다.

덕분에 1년이 지난 지금은 다른 사람과의 의사소통에 전혀
문제가 없었다.

"세온, 어디에 있나? 점심시간이 다 되어 가는데, 아직 마구
간을 치우지 않는 게냐?"

"갑니다, 가."

누군가 성훈을 불렀다. 사람들이 성훈이라는 이름을 발음하
지 못해 부르는 이름이 세온이었다.

처음엔 자신의 이름을 달리 부르는 것이 싫어서 발음을 교
정시켜 주려 했지만, 소용이 없었다. 심지어 본인 스스로도 성
훈이라는 이름이 낯설게 느껴질 정도였다.

이후로 성훈도 자신의 이름은 세온이라 생각하고 살기로 했
다. 다른 사람들의 발음을 고쳐주는 것보다 새로운 예명을 얻
은 셈 치기로 했다.

다른 연예인들도 해외진출을 할 때 외국이름을 짓기도 하니
까. 약간 먼 나라로 진출했다 생각하면 그냥 있을 수 있는 이
야기다.

'내 이름은 성훈이 아닌 세온이다. 세온으로 살자. 그래, 새
로운 세상에서 새로운 이름으로 데뷔하는 셈 치면 되잖아. 어
떻게든 살아남아서 나만의 연기 생활을 꽃피워주마.'

그렇게 성훈은 사라지고 세온이 남겨지게 되었다.

"자비로운 프로슬란 자작님께서 목숨을 살려 주셨는데, 너는 게으름을 피우고 있구나."

세온을 부른 것은 예전에 일을 시키던 노인이었다.

세온이 말을 배우게 되자 여러 가지를 알 수 있었다. 그중 자신이 거처하는 곳이 프로슬란 자작가의 저택이라는 것도 작은 정보 중 하나였다.

현재의 프로슬란 자작은 슈론 데 프로슬란이라는 인물로 살인을 자랑스러워하는 인물이었다.

그럼에도 세온을 구한 이유는 노예 하나 건졌다는 생각에 주워온 것이었다. 옷차림도 독특했으니 수집욕을 채우기도 좋았다.

만약 세온이 정신을 차리고 살아남는다면 노예가 생기니 그만큼 재산이 늘어난다는 이득이 있다. 죽더라도 독특한 수집품을 얻었고 제공하는 음식의 양도 많지 않으니 손해 볼 일은 없었다.

"너는 대 프로슬란 자작가의 노예임을 잊지 말아야 한다. 알겠나?"

노인이 다시 잔소리를 늘어놓았다.

세온은 순간 울컥한 마음이 들었으나 겉으로는 아무렇지 않은 척했다. 건성으로 알았다는 대답을 하며 바쁘게 마구간으로 향했다.

적어도 겉으로는 매사에 순종하고 만족하는 모습을 보여 줬으나 세온의 마음은 그렇지 않았다. 특히 노예가 되는 조건들을 들은 이후로는 더욱 그러했다.

노예란 몸값을 지불할 수 없는 전쟁포로나 국가에 큰 죄를 지은 자, 부모가 노예인 자나 어쩔 수 없이 자신을 판 자에 국한된다. 그러나 세온은 그중 어느 경우에도 속하지 않았다.

모든 것이 마음에 들지 않았지만, 본래 법보다 주먹이 앞서는 것이 세상이다. 특히나 프로슬란 자작가는 언제든 움직일 수 있는 병사 300명과 기사 다섯 명이 있었다.

만일 세온이 제대로 술법을 발휘할 수 있는 상태라면 간단히 물리칠 수 있는 전력이다. 그러나 오로지 근력만을 믿고 싸우기엔 여러모로 문제가 많았다.

운성이 가르쳐 준 수련법을 따른 덕분에 어느 정도 안정적인 수준까지 진원을 회복했지만, 아직 술법을 쓸 수 있을 정도의 공력은 아니었다.

현재 세온의 몸에 깃든 공력은 간신히 진원을 안정시키고 하단전에 약간의 진기를 모아놓은 정도에 불과했다. 제대로 여건을 갖춰 현현천뇌공을 수련한다면 며칠 내에 몸을 회복하겠지만, 여러 가지로 요원한 일이었다.

"예, 걱정하지 마십시오."

세온은 속으로는 쉬지 않고 욕설을 퍼부어대면서도 표정은 공손하게 했다. 겉으로만 봐서는 진정으로 노인을 존경하는 듯 보일 정도였다. 역시 빼어난 연기력이었다.

세온의 태도에 노인은 흡족한 미소를 머금었다. 세온도 노인이 겉으로는 호통을 치면서도 자신의 공손한 태도를 만족해한다는 것을 눈치채고 있었다.

처음엔 말이 통하지 않았지만 상당히 빠른 시간 동안에 갈을 배우며 영리하다는 것을 증명했고, 이후 일을 열심히 할 뿐아니라 꽤 잘하기도 했으니까.

노인이 흡족한 표정으로 바라보는 동안 세온은 마구간으로 달려가며 연신 투덜거렸다.

작은 손짓 하나조차 귀선문의 무공과 연결하는 까닭에 상당히 빠른 움직임을 보이고는 있었지만, 마음은 도망가고 싶을 뿐이었다.

"깨끗이 치워야 한다. 내일은 삼 년 만에 아가씨께서 돌아오시는 날이다. 그러니 지금부터 미리 청소를 하고 정리를 해야 한다. 아가씨께서 돌아오셨을 때 마구간이 깨끗하지 않은 것을 보고 실망을 하신다면 네 목을 칠 것이다."

"최선을 다하겠습니다."

세온은 공손히 대답하면서도 바쁘게 발을 놀렸다. 프로슬란 자작에겐 외동딸이 있다.

그녀는 수도에 있는 아카데미에 입학을 한 재원이라고 한다. 노인은 틈만 나면 '우리 아가씨가 어릴 적에는 어쩌고, 으리 아가씨가 예전엔 저쩌고…….'를 연발하며 자랑을 하곤 했었다.

노인네들의 특징이 자신이 어릴 적부터 지켜본 아이가 자라면 마냥 이쁘고 자랑스러운 법이다. 세온도 그 같은 특징을 잘 알고 있다.

매일같이 자랑을 듣다보니 대체 어떻게 생긴 계집인지 궁금하기는 했다.

'하지만 그깟 계집이 나랑 무슨 상관이람.'

세온은 겉으로는 공손하게 대답하면서도 내심으로는 투덜거리며 마구간을 향했다.

정말 매력적인 여자일 수도 있지만, 지금 세온에게는 일거리를 늘려주는 애물단지에 불과했다.

마구간 청소는 어렵고 힘든 일이었다.

아무렇게나 배설해 놓은 말똥도 치워야 하고, 지저분한 짚단도 치워야 했다. 말구유를 깨끗이 닦은 다음 먹이를 채워줘야 하고, 말을 목욕까지 시켜줘야 했다.

다행히 프로슬란 자작가의 말들은 훈련이 잘 된 온순한 말들이었다. 말들의 성격까지 사나웠다면 상당히 피곤했을 것이다.

세온은 혼자 마구간에 들어가 말똥을 치우고 짚단을 날랐다. 모르는 사람은 그냥 풀을 말린 건데 뭐가 무겁냐고 생각하기 쉽지만, 의외로 만만치 않은 무게다.

많은 양을 단단히 묶어놨기 때문에 그 자체만으로도 무게가

 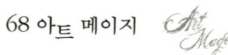

상당한데, 말 오줌까지 머금으면 만만치 않은 무게가 된다.

처음엔 만만히 생각했던 세온도 허리를 휘청거렸을 정도였다. 지금이야 힘쓰는 요령도 알았고, 하단전에 조금 고인 공력이나마 쓸 수 있어 상당한 도움이 되었다.

『아무리 힘들어도 단전에 고인 공력에 의지하지 말아야 하네.』

"압니다, 알아."

운성의 의념에 세온은 퉁명스레 대꾸했다.

세온이 공력을 쓰려 하면 운성이 하는 잔소리는 늘 비슷했다. 아직 진원이 완전히 회복된 것이 아니므로 약간의 공력이나마 아껴야 한다는 것이었다.

운성의 말이 옳다는 것을 알지만, 같은 소리를 매번 반복해 들으려니 지겨웠다.

그러나 틀린 말도 아니었고, 예전과 달리 꼭 공력을 운용해야만 일을 할 수 있는 게 아닌지라 묵묵히 일했다. 일을 하는 한편으로 몸 안에 담긴 공력을 운용하여 조금이라도 더 빨리 진원을 회복하기 위해 노력했다.

'진원만 회복되면 이까짓 곳에서 벗어나는 건 손바닥 뒤집기만큼 쉬운 일이지. 내가 언제까지 노예로 지낼 수는 없잖아. 내가 죽을 곳은 무대지 이런 곳이 아니라고.'

세온은 어떻게든 이곳을 빠져 나가 어디 극단에 들어갈 생각을 했다.

한편으로 전혀 낯선 세계라는 점을 이용해서 세계적인 명작의 원작자로 탈바꿈할 생각도 해 보았다. 이곳은 텔레비전이나 라디오가 없으며, 핸드폰이나 인터넷 같은 개념은 아예 존재하지 않았다.

'틀림없이 이곳 사람들이 즐길 오락거리는 연극밖에 없을 거야. 어차피 내가 있던 곳으로 다시 돌아갈 가능성도 없을 테고, 만일 돌아가도 세계적인 연기자로 재기하기는 힘들겠지. 그러니까 차라리 여기서 연극배우로 성공하는 거야. 아참, 이곳은 새로운 세상이니까 내가 알고 있던 연극 대본들도 없을 거잖아.'

세온은 일을 하면서도 자신이 할 수 있는 일들에 대한 망상을 떠올렸다. 이곳에 미국이 자랑하는 브로드웨이 비슷한 곳을 만들면 어떨까? 새로운 세상에서 연극계의 새 바람을 불러일으킬 예술의 천재로 역사에 남는 것도 나쁘지 않을 것 같았다.

세익스피어의 4대 비극을 이곳에서는 세온의 4대 비극으로 부를지도 모른다.

『그러려면 진원부터 회복해야지. 진원을 회복해야 현현천뇌공도 제대로 운기하게 될 것이네.』

'한창 멋진 생각을 하고 있었는데, 왜 초를 치세요?'

『자네가 쓸데없는 생각을 하니 그렇지.』

'아니, 연기자가 연기에 관한 생각을 하는데 어째서 쓸데없는 겁니까?'

 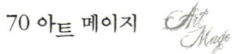

『지금은 연기자가 아니라 마구간을 치우는 노예 아닌가.』

운성의 반론에 세온은 할 말을 잃었다. 헐리웃에서도 인정받은 인기 배우라는 건 대한민국에서나 통하는 이야기고, 이곳에서는 숲에서 주워온 노예 세온이었다.

'내가 영감님이 얄미워서라도 진원을 하루 빨리 회복할 겁니다.'

『잘 생각했네. 그래야 자네도 안심하고 이곳을 벗어날 게 아닌가. 그저 남자는 싸움 잘하는 게 최고라네.』

'······.'

운성의 대꾸에 할 말이 없어진 세온은 다시 투덜거리며 마구간을 치웠다. 생활 속의 수련을 통해 비약적으로 강해진 근력 덕분인지 마구간 청소는 상당히 빨리 끝났다.

세온은 몸에 배인 말똥 냄새를 지우기 위해 근처 우물에서 대충 물을 퍼서 옷을 입은 채 물을 끼얹었다.

어쩔 수 없었다. 가진 옷이라고는 지금 입고 있는 한 벌이 전부였으니까. 물에 젖은 세온은 일부러 동작을 크게 하며 숙소를 향했다.

"늦었군, 세온."

"세튼 집사님이 마구간 청소를 맡겼거든."

"아침에 시켰던 일은?"

"그거 끝나고 좀 쉬려니까 시키던데."

세온이 숙소의 문을 열고 들어서자 마른 식빵처럼 추레한 사내가 말을 걸었다.

점심시간이 지났지만 사내가 세온의 몫으로 마른 빵 한 조각과 희멀건 스프 한 그릇을 남겨둔 모양이었다. 고맙다는 인사를 한 세온은 제 몫의 빵과 스프를 먹어치웠다.

세온이 부족한 식사나마 마치고 나자 숙소의 문이 열리며 병사 하나가 들어왔다.

병사는 숙소를 두리번거리다가 세온을 발견하더니 손가락을 까딱거리며 오라고 손짓했다.

"집사님이 너를 찾으신다. 찾아가 보도록."

"예예, 알겠습니다."

세온은 건성으로 대답하곤 세튼 집사를 찾았다. 마침 세튼 집사는 한창 식사 중이었다. 이미 예상하는 바였지만, 그의 식사는 노예들이 먹는 것과는 질과 양이 달랐다.

구수한 냄새가 나는 부드러운 빵과 토마토 소스를 뿌린 먹음직한 스테이크, 꿀로 절인 사과에 부드러운 스프가 향긋함을 더했다. 세온은 군침이 돌았지만 일부러 내색하지 않고 세튼 집사를 향해 고개를 숙였다.

"찾으셨다고 들었습니다."

"아직 식사가 끝나지 않았으니 조금만 기다리도록."

"알겠습니다."

세온은 뒤로 물러서서 세튼의 식사가 끝나기를 조용히 기다렸다. 표정과 자세는 누가 봐도 절대 복종의 순종적인 모습이었지만, 속으로는 욕설을 퍼붓는 중이었다.

'살날도 얼마 남지 않은 노인네가 처먹기는 더럽게 많이 먹네. 좋은 거 찾아 먹으면 오래 산다고 하던가? 마음이나 곱게 쓰지. 나 같은 사람을 노예로 부려먹을 생각이나 하고 말이야. 아니, 뒤에서 음식 냄새 풍기면서 처먹는 건 대체 어디서 배워먹은 버릇이야? 예의라는 게 서로 상호적인 건데 말이지……'

『이보게나. 그래도 연장자 아닌가. 노인이라 공경한다 생각하시게.』

'아니, 그게 생각처럼 쉽게 되나요?'

세온은 운성과 대화를 주고받으며 시간을 죽였다.

세튼은 한참이나 식사를 즐기고 마지막으로 디저트까지 먹고 나서야 비로소 세온에게 시선을 돌렸다. 세튼이 세온에게 말을 걸었다.

"자네가 보기엔 어떤가?"

"뭐가요?"

"내가 즐긴 식사 말일세."

세튼의 질문에 세온은 뭔가 울컥하는 기분이 들었다. 남은 기껏 말라비틀어진 빵 한 조각에 희멀건 스프 하나로 끼니를 때우는데, 지금 약을 올리는가 싶었다. 그 때문일까?

왠지 기분이 나빴던 세온은 예전 미국 현지에서 연기를 하며 먹었던 고급 음식을 떠올리며 대답했다.

"스테이크에 뿌린 소스의 향이 너무 강한 것 같군요. 조금 먹을 때는 맛있다고 느껴질 수 있지만, 배를 채울 정도로 먹는 다면 금방 질리겠던데요. 사과를 드실 때 냄새로 봐서 꿀에 절인 것 같았는데, 방법이 조금 잘못된 것 같네요. 꿀은 단맛이 너무 강해서 자칫 다른 음식을 맛볼 수 있는 미각을 버리게 할 수 있죠. 차라리 그냥 드시는 편이 더 좋았을 것 같습니다. 그리고……."

세온은 자신이 아는 음식에 관련된 이야기를 주절주절 늘어놓았다.

한참 이야기를 하다가 세튼의 표정이 이상한 것을 보고서야 비로소 실수를 깨달았다. 세상에 어느 노예가 그런 고급 음식을 알 수 있겠는가?

"음식에 대한 식견이 상당히 높군."

"죄……, 죄송합니다."

"아니, 아닐세. 이제야 왜 자네가 아직 말을 모를 때 내게 반항적인 모습을 보였는지 알 것 같아."

세튼의 말에도 불구하고 세온은 여전히 고개를 숙인 채였다.

예전에 어떻게 지냈든 지금 현재는 노예의 자세를 지킨다는 듯한 모습이었다. 그 태도에 세튼은 만족스러운 미소를 지었다.

'정말 저자세로 이러는 거 취향이 아닌데…….'

 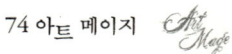

『자네는 배우 아닌가. 진정한 배우는 연기를 하는 것이 아니라 그 사람 자체가 된다고 그랬던 기억이 나는군.』

세온이 치미는 부아를 짓누르자 운성이 달랬다. 세튼이 묘한 눈길을 보내며 말했다.

"이런 음식들을 보고 의견을 내는 사람은 자네가 처음이네. 대체로 맛이 있어 보이고 없어 보이는 것을 말했지."

"그렇습니까?"

세온은 세튼이 무슨 생각을 하는지 알았지만 시치미를 떼고 대답했다.

"하긴, 자네의 과거가 중요한 건 아니지. 처음 말도 제대로 못하던 사람이니 이곳의 귀족도 아니겠지. 어쨌든 내가 자네를 부른 것은 이유가 있네."

"무슨 일이기에 그렇습니까?"

"아직 자네는 이곳의 문화나 풍습을 잘 모르겠지?"

"그렇습니다."

세온은 세튼이 무슨 말을 할지 몰라 긴장하면서도 겉으로는 담담하게 대꾸했다. 어쨌든 운성의 말대로 훌륭한 배우는 연기를 하는 것이 아니라 그 자체가 되는 거니까.

"그럼, 자네를 위해 이곳의 풍습 하나를 말해 주지. 이곳에는 매년 유월이면······."

세튼의 설명이 이어졌다. 신의 영광과 축복이 어쩌고, 풍요를 기원하는 것이 저쩌고 하며 온갖 미사여구들로 치장된 말이 한참이나 계속됐다. 요약하면 간단했다.

매년 유월 초승달이 뜨는 날이면 노예의 몸에 낙인을 찍는 풍습이 있다고 했다.

세튼은 앞으로 보름 후에 초승달이 뜨니까 미리 몸과 마음을 깨끗이 하고 준비하라고 했다.

"자네가 프로슬란 자작가의 노예가 되는 것은 매우 영광스러운 일이네. 영광일 뿐 아니라 프로슬란 자작님의 보호까지 받게 되지. 낙인을 찍는다는 것은 곧 프로슬란 가문의 소유물이 된다는 것이네. 다시 말해 프로슬란 가문에 속하지 않은 이들이 자네를 함부로 해칠 수 없게 된다는 뜻이지. 그러니 몸에 낙인을 찍는 순간부터 안전을 확보하는 셈일세."

세튼은 마치 인심이라도 써 주는 듯 말했다. 그러나 그 말을 듣는 세온으로서는 기가 막혔다.

'뭐야? 지금 멀쩡한 사람을 진짜 노예로 만들겠다는 거잖아?'

세온은 내심으로는 다른 생각을 하면서도 입으로는 다른 말을 했다. 부당한 일이라고 말하고 싶지만, 그랬다가는 프로슬란 자작가를 지키는 기사와 병사에게 끌려가 무슨 일을 당할지 알 수 없었다.

"하아, 그거 참 좋은 일이군요."

"역시 자네도 이해하리라 생각했네. 귀족의 보호를 받는 것은 아주 좋은 일이지. 작년에는 자네가 언제 죽을지 몰라 기회를 주지 못했네. 다행히 지금은 자네도 건강을 찾았으니 낙인을 찍어 주지.

이 얼마나 영광된 일인가? 에그리앙 아가씨께서 돌아오자마자 자네는 우리 가문의 식구가 되는 걸세. 그날은 기념 삼아 나와 함께 식사를 할 수 있게 해 주지. 앞으로 자네는 아무것도 걱정할 필요 없네. 지금처럼 성실히 일하면 내가 책임지고 여자도 구해서 맺어주지."

세튼이 웃으며 과장스럽게 어깨를 토닥여주었다. 세온은 대강 인사를 하고 물러났다.

세튼이 말한 유월의 초승달이 뜨는 날은 보름밖에 남지 않았다. 만일 세온이 온전한 상태였다면 그리 문제가 되지 않았을 것이다.

그저 완력만 믿고 덤비는 병사들은 세온의 상대가 되지 않는다. 아니, 몸을 숨기는 부적인 은형부만 그려도 굳이 다른 사람과 부딪칠 필요 없이 간단하게 도망칠 수 있다.

'내가 무슨 가축인 줄 아나? 몸에 낙인을 찍는다니.'

『문제는 그뿐이 아닐세.』

'알아요. 그 낙인이라는 걸 찍으면 앞으로 저는 합법적인 노예가 되죠. 제 후손도 전부 노예가 되고.'

세온은 운성과 의견을 주고받았다.

지금까지는 진원이 회복되고 다시 술법을 사용할 수 있게 되면 당당히 떠날 수 있다는 마음으로 버틸 수 있었다. 덕분에 진원은 아직 불완전하지만 몸의 근력은 상당한 상태였다.

또한 술법을 쓰기에는 한참 부족했지만 하단전에 약간이나마 공력이 쌓였다. 적어도 겉으로 보기에는 상당히 건강한 몸이 되었다.

세튼은 그것도 전부 프로슬란 자작가에 머물며 얻은 복이라고 말했지만, 세온이 듣기엔 말도 되지 않는 소리였다. 형편없는 식사에 부족한 휴식시간을 생각하면 몸이 더 축나지 않는 게 신기할 지경이다.

지금 멀쩡한 것도 모든 노동을 수련과 병행시키고 현현천뇌공의 경로를 따라 외부의 기운을 받아들인 덕분이었다.

'제대로 일한 대가를 받고 떠나도 부족할 판에 순순히 노예가 된다는 것은 있을 수 없는 일입니다. 뭔가 대책을 세워야 해요.'

『내 생각도 그렇네. 감히 단군의 후손을 종으로 부리려 하다니…….』

운성도 분노를 일으켰다. 세온이 저도 모르게 분기를 일으키자 저절로 신목안이 열렸다.

특별한 공력 없이도 사용할 수 있는 신목안의 공능으로 세상 어디에나 존재하는 영들이 눈에 들어왔다. 세온에게 보이는 잡귀들은 신목안이 열리는 바람에 비명을 지르며 소멸하거나 도망가는 중이었다. 그 광경을 유심히 바라보던 세온에게 묘한 생각이 떠올랐다.

'잠깐, 지금 제가 술법을 쓸 수는 없지만 신목안은 술법과 비슷한 위력을 낼 수 있잖아요.'

『어느 정도 잡령들을 굴복시킬 수 있긴 하지. 그러나 다른 술법들보다 약하네.』

'그래도 가능성이 없는 것보다는 낫죠. 노예가 될 판인데 앞뒤 가리게 생겼어요?'

『뭔가 생각이 있는 모양이군.』

'가벼운 복수를 하려고요.'

세온이 아랫입술을 깨물며 신목안으로 주변의 원혼을 붙잡았다. 붙잡힌 원혼은 세온의 의념에 따라 세튼에게 날아갔다.

원혼은 세튼에게 달라붙고는 주변을 맴돌았다. 비록 세튼에게 붙은 원혼이 당장에 힘을 발휘하지는 못하겠지만, 악령은 악령이다.

'아마 꿈자리가 뒤숭숭할 거다. 야만스러운 인간들 같으니. 꼭 탈출해서 복수해 주겠어.'

세온은 몇 번이고 세튼과 프로슬란 자작에게 복수를 다짐했다. 물론 겉으로는 전혀 그런 기색이 엿보이지 않았다.

제2화
자유를 찾아서

　노예의 낙인(烙印).

　그것은 본래 뮤우 대륙의 창세신화에 나오는 에센트의 율법
에서 비롯된 것이다.

　에센트의 율법에는 안식년이라는 것이 있다. 에센트의 영광
은 7이라는 숫자로 나타낸다.

　그 때문에 7년마다 안식년을 둔다. 그 해에는 모든 경작지
의 농사가 금지되고 노예들에겐 자유를 준다. 그러나 노예의
입장에서 자유를 얻는 것이 반드시 좋은 일은 아니었다.

　노예생활을 하는 동안 따로 재산을 모을 수 있는 것도 아니
고, 자유를 얻었다고 당장에 일할 거리를 만드는 것도 쉽지 않

았다. 그 때문에 상당히 많은 이들이 다시 자신을 팔아 노예가 되고는 한다.

이때 인자한 주인을 만나면 다행이지만, 그렇지 않다면 곤란하다. 그 때문에 좋은 주인을 만난 노예들은 평생 그의 소유가 되기를 원하고는 했다.

주인이 마음에 들어 평생 소유가 되고자 하는 자는 에센트와 주인 앞에서 '천지를 지으신 에센트시여. 내가 내 주인을 사랑하고 그의 집에 거하는 것을 즐거워하며, 나의 후손이 그의 그늘 아래 있기를 원하나이다.'라는 맹세의 기도를 한다.

그 다음 끝이 뭉툭한 쇠막대를 달구어 자신의 이마에 불로 표시를 한다. 이 의식을 행한 노예는 안식년에도 주인의 곁을 떠나지 않을 수 있게 된다.

에센트의 율법에서 비롯된 노예의 낙인은 본래 노예가 선택하는 사항이었지만, 세월이 지나며 귀족이 소유물을 표시하는 것으로 의미가 변질되고 말았다.

좋은 일은 아니지만, 본래 세상 이치란 강자에게 모든 이익이 돌아가도록 되는 법이다.

시기도 7년에 한 번 돌아오는 안식년에서 매년 유월 초승달이 뜨는 날로 바뀌었다. 본래는 거룩한 의식이던 것을 권력자들이 자기 입맛에 맞도록 변질시킨 것이다.

세온은 이대로 멍하니 있다가 노예가 되고 싶은 생각은 추호도 없었다. 그 때문에 하루라도 빨리 도망갈 생각을 했다.

하지만 그것이 쉬울 리가 없었다.

프로슬란 자작에게는 여러 기사들이 있고 300명이 넘는 병사들이 있지 않은가? 그들의 시선을 다른 곳으로 돌리고 도주한다는 것은 아무리 생각해도 쉬운 일이 아니었다.

가능성이 전혀 없지는 않았다. 진원이 완전히 회복되지는 않았지만 육체적인 능력은 예전과 비교할 수 없이 강해졌다. 좀 더 오랫동안 달릴 수 있는 지구력이 생겼고 힘도 좋아졌다. 약간이나마 공력을 사용할 수 있으니 급하면 귀선문의 무공을 쓸 수도 있다.

저택을 빠져 나가기만 하면 어떻게든 도망은 칠 수 있을 것 같았다. 여차하면 숲에 들어가 버티는 방법도 있다. 현현천뇌공을 운기하면 따로 음식을 먹지 않아도 상당기간을 버틸 수 있으니 걱정할 필요도 없다.

'문제는 일단 이 저택을 빠져 나가야 써먹을 수 있다는 건데……'

한참을 고민하던 세온의 뇌리에는 엉뚱하게도 연출효과에 관한 이야기가 떠올랐다.

'엑스트라들은 오버 연기를 자제해야지. 다른 배우들에게 가야 할 시선을 빼앗을 수 있으니까. 지금까지 나도 일부러 눈에 띄지 않으려고 엑스트라처럼 생활해 왔는데, 갑자기 주연급 배우가 되어 버렸……. 자, 잠깐.'

"그렇지, 바로 그거야!"

언제나처럼 마구간에서 혼자 말똥을 치우던 세온이 저도 모르게 탄성을 내뱉었다.

다행히 주변에 아무도 듣는 사람이 없었다. 세온은 혹시라도 누군가 자신의 꼴불견을 본 사람이 있을까봐 주변을 둘러보더니 곧 히죽거리며 마구간 청소를 했다.

'크큭, 내 연기경력이 나를 구하게 되는군.'

세온은 일부러 공력까지 이용해 가며 빠른 속도로 청소를 마쳤다. 운성이 함부로 공력을 낭비한다는 잔소리를 했다. 평소라면 운성의 잔소리가 싫어서라도 그냥 근력만 사용했을 텐데, 지금은 그냥 무시하고 있었다.

『뭔가 생각이 있는 모양이군.』

'그럼요. 지금 공력을 쓰는 건 더 큰 공력을 위한 약간의 투자일 뿐이라고요.'

세온은 최대한 빨리 말까지 씻겨 준 다음 마구간 한구석에 가부좌를 틀고 앉았다. 그제야 운성도 현현천뇌공을 운기하려 한다는 것을 깨달았다.

『좋은 생각이군.』

운성의 의념이 울렸지만 세온은 아랑곳없이 운기에 신경을 썼다. 현현천뇌공은 운공을 하면 기감이 확장되며, 주변의 움직임을 느낄 수 있다.

그뿐 아니라 운공 도중 언제라도 멈출 수 있다는 장점도 있다. 상단전을 열 때의 위험성만 없다면 고금 천하에 감히 견줄 수 없는 심법이다.

세온의 의지가 주변의 기운을 끌어들였다. 천지간에 충만한 기운이 세온을 향하여 해일처럼 밀려들었다. 가공할 기운이 상단전을 통해 온몸으로 스며들었다.

『믿어지지 않는군.』

그 거대함에 운성의 탄성이 이어졌다. 순식간에 상단전을 채우고 중단전으로 흘러가더니 하단전을 가득 채웠다.

하단전으로 흘러간 기운은 거의 대부분을 복원시킨 진원에까지 흘러가 깨진 부분을 메웠다. 여전히 불안한 면은 있었지만, 밖으로 흘러나가는 생명력을 걱정할 필요는 없을 것 같았다.

『누군가 오는군.』

'아쉽네요. 시간이 조금만 더 있었다면……'

세온은 아쉬움을 느끼며 자리를 털고 일어나더니 마구간 청소를 마무리하는 시늉을 했다.

"역시 성실하군. 벌써 마구간을 거의 다 치우다니 대단해."

"그야 열심히 해야죠."

"그래, 좋은 생각일세. 앞으로 프로슬란 자작님을 모시려면 그런 성실함이 필요해."

마구간을 찾아온 사람은 세튼이었다. 세튼의 뒤에는 아담한 체구에 멋진 금발을 늘어트린 소녀가 서 있었다. 그녀가 세온을 위아래로 살피며 말했다.

"정말 열심히 일한 거 맞아? 얼굴 보니까 뺀질거리게 생겼는데."

"아닙니다, 아가씨. 제가 세온에게 마구간 청소를 시킨 지는 얼마 되지 않았습니다. 아마 다른 녀석들 같으면 지금까지 반도 해치우지 못했겠죠. 벌써 청소가 다 끝나가는 것으로 봐서 열심히 한 것 같습니다."

"집사가 그렇다면 그런 거겠지."

소녀는 퉁명스럽게 대꾸하더니 다른 곳으로 시선을 돌렸다. 세온은 대체 무슨 까닭으로 세튼이 자신을 변호해 주는지 몰라 의아해했다.

세튼은 멍하니 서 있는 세온에게 소녀를 소개해 주었다.

"어서 인사를 드려라. 이분이 프로슬란 자작가의 영애이신 에그리앙 프로슬란 님이시다. 지난 삼 년간 수도에 있는 루스칸 아카데미에 계시다 돌아오신 거다."

"뵙게 돼서 영광입니다."

세온은 허리를 숙여 보이며 인사를 했다. 아무한테나 반말을 갈겨대는 소녀의 모습이 마음에 들지 않았지만, 겉으로는 누가 봐도 순종적인 모습이었다.

"뺀질거리게 생긴 놈이 말도 잘하는구나. 날 만난 게 그렇게 영광이냐?"

'뭐야, 이 싸가지 없는 계집애는 혀가 반토막이 났나?'

세온은 내심 기분이 상했으나 여전히 공손한 대답을 했다.

"앞으로 프로슬란 자작님과 아가씨께 몸을 의탁할 처지입니다. 제 주인이 되실 분을 만났는데 어찌 영광이라 하지 않겠습니까?"

"그렇게 생각하면서 어찌 눈을 들어 똑바로 나를 보지 않는거지?"

"저 같은 것이 어찌 감히 아가씨같이 귀하신 분을 똑바로볼 수 있겠습니까?"

세온의 아부 섞인 말에 에그리앙은 기분이 좋은 듯 크게 웃으며 말했다.

"너는 입술에 꿀을 바른 모양이구나. 내 귀에 이렇게 달콤한 말을 할 줄 아는 사람이 있다니. 네가 우리 가문에 속하지않고 밖으로 나돌아 다녔다면 바람둥이가 됐겠구나."

"무슨 말씀입니까? 저는 그저 있는 그대로 말씀드렸을 뿐입니다."

"그래?"

세온의 대답에 에그리앙은 흡족한 미소를 머금고는 세튼에게 고개를 돌렸다.

"이 녀석은 이름이 뭐지?"

"세온이라고 합니다."

"세온? 특이한 이름이네. 마음에 드는걸."

'……무슨 의미냐?'

에그리앙이 마음에 든다는 말을 하자 세온은 긴장했다. 대한민국에서 연기자로 지내던 당시 극성팬들이 납치할 기세로 달려들던 기억이 새록새록 떠올랐다. 심지어 세온의 애를 가지고 싶다고 노골적으로 말하는 황당한 여자들도 있었다.

한번은 동료배우이자 팬이라는 여배우가 일을 벌였다가 스캔들이 퍼지기도 했었다.

당시 세온의 매니저가 그저 악성 루머에 불과하다는 식으로 무마시키느라 얼마나 고생했는지 모른다. 같은 배우들도 그러는데 하물며 팬이야 두말할 필요도 없다.

'혹시, 내 외모를 보고 성의 노리개로 쓰려는 거 아냐? 옛날 역사에도 힘있는 여자들은 남자를 노리개로 썼다고 했었던……'

"좋아, 결정했어."

"무슨 결정을……?"

세온이 잔뜩 겁을 먹고 물었다.

"이 녀석을 내 시종으로 삼겠다. 세온이라고 했지?"

에그리앙은 세튼을 지나쳐 세온에게 다가가더니 앙증맞은 손으로 턱을 들었다.

"이만하면 그리 못난 얼굴도 아니고 말도 잘하니까 밖에서 날 망신시킬 일은 없겠어. 세온, 똑바로 내 눈을 바라보며 대답하는 게 좋을 거야. 내 시종이 된 다음 혹시라도 엉뚱한 생각을 하지는 않겠지?"

"무, 물론입니다."

 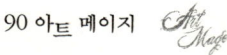

"눈동자가 흔들리지 않는 걸 보니 거짓말은 아니군. 앞으로 잘 해 보자고."

"예, 감사합니다."

"세튼은 시종에게 개인 숙소를 마련해 줘. 내 시종에 대한 교육도 부탁할게."

"알겠습니다."

세튼이 공손하게 머리를 숙였다.

두 사람의 말을 들으며 세온은 탈출을 할 기회가 좀 더 넓어질 수 있으리란 생각이 들었다.

개인 공간이 생기면 현현천뇌공을 운기하기가 한결 수월해진다. 어쩌면 초승달이 뜨기 전에 진원을 복원하고, 약간의 술법을 쓸 정도까지 공력을 모을 수 있을지도 모른다.

'고맙군. 내게 기회를 주다니.'

세온은 에그리앙에게 진심을 다해 감사의 인사를 했다. 에그리앙은 흡족한 미소를 지으며 다른 곳으로 발길을 돌렸다. 세튼은 세온에게 잠시 후에 자신을 찾아오라는 말을 남기고 에그리앙을 따라갔다.

『지금 자네의 몸 상태로 볼 때 현현천뇌공을 전심으로 운기하면 사흘 안에 진원을 깨끗하게 고칠 수 있을 게야. 그리고 단 하루면 금위신갑이나 광염탄을 쓸 수 있을 게야.』

'술법만 쓸 수 있다면 겁날 게 없죠. 생각 같아서는 거산인력법(擧山引力法; 산을 뽑아 내던지는 술법)으로 이 성 전체를 날

려 버리고 싶다니까요.'

『아직은 그런 큰 술법은 자제하는 게 좋겠네. 자네를 노예로 부려먹은 점은 꽤씁하지만, 목숨을 구해 주고 말을 배우게 하지 않았는가? 선의는 아니었으나 공덕을 쌓았으니 용서해 주시게나.』

'뭐, 그렇게 말씀하신다면 그렇게 하죠.'

세튼을 찾아갔을 때, 그는 세온이 기대한 것보다 훨씬 좋은 방을 내 주었다.

조잡한 솜씨로 만들어진 침대와 책상이 놓여 있었고, 벽에는 세온이 입을 옷 몇 벌이 걸려 있었다.

"네가 쓸 방이다."

"감사합니다. 설마 이렇게 좋은 방을 주실 줄은 몰랐습니다."

"아가씨의 체면이 있으니 시종인 너도 대우를 해 주는 거다. 그러니 앞으로도 에그리앙 아가씨와 프로슬란 자작님의 은혜에 감사하도록."

"예, 여부가 있겠습니까."

"그리고, 이 책을 받아라."

"무슨 책인가요?"

"아가씨가 하신 말씀을 잊은 게냐? 아무리 노예라도 시종은 그 주인의 얼굴을 대신하는 신분이다. 최소한의 예법과 글자 정도는 익혀야지."

"제게 글을 가르쳐 주신다고요?"

 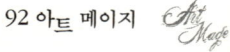

"그렇다."

세튼의 말에 세온은 얼른 책을 펼쳐 보았다. 책에는 생전 처음 보는 문자들이 나열되어 있었다.

아마도 처음 글을 배우는 이들을 위한 교습서인 모양인지, 같은 글자가 한 페이지에 몇 번이나 반복되어 적혀 있었다.

"책을 읽을 수 있게 된다니, 꿈만 같군요."

세온은 진심을 담아 말했다.

원래 책을 좋아하지는 않았지만, 배우가 된 후 달라졌다. 그리고 매니저 덕분에 판타지의 골수팬이 되었었다. 특히 몇 작품은 아예 외울 정도로 반복해서 읽었다.

현현천뇌공으로 발달된 두뇌 때문에 조그만 문장기호까지 외울 지경이었다. 그게 아니더라도 매일 시나리오를 읽으며 어떻게 연기를 할 것인지 분석하고 연구하던 습관이 남아 있다.

활자중독까지는 아니었지만 적어도 필요한 책을 찾아 읽는 정도는 되었다. 덕분에 세온은 촬영 중 비는 시간에는 대체로 뭔가를 읽고 있을 때가 많았다. 그러나 이상한 세상에 떨어진 이후 한 번도 글을 읽어본 적이 없었다.

글을 알면 정보와 지식을 얻기가 쉬워진다.

세온이 사회, 정치, 경제에 대한 지식을 쌓거나 공부한 적은 없지만, 정보를 지배하는 자가 곧 세상을 지배한다는 소리는 몇 번이나 들어왔다. 한국에서 IT 산업에 상당한 투자와 지원을 하는 이유도 결국은 정보의 지배자가 권력자가 될 수 있음을 알기 때문이 아닌가.

"오늘은 일을 하지 않아도 좋다. 대신 이 책으로 나와 함께 공부를 해야 한다."

"알겠습니다."

세튼의 말을 세온이 거절할 이유는 없었다. 책상 앞에 마주 앉은 세온은 세튼이 가르치는 문자의 개요에 대하여 귀를 기울였다.

"뮤우 대륙은 서로 다른 문자와 언어를 가진 나라들이 헤아릴 수 없지. 수많은 문자들 중에 가장 으뜸은 우리 폴카스 왕국의 것이다. 이 글자로 말하자면……."

세튼이 폴카스 왕국의 문자가 가진 우수성을 설명했다.

폴카스 문자는 오랜 옛날 마왕 루스펠의 침공으로부터 중간계를 수호한 대마법사 룬드그란이 정리한 것이라고 했다. 특히나 세튼의 말에 담긴 룬드그란이라는 마법사에 대한 존경의 염은 저절로 감탄할 정도였다.

'마법사? 이곳엔 정말 마법사라는 게 있는 걸까요?'

『우리가 살던 곳에서도 술법의 존재를 믿지 않는 사람들이 대부분이네.』

'그것도 그렇네요.'

세온은 잠시나마 마법의 존재를 의심했지만, 그냥 그러려니 하고 넘어갔다. 정말 마법이라는 것이 존재하고 또 마법사가 있다면, 여행을 하는 동안 만날 수 있으리라 생각했다.

"대략적인 설명은 이 정도로 하겠네. 그럼 글자를 읽는 것부터 연습하기로 하지. 대마법사 룬드그란께서 정리하신 폴카스 문자는……."

이번에야말로 중요한 대목이었다. 세온은 정신을 집중하여 세튼의 말에 귀를 기울였다.

어차피 떠날 곳이란 생각에 최대한 배울 수 있을 만큼 배워야겠다는 결심을 했다. 세튼도 세온이 배움의 열의를 보이자 신이 나서 더 자세히 가르쳐 주었다.

폴카스어는 표음문자였다. 소리 나는 대로 표기하는 방식이었고, 세온은 글은 모르지만 대화에 지장이 없을 정도로 말을 배운 상태였다. 그러니 진도가 빠를 수밖에 없었다.

그것을 감안해도 수업이 진행되는 속도는 상당히 빨랐다. 세튼은 모르겠지만, 세온의 이해력과 암기력은 인간의 한계를 벗어나 있었다.

처음 헐리웃에 진출할 때도 고작 두 달 만에 영어를 마스터한 세온이었다.

물론 그때는 중고등학교 시절을 통틀어 6년이나 영어를 배웠던 기억이 있었고, DVD를 구입해서 영어자막과 해석을 통째로 외우며 공부했기에 좀 더 속도가 빨랐다. 그러나 그 모든 것을 감안해도 세온의 언어감각이 상당한 것이었다.

그간 몸으로 때우는 일만 했기에 드러낼 일이 없었지만, 새

롭게 문자를 배우며 세온의 지적 능력이 유감없이 발휘되었
다.

"놀랍군. 이 정도 속도로 배운다면 열흘 정도면 글을 읽는
데 부족함이 없을 게야."

"아닙니다. 워낙 잘 가르쳐 주셔서 그런 거죠."

"아니, 아니야. 내 생전 이렇게 빨리 글자를 배우는 사람은
본 적이 없네."

"좋게 생각해 주시니 감사합니다."

세온이 허리를 숙여보이자, 세튼은 그럼 나중에 보자며 방
에서 나갔다. 세온은 그가 나가자 길게 한숨을 내쉬며 의자에
털썩 주저앉았다.

'하여간 나의 천재성은 나 자신도 주체할 수 없다니까.'

『자네가 뛰어난 게 아니라 현현천뇌공이 대단한 거네.』

'현현천뇌공이 제 것이 된 지 한참이니 제가 천재인 게 맞
죠.'

『그런데, 조금쯤은 말을 못 알아듣는 척해도 되지 않았을까 싶
군. 사람은 누구나 자신보다 못하다고 생각했던 자가 더 나은 면모
를 보이면 질투하기 마련인데. 자칫 해코지를 하지 않을까 걱정이
되는군.』

'그 생각을 하지 않은 건 아니지만, 제가 떠날 날짜가 얼마
남지 않았잖아요. 저 노인네는 열흘을 말했지만, 그렇게 오래
남을 수가 없어요. 앞으로 초승달이 뜰 날은 일주일도 남지 않

았다고요.'

『하긴, 그것도 그렇군.』

운성도 세온의 의견에 수긍을 했다. 운성과 간단히 대화를 나눈 세온은 다시 현현천뇌공의 운기를 시작했다.

곧 세온을 중심으로 거대한 기운이 해일처럼 몰아쳐 들어왔다. 강대한 기운이 상단전을 채우더니 중단전과 하단전으로 흘러 들어가고 순식간에 진원을 메웠다.

본래의 모양은 회복했으나 여전히 금이 간 상태였던 진원은 새롭게 보충되는 기운을 받아들였다.

강한 기운이 진원을 감싸며 스며들기를 반복하더니 마침내 말끔하게 변했다. 진원이 멀쩡해지자 이제는 하단전부터 차곡차곡 공력이 쌓였다.

진원을 보강하느라 1년이나 채우고 비우기를 반복하던 단전은 텅 빈 상태로 그릇만을 키워놓은 상태였다. 그 거대하고 단단한 그릇이 충만한 기운으로 가득해졌다.

한참 동안이나 현현천뇌공을 운용하며 상단전에 기운을 담았지만, 그것은 중단전과 하단전으로 흘러 내려갔다. 현현천뇌공의 운기는 밤이 지나고 아침을 맞을 때까지 계속되었다.

『아침이네. 이쯤에서 운기를 마쳐야 할 것 같군.』

'알겠습니다.'

세온은 아쉬운 듯 입맛을 다셨다. 밤새도록 운공을 했음에도 불구하고 기해혈 부근의 하단전은 고작 절반도 채우지 못했다. 그만큼 그릇이 커진 것이다.

'이상하네요. 전에는 상단전부터 채워졌는데, 지금은 하단전부터 채워지네요.'

『현현천뇌공의 작용 때문이 아닐까 하네. 자네도 알다시피 현현천뇌공은 다른 내공심법과 반대의 길을 걷지. 본래는 하단전을 먼저 만들고, 나중에 어느 정도 이상의 공력이 쌓이면 비로소 자연스럽게 중단전과 상단전이 차례대로 열리네.』

'아는 이야기는 넘어가죠.'

『현현천뇌공은 술법을 위해 반대의 길을 걷지만, 굳이 따지면 하단전을 먼저 채우는 것이 맞아.』

'무슨 말을 하시려는지 알 것 같아요.'

세온도 운성이 무슨 설명을 하려는지 깨달았다.

처음 현현천뇌공을 운기할 때는 중단전과 하단전이 없는 상태에서 상단전을 만들었기 때문에 역리의 수행이 가능했다. 그러나 이미 세 개의 단전 모두를 열어놓은 상태가 되자 운공도 순리를 따르게 된 것이다.

'그래도 아랫배가 묵직한 걸 보면 공력이 장난 아니게 쌓인 것 같은데요.'

『내가 느끼기에도 그렇네. 진기가 정제된 정도로 봐서는 거의 중단전의 공력과 비슷하군. 자네가 평범한 무공을 익혔다면 지금 얻은 공력만으로도 상당한 힘을 발휘했을 걸세.』

'괜찮아요. 사람 죽이는 데는 별 관심 없으니까. 어떻게 생

각하면 기연이 될 수도 있잖아요.'

『맞는 말이긴 하네만……』

운성이 말끝을 흐렸다.

세온은 아무렇지 않게 자리를 털고 일어나 깨끗한 새 옷으로 갈아입었다.

세튼이 말하기를 시종은 주인보다 먼저 일어나 문 앞을 지키고 있어야 한다고 했다.

에그리앙이 남자였다면 방에 들어가서 주인이 깨어날 때까지 대기하고 있어야 했겠지만, 여자이기 때문에 감히 안으로 들어가는 것은 허락되지 않는다.

세온도 아직 자라지도 않은 계집아이의 방에 들어가고 싶은 마음은 없었기 때문에 문 앞에 서 있는 것이 더 좋았다. 세온은 문 앞을 지키는 한편 주변을 얼씬거리는 잡령들을 관찰하고 명령을 내렸다.

아쉽게도 세튼에게 붙여둔 악령은 얼마 가지 못해 스스로 떨어져 나가고 말았다.

잡귀들이 사람을 해치려면 심신이 허약한 틈을 찾아야 하는데, 세튼은 프로슬란 자작가에 대한 신념이 강했기 때문에 접근이 쉽지 않은 모양이다.

'그 노인네가 악령 때문에 주의력이 흐트러지면 기회를 보려고 했는데, 방법을 바꿔야겠군. 이럴 때 술법을 쓸 수 있다면 원혼입신의 술법을 쓰면 좋을 텐데.'

세온은 자신이 프로슬란 자작가로부터 벗어날 방법을 궁리하며 생각에 잠겼다. 진원은 완전히 복구됐다. 하단전에는 어지간한 무공 고수들도 감당하기 힘들 정도의 공력이 쌓여 있다.

귀선문의 무공이 공격보다는 회피와 도주에 치중되어 써먹을 길이 적은 것이 문제지만 무공은 무공이다.

공력의 힘을 빌려 육체의 한계를 뛰어넘는 것은 지금 당장도 충분히 가능했다. 만일 여기에 더해 공격적인 수단 몇 가지만 알고 있어도 상당한 도움이 됐을 것이다.

세온이 이런저런 상념에 빠져 있는데, 운성의 의념이 뇌리를 울렸다.

『방 안에서 이상한 기운이 느껴지는군.』

'이상한 기운이라뇨?'

『나는 자네를 통해서만 보고 듣고 느낄 수 있네. 내가 느꼈다면 자네도 느낀 거야. 대수롭지 않게 생각하고 넘어가는 것일 테지만.』

'그……, 그런가요?'

운성의 말에 세온은 감각을 집중했다. 에그리앙의 방 안에서 묘한 기운이 느껴졌다. 정체를 알 수 없는 영적인 존재지만, 그렇다고 다른 잡귀들처럼 음기를 품은 것도 아니다.

뭔가 긍정적인 기운을 가진 영적인 존재가 에그리앙의 곁에 있었다.

운성이 뭔가 짐작했는지 결론을 내렸다.

『잘 모르겠지만, 이곳에도 술법이 있는 모양이군. 아마 자네의 아가씨도 술법을 쓸 줄 아는 모양일세.』

'누가 누구의 아가씨라는 겁니까?'

『누가 뭐랬는가?』

운성의 의념에 세온은 벌컥 화를 내면서도 자신의 짐작을 떠올렸다.

'이매술 같은 게 아닐까요?'

『이매망량도 결국은 잡귀를 움직이는 것이라 음기를 뿜어내긴 마찬가지네.』

'아, 그렇군요.'

세온과 운성이 나름대로 의견을 주고받는 동안 방문이 열렸다. 남자들처럼 옷을 차려입은 에그리앙이 성큼성큼 걸어 나왔다. 세온이 공손하게 인사를 했다. 에그리앙은 가볍게 고개를 끄덕여 보이더니 앞장서 걸었다.

"병사들이 훈련하는 곳을 둘러볼 생각이다. 혹시라도 기사나 병사들의 훈련에 방해가 되지 않도록 해."

"알겠습니다, 아가씨."

세온은 대답을 하며 뒤를 쫓았다. 마침 세온의 눈에는 묘한 것이 들어왔다. 에그리앙의 어깨에 불에 붙은 듯 보이는 도마뱀 하나가 앉아 있는 게 아닌가?

'이 녀석이었군.'

세온이 장난스러운 미소를 머금었다. 불도마뱀에게서 느껴지는 영적 기운의 영향으로 신목안이 열렸다. 신목안의 영성이 불도마뱀을 노려봤다.

불도마뱀은 하품을 하며 세온을 향해 고개를 돌렸다. 신목안을 가지면 잡귀를 물리치고 영과의 대화를 가능하게 해 준다. 영과 의사를 통하는 데는 굳이 입을 열 필요도 없다. 신목안으로 상대를 바라보며 의념을 집중하면 그만이다.

'너 뭐하는 녀석이냐?'

세온의 의지에 불도마뱀은 화들짝 놀라며 허공으로 둥실 떠올랐다.

[지금 내게 말을 건 것인가, 인간?]

'그럼 누구겠어. 너는 뭐하는 귀신이냐?'

[나와 이야기를 나눌 수 있다니. 이마에 있는 눈은 대체 뭐냐, 인간?]

'내가 먼저 물었잖아. 대체 넌 뭐하는 도마뱀이냐?'

불도마뱀이 신기한 듯 세온의 주변을 맴돌았다.

"살라만다?"

에그리앙은 천천히 뒤로 돌아섰다. 그녀는 세온을 위아래로 살피더니 고개를 갸웃거렸다.

"정령 친화력이 있었군? 영지에 의외의 보석이 있었네."

"정령 친화력이라는 게 뭐죠?"

에그리앙의 말을 알아듣지 못한 세온이 물었다. 에그리앙은 정령에 관해 간단한 설명을 했다.

"혹시 세상을 구성하는 요소가 뭔지 알아?"

'음양오행설 같은 걸 말하면 못 알아듣겠지?'

세온은 엉뚱한 생각을 하면서도 모르겠다고 대답을 했다. 에그리앙은 그럴 줄 알았다는 듯 말을 이어갔다.

"물, 불, 흙, 바람이지."

『사대오상(四大五常)을 말하는군.』

에그리앙이 4가지 요소에 대한 이야기를 꺼내자 운성도 관심을 보였다. 말하는 지식의 배경은 달랐지만 내용은 거의 일치했다.

다만 운성이 알고 있는 사대오상에는 정신적인 측면인 인의예지신이 포함되었고, 에그리앙은 물질을 이루는 사대만을 말하는 것이 달랐다.

각설하고 그들 4가지 요소에는 정령이라는 것이 존재하고, 정령을 다룰 수 있는 사람을 정령사라고 한다. 에그리앙이 수도에 있는 루스칸 아카데미에 입학한 것도 정령사의 자질을 가지고 있었기 때문이다.

"아, 그렇군요."

"각 속성의 정령들마다 각자 이름이 있는데, 불의 정령은 살라만다야. 솔직히 말해 봐. 지금 네 눈에도 보이지?"

"그……, 그렇습니다."

"그런데 왜 말하지 않았어? 정령에 대한 친화력이 있다면 누구나 좋은 대우를 해 줄 텐데."

"저는 그냥 귀신이라고 생각했거든요."

"……정말이야?"

"그렇습니다, 아가씨."

세온의 말에 에그리앙은 뭐가 그렇게 웃긴지 웃음을 터뜨렸다. 한번 터진 웃음은 멈출 줄을 몰랐다. 그 사이 세온은 살라만다에게 계속 말을 걸었다.

'살라만다라고 했지. 우리끼리 계속 이야기를 해도 괜찮은 거야?'

[괜찮다, 인간. 어차피 다른 인간들은 우리 정령들과 대화를 나눌 줄 모른다.]

'그러면 너랑 지금처럼 이야기를 나눠도 다른 사람은 모른다는 거네.'

[그렇다.]

세온은 살라만다가 보내는 의념을 들으며 여러 가지 가능성을 생각해 봤다.

정령술은 여러 의미에서 술법에서 사용하는 이매술과 비슷한 점이 많았다. 다른 점도 물론 많았지만, 정령술은 또 정령술만의 장점이 있었다.

'그러니까 그 마나라는 것을 대가로 일을 해 주는 거라 그거지?'

[그렇다, 인간.]

 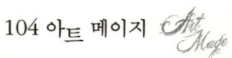

'그러면 그 마나라는 건 어떻게 주는 거냐?'

[정령과 계약을 하게 되면 소환될 때 알아서 가져가니 걱정할 필요 없다, 인간.]

'잠깐, 뭘 시키려면 계약도 해야 되는 거야?'

[정령은 계약을 통해 대상에게 귀속이 된다, 인간. 아마도 그대는 정령과의 계약이 어렵지 않을 것이다, 인간. 어떤 정령도 계약을 거절하는 법은 없다, 인간.]

'잘 가르쳐 줘서 고마워. 그런데, 한 가지 부탁 하나 해도 될까?'

[말하라, 인간.]

'말끝마다 인간이라고 부르는 것 좀 그만 하면 안 돼? 내가 인간이라는 건 뻔히 아는 사실이라고.'

[알았다, 인간.]

'하아, 구제불능이군.'

세온이 내심 투덜거리는 동안 웃음을 멈춘 에그리앙이 제안을 했다.

"정령술을 배울 생각 없어?"

"제가요?"

"정령술을 배울 때 가장 중요한 게 친화력이야. 적어도 자신의 정령을 보고 느낄 줄 알아야 하지. 너는 지금 살라만다를 볼 수 있잖아. 친화력은 그 정도면 충분하다. 그러니 정령과 계약을 하는 게 어렵지는 않아."

"글쎄요, 그게 그러니까……."

에그리앙의 제안은 세온의 생각에도 나쁘지 않았다. 술법을 사용할 만큼의 공력을 모으지 못하고 있는 지금으로써는 자신을 지킬 수단이 아무것도 없는 상태다.

물론 귀선문의 무공이라는 것이 있긴 하지만, 그것은 말 그대로 도주용이다.

없는 것보다는 낫지만 남자 체면에 무작정 도망치는 게 일이라니.

"나중이라도 생각 있으면 말해. 정령을 소환하고 계약하는 법 정도는 가르쳐 줄게."

"아, 알겠습니다."

세온은 간단히 대답을 하고 에그리앙의 뒤를 따랐다. 겉으로는 정령술에 대하여 아무 미련이 없는 척했다. 에그리앙이 아깝다고 할 정도였다.

그러나 세온의 의념은 살라만다에게 온갖 질문을 퍼붓는 중이었다. 살라만다도 인간과 대화가 가능하다는 것이 신기하여 쉴 새 없는 질문에도 귀찮아하지 않고 순순히 대답해 주었다.

에그리앙에게 배우기를 거절한 것도 이유가 있었다. 정령에게 직접 물어볼 수 있는데 일부러 삼자를 거쳐 물을 필요가 없었다. 뭐든 당사자에게 직접 듣는 편이 좋았다.

세온은 살라만다를 통해 정령을 불러 계약하는 법을 배웠다. 정령과 계약만 하면 이후로 계약자가 부를 때마다 언제든 나타난다고 했다.

덧붙여서 필요할 때만 소환하는 것보다 평상시에 자주 소환하는 것이 좋다고 했다. 정령과 자주 어울리면 그만큼 친화력이 늘어나기 때문이다.

정령술을 배우면 에그리앙이 눈치챌 수 있는지도 물어봤다. 살라만다는 정령술사는 정령과 계약한 사람을 알아볼 수 있다고 대답했다.

'이매술과 정령술을 적당히 합쳐 놓으면 나쁘지 않겠는데. 이매 대신에 정령을 사용한다면…….'

세온은 생각했다. 상단전을 열며 발달된 뇌가 빠르게 운동했다. 주변의 산소를 받아들였다.

심지어 주변의 기를 끌어들여 뇌를 자극하기까지 했다. 정령을 이용하여 이매술을 좀 더 다른 형태로 바꿀 수 있는 방법이 보였다.

세온이 정령술과 이매술을 융합하여 전혀 새로운 술법으로 혹은 정령술로 변화시키는데 걸린 시간은 찰나였다. 평소 써먹지 않아 그렇지 마음만 먹으면 상식을 뛰어넘는 집중력과 천재성을 보일 수 있다.

어쩌면 그것이야말로 현현천뇌공이 가진 최고의 공능일지도 모른다.

"벌써 마나가 다 된 모양이네."

세온이 짧은 순간에 정령술과 이매술의 융합을 생각해낸 동안 에그리앙은 마나가 모두 소모된 모양이다.

아쉽게도 살라만다가 역소환되었다. 세온은 아직 더 많은 것을 묻고 싶었지만, 마음을 편히 먹기로 했다.

'노예의 낙인을 찍기까지 아직 시간이 있어. 포기하지 않으면 반드시 한 번의 기회는 온다.'

세온은 순간적으로 떠올린 방법을 생각했다. 살라만다를 만난 덕분에 일이 좀 더 수월하게 될 것 같았다. 바로 얼마 전에 했던 생각을 다시 떠올렸다.

'엑스트라가 주인공보다 돋보이면 영화를 망치지.'

살라만다를 만난 지 사흘이 지났다. 그동안 세온은 세튼으로부터 글자와 예법을 익혔다.

세튼은 글자의 기초를 가르치는 교습법에 익숙했다. 프로슬란 자작과 에그리앙에게 글을 가르친 것도 세튼이라고 했다. 그 외에도 자작가에 속한 어린아이들의 교습도 세튼이 도맡아 한다고 했다.

다른 분야는 확인한 바 없어 모르지만, 글의 기초를 닦아주는 데는 유능한 선생이었다. 덕분에 세온도 서툴지만 글을 읽을 수 있게 되었다.

"세온 군이 이 정도로 천재인 줄은 몰랐네. 귀동냥으로 말을 배우기에 머리가 좋을 거라 짐작은 했지만……. 설마 이 정도의 천재라니. 아가씨와 다니기에 부족하지 않겠어."

"집사님께서 잘 가르쳐 주신 덕분입니다."

"아니야. 적어도 내 주변에서 자네보다 빨리 배우는 사람은 본 적이 없네. 이건 진심이야."

세튼에게 연이어 천재 소리를 들었지만, 아직 세온이 글을 읽는 능력은 어린아이 수준이었다.

세온은 그 정도로도 만족스러웠다. 글을 읽는 건 자꾸 책을 읽다보면 저절로 늘 테니까. 그 정도면 충분할 거라고 생각되었다.

에그리앙을 수행하며 주워듣는 정보도 상당한 도움이 되었다. 세온이 알게 된 정보의 하나가 이 세상에서도 기를 다루는 이들이 있다는 것이었다. 물론 부르는 이름은 달랐다.

글도 배웠고, 정령술도 살라만다에게 직접 배웠다. 마법이란 것이 실제로 있다는 것도 알았다.

기사는 마나를 이용해 신체 능력을 강화시키고, 오러를 뿜어내며 싸운다고 했다. 세온은 자신이 알고 있는 술법이나 무공과 크게 다르지 않다고 생각했다.

'마나를 대가로 정령을 소환할 수 있다고 했지? 아직 하단전도 다 채우지 못했는데, 괜찮을까 모르겠네.'

지난 사흘간 세온은 나름대로 계획을 세우고 준비를 했다. 기회를 살펴 에그리앙의 금팔찌도 하나 슬쩍해 두었다. 세상으로 나가면 돈이 필요할 것 같아서였다.

다행히 그녀가 귀금속에 관심이 없는 편이라 아직 들키지 않았다. 그러나 언제까지 무사하리란 보장은 없었다.

에그리앙의 물건이 없어지면 가장 의심받을 사람 중 하나가 세온이다.

마침내 탈출을 결심한 날이 되었다.

'더 이상 미룰 수 없어. 시작하자.'

세온은 망설일 것 없이 세튼에게 받은 책을 찢었다. 글씨 공부를 위해 필요한 책이었지만, 탈출 준비를 위해 어쩔 수 없었다. 그 다음 부싯돌을 꺼내 부딪쳤다.

탁! 탁! 탁!

부싯돌이 충돌하며 불꽃을 튀겼다. 불꽃이 종이에 불을 붙였다.

세온은 종이가 충분히 오랫동안 탈 수 있도록 모은 뒤 마음을 가라앉히고 기감을 집중했다. 현현천뇌공의 공능으로 세온의 감각은 상식을 뛰어넘을 정도였다.

은밀한 요괴의 공격도 미리 눈치채고 막아낼 정도다. 그러니 다른 기운을 느끼는 건 차라리 쉬운 일이었다.

얼마 되지 않아 불의 기운이 느껴졌다. 뜨거우면서도 격렬하고 또 한편으로는 부드럽고 따스한 기운이었다. 세온은 마음으로 살라만다에게 배운 그대로 주문을 읊었다.

나직한 주문이 채 끝나기도 전에 불 속에서 에그리앙의 그것과 똑같이 생긴 살라만다가 모습을 보였다.

세온은 불의 정령을 바라보며 나직하게 말했다.

"나와 계약하겠는가?"

살라만다가 고개를 끄덕였다. 곧 세온의 단전에서 미약한 기운이 흘러나가는 것이 느껴졌다. 워낙 미미한 기운이라 굳이 신경 쓸 필요도 없을 정도였다.

고작 이 정도의 소모량이라면 앞으로도 마나량의 부족을 고민할 필요가 없을 듯했다.

살라만다가 허공에 떠오르며 어깨에 앉았다. 세온이 살라만다를 보며 말했다.

"앞으로 잘 지내자."

[이번 계약자는 꽤 활달한 성격이군. 마나량이 상당하니까 하루 종일 소환되어 있어도 무리가 없겠어.]

"좋게 봐 줘서 고마워. 그런데, 내 마나량이 그렇게 많은 거야?"

세온의 대꾸에 살라만다가 고개를 들었다. 의아스러운 눈으로 바라보던 살라만다가 다시 의념을 일으켰다.

[설마 내 말을 알아들은 것인가? 혹시 다른 정령과도 대화가 가능한가?]

"당연히 알아듣지. 나는 모든 영적 존재와 대화할 수 있다고."

[놀라운 인간이다. 어쩌면 4대 정령 모두와 계약을 할 수 있겠군. 만일 생각이 있다면 내가 돕겠다. 어찌하겠는가?]

"나중에. 지금은 급히 해야 할 일이 있어. 도와줄 수 있지?"

[정령은 어떤 경우라도 계약자의 말을 듣는다.]

"잘 됐군."

세온은 씩 웃고는 방문을 벗어났다. 건물 밖으로 나가려면 병사와 기사들의 경계를 벗어나야 하지만, 방문 밖으로 나가는 것을 뭐라 하는 사람은 없었다.

세온은 감각을 확장하여 오가는 사람이 있는지 여부를 확인하고 곧 주문을 읊조렸다.

이매술이었다.

세상 모든 것에는 영이 깃든다. 오랜 세월 사람의 손길이 닿은 물건은 사람의 염이 모여 영으로 발전하고, 살아 있는 것은 살아 있는 것대로 오랜 세월과 함께 정(精)이 생겨 영적인 존재가 된다.

이매술은 존재하지만 실체가 없는 영을 모아 실체를 주고 부리는 술법이다. 이매는 술법사에게 훌륭한 하인이 된다.

물리적인 힘을 발휘할 수 있지만, 막상 이매 스스로는 물리적인 타격을 받지 않기 때문에 의외의 위력을 발휘하기도 한다. 또한 술법사가 임의적으로 특성을 부여할 수도 있어 여러 가지로 편리한 술법이다.

세온도 이매술을 알지만 상단전에 공력이 없어 써먹지 못했다. 말이 쉬워 실체를 주고 특성을 부여하는 것이지, 육신을 창조하여 영을 불어넣는 것이나 마찬가지의 작업이다. 그런 술법이 어지간한 공력으로 가능할 리가 없다.

술법에는 법력이 필요하다. 법력은 상단전의 영적인 기운과 공력을 합친 힘이다. 법력의 바탕은 공력이지만, 공력이 법력인 것은 아니다. 상단전에 쌓인 공력을 영적인 힘으로 변환시켜야 비로소 술법을 쓸 수 있는 법력이 될 수 있다.

지금 세온의 상태는 공력은 충분하지만 법력이 없었다. 그 때문에 이매술도 불가능했다. 본래는 그게 정상이다.

그러나 정령이라는 존재가 세온이 발휘해야 할 영적인 기운을 대체했다. 적어도 이매술에 있어서는 법력이라는 제약을 벗어나게 만들어 주는 셈이다.

세온의 주문이 이어지며 살라만다의 몸이 점점 더 뚜렷하고 크게 변했다. 곧 세온의 눈에는 화염에 쌓여 있는 멧돼지만 한 크기의 불도마뱀이 모습을 드러냈다. 이글거리는 불길이 혀를 날름거렸다.

"역시 내 생각대로군."

[계약자여, 그대가 한 일인가? 내가 몸을 가지다니…….]

"당연히 내가 했지."

세온은 헌원과 싸운 이후 일 년이 지나서야 성공한 술법이 마음에 들었다. 편법이지만, 결과가 좋으니 다행이었다.

[중간계에서 몸을 가질 수 있다니. 왠지 이번 계약자와 함께하는 동안은 재미있는 일이 벌어질 것 같군.]

"아마 그럴 거야."

[기대하지. 내가 무슨 일을 해 주길 원하는가?]

살라만다의 질문에 세온이 간단히 지시사항을 내렸다. 창고로 가서 마음껏 난동을 부리라는 것이었다. 그러다가 힘이 다하면 알아서 정령계로 가라고 했다. 살라만다가 심각한 어조로 말했다.

[나는 계약자와 멀리 떨어지면 마나를 공급받지 못한다.]

"걱정할 것 없어. 지금 너는 몸을 가지고 있잖아. 30분 정도면 원래대로 돌아가지만, 그 정도만 난리를 피워줘도 나에게는 충분하다고."

[계약자의 뜻을 따르겠다.]

거대한 살라만다가 허공으로 둥실 떠올랐다. 곧이어 세온이 예상한 대로 난리가 났다. 사람들이 고함을 지르고 악을 쓰는 소리가 났다. 날카로운 비명소리가 귀를 울렸다.

'누가 다쳤나?'

세온은 마음에 떠오르는 죄책감을 뒤로 하고 목청을 돋우며 내달렸다. 연극무대에서 배운 발성법까지 동원하여 크게 소리를 질렀다.

"괴물이 나타났다! 불타는 도마뱀이 성에 불을 질러요오!"

세온의 외침에 더욱 난리가 났다. 멀리서 병사들을 지시하는 기사들의 외침이 들렸다. 물통을 나르고 모래를 퍼 나르라는 말이 들렸다.

값진 물건들이 불에 붙지 않도록 하라는 외침도 섞여 있었다. 예상치 못한 화재에 당황한 사람들은 우왕좌왕하느라 세온이 문을 향해 내달리는 것도 신경 쓰지 못했다.

건물 입구까지 간 세온은 곧 병사와 기사들의 제지를 받았다. 강직한 인상을 한 기사는 20명의 병사와 함께 문 앞을 지키고 있었다. 그는 세온을 발견하자마자 날카롭게 쏘아보며 무슨 일인지 물었다.

"지…… 지금 나…… 난리가 났어요. 불타는 도마뱀이…… 불을 질러요. 누군가 저주를 내렸을 거예요. 누가 신을 노하게 한 거예요. 사……, 살려 주세요. 저는, 저……, 저는 한 번도 나쁜 짓을 한 적이 없다고요. 제…… 제발 살려 주세요."

세온은 겁에 질린 듯 부들부들 떨면서 공포에 질린 듯 건물에서 최대한 벗어나려는 몸짓을 보였다. 너무 무서워서 몸도 가누지 못하는 것 같았다. 그 모습을 보던 기사는 화를 냈다.

"불길을 잡을 생각을 해야지, 도망을 치면 어쩌자는 건가? 잔뜩 겁을 먹어서 데려가도 도움 될 것 같지 않군. 여기서 진정하고 있도록. 다른 병사들은 둘만 남고 나머지는 모두 나를 따르도록."

"예, 알겠습니다."

기사는 세온이 감히 안쪽으로 눈도 돌리지 못하는 모습에 혀를 차더니 다른 병사들과 더불어 달려 들어갔다.

곧 문 앞에는 두 병사와 세온만 남겨졌다. 두 병사는 성 안쪽을 힐끔 쳐다보며 중얼거렸다.

"큰일은 없어야 할 텐데. 걱정되는군."

"불길이야 금방 잡히겠지. 그나저나 이게 무슨 일이야?"

두 병사가 수군대며 걱정스럽게 건물 안쪽을 훔쳐봤다. 세온은 부들부들 떨면서 문에서 최대한 멀리 떨어졌다. 그러나 병사들은 세온이 잔뜩 겁을 먹고 물러서는 것처럼 보였는지 별반 신경 쓰지 않았다.

'기회는 단 한 번이다.'

세온은 크게 심호흡을 하며 두 다리에 공력을 집중시켰다. 술법은 사용할 수 없지만 가진 공력은 상당한 것이었다. 귀선문의 무예가 공격에도 신경을 쓰도록 만들어졌다면 세온도 고수로 행세했을 것이다.

공격 수단이 없어도 무공은 무공이다. 그것도 상당한 공력을 바탕으로 발휘되는 무공이다. 일반 병사 서넛 정도가 부담될 리가 없지만, 일부러 사람을 해칠 필요는 없었다.

"타핫!"

세온은 힘차게 기합을 내지르며 땅을 찼다. 허공으로 몸을 띄우며 바람처럼 달려 나갔다.

아랫배를 묵직하게 만들던 공력이 다리를 통해 흘러내려가더니 근육의 힘만으로는 도저히 불가능한 일을 가능하게 만들었다.

"뭐, 뭐야. 저놈 도망가잖아!"

"스피어를 던져!"

세온은 병사들을 건드리진 않았다. 대신 공력을 폭발시키며 얻은 무지막지한 속도로 날아갈 뿐이었다.

그 바람에 놀란 두 병사가 세온을 막으려고 했다. 팔에 힘을 주며 창을 들었다. 혹독한 훈련을 통해 만들어진 근육이 부풀었다.

한참을 내달리던 세온은 자신을 향해 뭔가가 날아오는 것을 느꼈다. 뒤돌아 볼 필요도 없다.

처음부터 예상했던 바였으니까. 재빨리 땅을 차며 지그재그로 달렸다. 어린 시절 유소년 축구팀의 명예회원으로 활약했던 기억을 되살리며 몸을 틀었다.

파팍!

두 개의 창이 땅에 박혔다. 그중 하나는 세온이 서 있던 자리에 꽂혔다. 조금만 늦었다면 큰일 날 뻔했다. 세온은 더욱 속도를 높였다. 병사들은 어둠 속으로 사라지는 세온을 구경해야만 했다.

"뭐, 뭐가 저렇게 빨라?"

"무슨 마법 같은 거 아냐? 사람이 저렇게 빠를 수 없잖아."

두 병사는 바람처럼 사라지는 세온의 모습을 보며 혀를 내둘렀다.

어느덧 세온의 모습이 숲속 저편으로 사라지고 없어졌다.

제3화
프레그
유랑극단

　"괴…… 괴물이다!"

　"병사들은 투창하라!"

　"다들 뭘 하는 거야? 어서 물통을 날라!"

　이매술에 의해 실체를 가지게 된 살라만다는 세온의 말대로 성의 북쪽을 구경하러 다녔다.

　그저 구경을 하며 돌아다녔을 뿐이다. 다만 불의 속성 때문에 주변에 불이 날 뿐이었다. 그 때문에 본의 아닌 난리가 일어났다.

　"공격하라!"

　"투창!"

병사들이 살라만다를 향해 창을 던졌다.

살라만다를 향해 날아간 창 몇 개가 몸통을 꿰뚫더니 재만 남기고 바닥에 떨어졌다.

살라만다는 물리적인 힘을 쓸 수 있지만, 외부의 물리적인 힘에는 타격을 받지 않는다. 그야말로 불사신이나 마찬가지였다.

병사들이 날린 창은 그냥 통과했을 뿐이다. 다만 살라만다가 가진 불의 기운을 견디지 못해 재가 되었다. 바닥에 떨어진 창두만이 본래는 사람의 생명을 단숨에 끊어 버릴 수 있는 무기였음을 가르쳐 주었다.

병사들은 공격을 해도 먹히지 않는 모습에 겁을 집어먹고 뒤로 물러섰다. 혹독한 훈련을 거듭한 강병이라도 상대에게 공격이 먹혀야 뭘 할 수 있지 않겠는가. 일말의 가능성이라도 보여야 용기를 내도 낼 게 아닌가.

"이…… 이게 대체 무슨 일인가? 어서 부상자들을 옮기고 가벼운 물건들이라도 건져라!"

마침 세튼이 동분서주하며 피해를 최소한으로 줄이기 위해 목청을 돋웠다. 병사들은 자신들의 무력이 아무 도움이 되지 않는다는 것에 절망하는 중이었다.

"병사들도 부상자를 옮기고 불을 끄는데 힘을 보태라! 저 괴물은 기사들이 맡는 게 좋을 거다!"

세튼의 외침에 병사들이 비로소 물러났다. 그러자 기사들이

 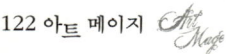

앞으로 나섰다. 기사들이 강한 것은 마나의 힘을 빌릴 수 있기 때문이다. 마나는 세상을 만드는 가장 근원적인 힘이다. 그 힘을 정제하여 고밀도로 밀집시킨 오러의 공격은 귀신에게도 통한다.

"받아랏!"

기사 한 명이 최대한 오러를 뿜어내며 달려들었다.

일체의 방어를 도외시한 채 공간을 압축하며 달려드는 일격 필살의 공격법이었다.

방어를 하지 않는다고 무시할 수는 없었다. 때로 극단적인 공격은 가장 완벽한 방어이기도 하다. 이 검술이야말로 프로슬란 가문을 유명하게 만든 수법이었다. 모든 오러를 한순간이나마 극점으로 모아 오러 블레이드와 버금가는 위력으로 증폭시키는 극한의 공격법이다.

반격도 막을 수도 없는 최강의 공격수법이 발휘되는 순간……

"뭐, 뭐지?"

"괴물이 하늘을 난다."

거대한 살라만다가 허공으로 떠올랐다. 세온의 이매술을 통해 실체를 얻었지만, 살라만다는 정령이다. 기사의 검술이 아무리 위력적이고 무시무시한 것이라도 공격권 밖으로 물러나면 그만이다.

콰지직!

기사의 검은 헛되이 정면에 있던 벽에 구멍을 내어 놓았다. 화염이 뚫린 벽을 통해 들어오는 신선한 공기로 인해 더욱 맹렬하게 타올랐다.

　"무슨 일이지?"

　때마침 선머슴처럼 옷을 차려입은 에그리앙이 자리에 도착했다. 온통 불길로 가득한 집안을 둘러보며 세튼에게 물었다. 세튼은 떨리는 손으로 멧돼지만 한 살라만다를 가르키며 말했다.

　"어서 피하십시오, 아가씨. 저기 괴물이 나타났습니다."

　"괴물이라고?"

　에그리앙은 세튼이 가리키는 곳을 따라 무심코 고개를 들었다.

　"저건 살라만다……. 불의 정령이 어째서 실체를 가진 거지?"

　"아가씨, 저게 불의 정령이었습니까?"

　"맞아. 약간 덩치가 크고 실체를 가지고 있지만 살라만다가 맞아. 신기하네. 정령사의 능력에 따라 정령이 성장할 수도 있다는 건 알고 있었지만, 저렇게 실체화된 몸을 가진다는 말은 들어본 적이 없는데."

　에그리앙은 세온에 의해 거대한 실체를 가지게 된 살라만다를 보며 신기하다는 생각을 했다. 그동안에도 불길은 점점 더 거세지고 있었다.

에그리앙은 이대로 불길이 일어나는 것을 내버려 둘 수 없었다. 자칫 잘못했다간 집이 전부 잿더미로 변할 것 같았다.

"할 수 없지."

에그리앙은 자신의 살라만다를 소환했다. 곧 그녀의 곁에 불도마뱀이 나타났다.

세온의 것보다는 약간(?) 작은데다 소환자의 눈에만 보인다는 점이 다르지만, 그 역시 불을 다룰 수 있는 정령이었다.

"지금 일어나는 불길을 한쪽으로 좀 모아주겠어?"

에그리앙의 말에 조그만 불도마뱀이 열심히 날아다니며 불의 기운이 더 넓게 퍼지지 않게 하기 위해서 힘을 발휘했다. 그동안 병사들이 열심히 물통을 날라 뿌려댔다.

시간이 지나자 세온의 술법도 힘을 다했다. 덩치 좋은 살라만다는 술법의 힘을 잃고 점차 흐릿해지더니 사라졌다.

그 광경에 사람들은 에그리앙이 정령술을 이용해 퇴치한 거라고 생각했다.

"와아, 아가씨가 괴물을 물리쳤다!"

"에그리앙 아가씨 만세!"

"기사도 이기지 못한 몬스터를 아가씨가 해치웠다!"

하인과 병사들이 여기저기서 만세를 불렀다. 에그리앙은 허공에서 점점 작아지더니 저절로 사라지는 살라만다를 보았다. 병사들의 외침대로 정령술을 이용해 퇴치한 것이 아니라, 그냥 시간돼서 물러났을 뿐이다.

'뭐, 사실대로 말할 필요는 없지.'

에그리앙은 다들 좋아하니까 나중에 알려야겠다고 생각했다. 우선 급한 일부터 처리해야 했다. 마침 에그리앙 곁에는 세튼이 있었다.

"내 마나량으로는 살라만다에게 오랫동안 일을 시킬 수 없어. 그러니 어서 불길을 잡아."

"아, 알겠습니다. 다들 만세는 나중에 부르고 일단 불부터 끄도록 하라."

에그리앙의 말에 세튼은 사람들을 독려하여 물통을 나르고 불을 끄도록 했다. 불길을 잡는 일이 시급하다 생각한 그는 기사들조차 물통 나르기를 거들도록 했다. 결국 한참 만에 불길을 잡을 수 있었다.

"아가씨가 아니셨으면 큰일 날 뻔했습니다."

"난 별로 한 일이 없는걸."

"너무 겸손하신 말씀이십니다. 아가씨께서 정령술로 그 괴물을 물리쳐 주시지 않았다면 어찌 불을 끌 수 있었겠습니까? 모두 아가씨가 힘을 써 주신 덕분입니다."

세튼의 말에 에그리앙은 더 이상 대답하지 않았다. 사람들 모두가 에그리앙이 기사들도 잡지 못한 괴물을 퇴치했다는 식으로 생각하는 듯했다. 에그리앙은 할 수 없다는 듯 혀를 찼다.

"알았으니까 내 시종이나 불러와. 이런 큰일이 벌어졌으면 시종이 먼저 달려와서 날 깨웠어야 맞는 거잖아."

"아, 알겠습니다."

에그리앙의 말에 세튼이 얼른 사람을 보내 세온을 불러오도록 했다. 그러나 그 시각 세온은 이미 깊은 숲에서 나무 사이를 달리는 중이었다.

한참 만에 병사들을 통해 세온이 순식간에 도망쳤다는 소식을 들었다.

세온이 탈출했다는 것을 알게 된 세튼의 얼굴이 붉어졌다. 앞으로 며칠만 더 있으면 노예의 낙인을 찍는데 도망을 쳤다. 노예가 되고 싶지 않다는 의사표시였다.

세튼이 이를 갈며 말했다.

"배은망덕한 놈 같으니. 구해 준 은혜도 모르고 도망을 치다니."

"아쉽군. 밤중에 일어났더니 목이 말라. 아무나 보내서 차를 준비해 줘. 차라도 한 잔 마시고 자야겠어."

"알겠습니다, 아가씨."

에그리앙의 뒷모습을 보며 세튼이 공손히 인사를 했다. 에그리앙은 세튼의 인사를 거들떠 보지 않고 자신의 방으로 향했다. 그녀의 눈가에 묘한 빛이 일렁였다.

"정령을 실체화시킬 수 있다 이거지. 만약 그 방법을 배울 수만 있다면 쓸모가 많겠는걸. 무슨 일이 있어도 그 녀석을 찾아야겠어."

그 순간 숲을 내달리던 세온은 이유 모를 오한에 몸을 떨어야 했다.

숲으로 들어간 세온은 열심히 달렸다.

귀선문은 술법이라는 강력한 공격수단 덕분에 무공의 발달도 공격보다는 회피와 이동에 특화되었다.

적을 상대하며 거리를 벌리고 몸을 피하며 주문을 외우거나 부적을 날리기 좋게 만든 것인데, 도주에도 상당히 탁월했다. 술법이 가능하면 축지법이나 신행태보술을 쓰겠지만, 아직은 요원한 일이었다.

"멀쩡한 몸으로 빠져 나와 다행이다."

세온은 거의 한나절을 달린 다음에야 비로소 안심했다. 숲에 혼자 떨어져 있는 점은 마찬가지였지만, 처음 프로슬란 자작에게 구출될 때와 비교하면 여러 가지로 나은 상황이었다.

당시엔 말이 통하지 않았고, 몸을 움직일 수도 없었다. 여전히 술법을 쓰지는 못하지만 귀선문의 무예와 정령술을 사용할 수 있게 되었다.

평범한 정령술도 아니다. 신목안 덕에 정령과의 대화가 가능하고, 이매술의 응용으로 좀 더 효율적이며 다양한 전략을 짤 수 있다. 이만하면 적어도 몸을 지킬 최소한의 무력은 확보한 셈이었다.

"다른 정령과도 계약을 하는 게 좋겠지?"

세온은 귀선문의 경신법으로 최대한 거리를 벌렸지만, 여전히 불안했다. 기사들은 마나를 이용해 오랜 시간 빠르게 달릴 수 있고, 말이라는 이동수단도 있다. 그러니 경공술이 있다고 마냥 안심할 수 없었다.

세온은 이미 계약한 살라만다를 소환해 다른 정령을 부르고 계약하는 방법을 물었다.

[나와 별 차이가 없다. 다만 바람의 정령은 바람의 기운을 느끼고 물의 정령은 물의 기운을, 땅의 정령은 땅의 기운을 느껴야 하는 점이 다를 뿐이다.]

"그러니까 그 정령의 속성을 느낄 수 있으면 문제없다 그거지?"

[잘 이해했다, 계약자여.]

살라만다의 대답을 들은 세온은 그 자리에서 가부좌를 틀고 앉았다.

현현천뇌공을 통해 발달한 기감은 주변의 기운을 느끼는 데 문제가 없었다.

시간이 얼마 지나지 않아 바람의 정령 실프와 계약을 하고, 땅의 정령 노움과도 계약을 맺더니 운디네와도 단숨에 계약을 했다. 그 광경을 지켜보던 살라만다는 이제야 계약을 마친 정령들을 보며 말을 걸었다.

[우리의 계약자는 놀랍지 않은가? 모든 정령과 계약할 수 있는 인간이 있을 줄은 몰랐다.]

[도마뱀 녀석의 말대로다. 우리 모두와 계약할 수 있는 인간이 있다니. 이번 계약자는 정말 재미있겠어.]

노움이 흥미롭다는 듯 대꾸했다. 땅의 정령 노움은 난장이 노인의 모습을 하고 있다.

긴 수염을 늘어뜨리고 뭔가 불만스러운 얼굴을 한 모습이 한편으로는 고집스러워 보였다. 노움은 다른 정령에게도 말을 걸며 세온에 대한 이런저런 평가를 내렸다.

그 놀라움은 세온의 말에 의해 더욱 커졌다.

"이봐, 노움이라고 했지? 내가 모든 정령들과 계약을 하는 게 그렇게까지 놀라운 일이야?"

[그야 당연하지. 인간은 본래 하나의 속성만을 느낄 수 있...... 자, 잠깐. 지금 계약자가 내 말을 알아들은 건가?]

세온의 말에 대답을 하던 노움이 살라만다에게 질문을 던졌다. 그러나 살라만다는 가타부타 대답하지 않았다. 세온이 대신하여 대답을 했다.

"당연히 알아들으니까 말을 걸지. 하던 말이나 계속해 봐. 한꺼번에 모든 정령들과 계약하는 게 그렇게 대단한 거야?"

세온의 질문에 노움은 한참 동안이나 멍한 얼굴을 하고 있다가 마침내 웃음을 터뜨렸다.

[푸하하핫, 이거 정말 재미있군. 나중에 정령계로 돌아가면 다른 친구들에게 말을 해 줘야겠어. 정령이 하는 말을 알아듣는 인간이 있다니.]

노움이 통쾌하게 웃느라 대답을 못하는 사이 운디네가 나서며 대신 대답을 해 주었다.

[제 말도 알아듣나요?]

"당연하지. 물의 정령은 이름이 운디네라고 했지?"

[맞아요. 저는 운디네라고 합니다. 계약자께서 궁금해하는 것을 대답해 드릴게요.]

운디네는 푸르스름한 여인의 모습이었다. 만일 사람이라면 부족한 연기력을 대신할 수 있을 만큼 빼어난 얼굴과 몸매를 갖고 있었다. 그 중에도 특히 세온의 마음에 드는 것은 옷을 입지 않은 나체라는 점이었다.

『너무 수컷으로서의 생각 아닌가?』

'저 수컷 맞는데요.'

운디네의 매혹적인 몸매를 감상하던 세온은 잠시 운성의 잔소리를 들었다. 세온은 남자로서 아름다운 여자를 좋아하는 것은 당연한 게 아니냐며 오히려 당당한 태도마저 보였다.

실프가 신기한 듯 세온의 주변을 날며 입을 열었다.

[와아, 신난다. 정령과 대화를 할 수 있는 계약자는 처음이야. 어떻게 우리말을 알아듣는 거야? 취미는 뭐야? 여자 친구는 있어? 옷은 왜 그렇게 더러워? 마나도 엄청 많잖아. 우리 넷을 전부 소환하고도 멀쩡하네. 아니 내가 보니까 우리한테 조금 나눠주는 정도는 전혀 부담될 것 같지가 않네. 인간이 어떻게 이렇게 많은 마나를 가질 수 있는 거야? 아니, 지

급도 주변의 마나를 빨아들이는 것 같은…….]

"아아, 잠깐. 너는 실프라고 했지?"

[맞아, 맞아. 내가 실프야. 벌써 알고 있겠지만 바람의 정령이지. 그래서 보는 것도 많고 아는 것도 많아. 내가 멀리 라콘의 둥지에 갔던 이야기해 줄까? 아참 라콘이 뭐냐 하면…….]

바람의 정령 실프는 운디네가 설명을 마치기 무섭게 세온의 주변을 날아다니며 입을 열었다.

실프의 바람대로 세온은 정령의 말을 알아들었다. 그러나 워낙 말이 빠르고 수다스러워 정신이 없었다. 개구쟁이 소년이 투명한 날개를 달고 있는 모습을 했는데, 생긴 그대로 개구쟁이였다.

세온은 실프의 수다를 참지 못하고 역소환을 무기 삼아 간신히 입을 닫게 만들었다.

실프는 세온의 협박에 살짝 골이 난 모양이다. 팔짱을 끼고 입을 삐죽 내밀고 있었다.

"이제야 좀 살 것 같네. 그러면 각자 뭘 할 수 있는지 말해 주겠어? 살라만다부터 시작하는 게 어때?"

[계약자여, 무슨 말인지 이해하기 어렵다.]

"아니, 왜?"

살라만다의 의견에 세온이 고개를 갸웃거렸다. 운성이 참견을 했다.

『자네의 말이 너무 포괄적이라 그런 것 같네. 차라리 지금 자네의 상황을 말하고 그에 관련된 것을 말해 주는 것이 좋겠어.』

운성의 참견에 세온이 좀 더 구체적으로 질문을 했다.

"지금 내가 쫓기는 중이거든. 나는 혼자지만 상대방은 많은 병사들을 동원할 수 있어. 어쩌면 병사들과 싸워야 할지도 모르고."

[계약자여, 다시 묻겠다. 싸움을 원하는가? 아니면 도주를 원하는가?]

"그야 당연히 피하는 거지. 일부러 싸울 필요 없잖아."

세온의 대답에 살라만다가 고개를 끄덕이며 대답했다.

[그렇다면 바람의 정령과 대지의 정령이 길을 안내해 줄 것이다. 필요하다면 대지의 정령이 그대를 감춰 줄 수도 있다.]

"정말?"

[보통의 인간들에겐 어려운 일이다. 그러나 그대는 우리들과 의사를 통할 수 있는 자다. 땅을 밟고 다니는 한은 그 무엇도 대지의 정령을 속이지 못한다. 숨을 쉬는 자는 그 누구도 실프의 이목을 피할 수 없다.]

"우와, 그러면 이 세상에서 사람이 제일 많은 곳이 어디야? 혹시 유난히 사람이 많이 몰리는 동네도 있어?"

세온의 질문에 실프가 참지 못하고 나섰다.

[세상 전부를 알 수 있는 건 오직 신뿐이야. 우리들은 계약자를 중심으로 계약자가 허락한 마나를 바탕으로 정보를 수집

할 수 있어.]

"그럼 내가 더 많은 마나를 공급해 주면 더 넓은 영역에서 더 많은 정보를 얻을 수 있다는 거야?"

[계약자에게 마나를 공급받을 수 있는 곳을 중심으로 바람을 이용해서 주변에 뭐가 있는지 알 수 있는 거지. 내 경우엔 필요에 따라 직접 다녀올 수도 있고. 물론, 마나가 끊어지니까 오랫동안 떨어져 있을 수는 없지만…….]

실프의 대답에 세온은 묘한 생각이 들었다. 만약 실프에게 이매술을 이용한 실체를 부여하면 좀 더 멀리까지 다녀올 수 있지 않을까? 이매술을 통해 실체가 부여된 이매는 스스로의 의지로 움직이고 돌아다닐 수 있다. 생각난 것을 곧 실행에 옮겼다.

요령은 살라만다에게 했던 그대로였다. 처음 시도할 때는 불안한 마음이 들었지만, 한 번 해 본 일이라 그런지 좀 더 수월했다. 강대한 공력이 순식간에 실프에게 실체를 만들어 주었다. 고양이만 한 크기의 몸을 가진 실프의 몸이 허공에 나타났다.

몸은 작았지만 부여한 마나량은 전에 살라만다에게 했던 것보다 많았다. 그래서 몸이 작은 대신 실체가 유지되는 시간은 좀 더 길었다.

적어도 주변을 경계하도록 하고 한숨 자고 일어날 정도의 여유는 있을 것 같았다.

[어라, 이게 뭐야? 어떻게 내 몸이 만들어진 거지? 우와, 막 이것저것 만질 수도 있잖아.]

[그건 계약자가 가진 특별한 능력이다. 나도 얼마 전에 그런 몸을 얻었었다.]

[그럼, 계속 이런 몸을 가지는 건 아닌 모양이네. 좀 아쉬운데.]

실프는 자신에게 실체가 생긴 것이 여간 신기한 게 아닌 모양이었다. 자신의 몸을 이리저리 확인하고 살펴보는 폼이 꽤나 즐거운 모양이었다.

세온은 실프에게 자신을 찾는 사람들이 있을지 모르니까 주변을 경계해 달라고 했다. 살라만다가 세온을 대신해서 실체를 얻으면 계약자와 멀리 떨어져도 소환 상태를 유지할 수 있다는 설명을 해 주었다.

실프는 이리저리 날아보다가 순식간에 자취를 감췄다. 세온의 말대로 주변을 정찰하기 위해서였다. 그 광경을 지켜보던 노움과 운디네도 내심 부러운 모양이었다.

[우리들의 계약자는 정말 특별하군.]

[저도 실프처럼 몸을 가질 수는 없을까요?]

"실체를 가진다고 해도 계속 유지되거나 하는 건 아니야. 아무리 많은 마나를 쏟아도 반나절 정도가 고작이거든."

세온이 아무렇지도 않게 말했지만, 듣는 정령들의 입장에서는 대단한 일이었다. 운디네가 질문을 했다.

[계약자의 힘으로 실체를 가져도 힘을 사용하는 데는 문제가 없나요?]

"그건 살라만다에게 물어봐. 나도 직접 본 게 아니라서 잘 모르겠어."

운디네의 시선이 살라만다를 향했다. 살라만다는 가볍게 고개를 끄덕이더니 대답했다.

[가능하다. 다만 실체를 유지하는 힘이 약해지는 것 같더군.]

살라만다의 대답을 끝으로 세온은 정령들을 소환한 채 잠을 청했다. 정령 소환을 유지하는 것은(세온의 관점에서) 그리 많은 마나를 필요로 하지 않았다.

세온이 잠이 든 동안 실프가 주변을 살펴주고 노움이 흙을 움직여 세온을 감춰 주었다. 다행히 세온이 밤새 이동한 거리가 상당해서 병사나 기사들에게 발견되지는 않았다.

잠에서 깨어난 세온은 기사와 병사들의 수색을 피해 좀 더 깊숙한 숲으로 들어갔다.

"내가 다른 사람들에게 듣기로는 숲에 몬스터라는 게 있다면서? 너무 깊이 들어가면 위험한 거 아냐?"

실프의 안내를 받아 움직이는 세온이 다소 걱정이 되어 물었다. 자유자재로 술법을 사용할 수 있다면 염려할 필요가 없지만, 정령만으로는 여러 가지로 걱정이 되었다. 살라만다가 세온에게 걱정하지 말라는 듯 대답해 주었다.

[계약자는 우리의 힘을 무시하는군. 어지간한 몬스터 정도는 우리 힘으로도 충분히 상대할 수 있다.]

실프가 말을 받았다.

[계약자는 걱정할 필요 없어. 내가 최대한 몬스터가 없는 곳으로 가는 중이니까. 필요하면 우리가 보호해 줄게. 우리한테 보호해 달라는 말을 해.]

"그건 정령이 알아서 해 주는 거 아니었어?"

[무슨 소리야. 정령은 계약자의 의지를 따를 뿐이라고. 지금까지는 정령과 대화가 통하는 인간이 없어서 그럴 수밖에 없었지만. 지금의 계약자는 우리와 대화가 통하니까 좀 더 포괄적인 요구가 가능할 거야.]

실프는 말할 기회를 잡았다는 듯 수다스럽게 정령을 어떻게 다뤄야 하는지 설명했다.

다른 때라면 실프의 수다를 듣지 않겠지만, 자신에게 도움이 되는 이야기라 귀를 기울였다.

가끔 질문을 하면 실프를 비롯한 정령들이 이런저런 대답을 해 주었다.

정령술은 이매망량을 다루거나 잡귀를 굴복시켜 부리는 것과 비슷한 면이 많았다.

덕분에 세온이 이해하기도 쉬웠다. 특히 좋은 점은 술법처럼 상단전의 기운을 법력으로 만들어 사용하지 않아도 된다는 것이었다.

"어쨌든 너희만 믿으면 된다 이거지? 좋아, 알았어. 그럼 너희들만 믿을게. 부디 이 숲에서 적극적으로 나를 보호해 줘."

[계약자의 말을 따르겠다.]

[알았다.]

[나만 믿으라고.]

[예, 알았어요.]

정령들은 각자 개성에 맞게 대답을 했다. 세온은 정령들의 호언장담을 믿고 점점 더 깊은 숲으로 들어갔다.

쉴 곳이 필요하면 노움이 거처를 만들어 주었고, 살라만다가 주변을 경계했다. 실프는 세온이 실체를 부여해 주면 어디론가 날아가 열매를 가져다주었으며, 운디네는 수분을 공급했다.

세온은 그렇게 정령들의 도움을 받아가며 숲을 벗어났다.

숲을 벗어난 곳에는 조그만 도시가 있었다. 세온은 도시로 들어가 자신이 슬쩍한 에그리앙의 금팔찌를 처분했다. 처분이 어렵지는 않았다. 약간 손해를 본 것 같았지만, 훔친 물건을 팔면서 제 값을 전부 받고 싶어 한다는 건 바보짓이었다.

바보처럼 돈이 든 주머니를 들고 다니다가 도시의 불량배들이 시비를 걸긴 했지만, 운디네가 날린 얼음덩어리로 기절을 시켰다. 힘 좀 쓴다는 덩치들이 탐 낼 정도로 큰돈이라는 것을 확인한 세온은 의류점에 들어가 여행을 위한 여러 물품들을 구입했다.

밤에 이불을 대신할 수 있는 망토와 호신용 검을 구입하고 비상식량이 담긴 배낭도 마련했다.

못 다한 글공부를 위해 책도 몇 권 구입했다. 이렇게 세온의 여행이 본격적으로 시작되었다.

세온은 프로슬란 자작가의 추적이 계속될 것을 염려하여 다른 도시로 건너갔다.

노예가 되고 싶지 않아 탈출했지만, 그 과정에서 벌어진 일은 범죄행위였다. 정령술을 이용한 방화와 값진 금팔찌를 훔치기까지 했다.

대한민국의 법률로는 정상참작이 가능하겠지만, 프로슬란 자작가가 속해 있는 폴카스 왕국에서는 어림도 없는 소리다. 폴카스 사람들에게 귀족과 평민은 전혀 다른 종족이다.

평민은 다만 귀족의 삶을 편리하게 만드는데 필요한 존재다. 그나마도 수십 년 전부터 시작된 상업 장려 정책 덕분에 평민의 지위가 올라가서 나아진 것이었다.

각설하고 세온은 여행(혹은 도주)을 한 끝에 폴카스 왕국의 상업도시인 하루스에 도착할 수 있었다. 하루스는 뮤우 대륙의 젖줄인 유테스 강이 관통하는 곳이다.

유테스 강은 폭이 넓고 깊으면서도 흐름이 잔잔하여 오래전부터 배를 이용한 내륙 무역을 가능하게 해 주었다.

그 때문에 매일 상당량의 물류 이동이 있는 곳이다. 물류가 많은 덕분에 자금 운용이 원활했다. 돈이 많은 지역의 특성상 예술가들도 많았고, 인류 역사상 가장 위대한 예술가들이 여럿 태어난 도시이기도 하다.

이러한 조건 덕분에 하루스는 상업의 도시이자 예술의 도시로써 명성을 얻을 수 있었다. 이곳은 수많은 상단과 예술가들이 오가는 곳이었다.

세온은 그저 우연히 도착했을 뿐이지만, 눈에 들어오는 풍경만으로 예사롭지 않음을 알 수 있었다.

"이럴 때 디카 있으면 좋을 텐데."

세온은 눈에 들어오는 풍경을 보며 무심코 중얼거렸다.

아무 곳이나 찍어도 멋진 사진이 나올 것 같은 장소들이 차고도 넘쳤다. 아쉽게도 세온에겐 디지털 카메라가 없었으며, 설령 있어도 파일을 전송할 수단이 없었다.

사진은 찍을 수 없었지만 이곳저곳 구경하는 것만으로도 충분히 즐거웠다.

가장 인상 깊었던 것은 어느 건물에 새겨진 조각이었다. 문양 자체도 멋있었지만, 그보다 더 대단한 것은 햇살이 비추는 방향에 따라 그림자가 여러 종류의 그림과 형상을 만들어낸다는 점이었다.

"대단하네. 어떻게 그림자까지 계산해서 조각을 한 거지?"

세온은 그림자가 만들어내는 그림에 혀를 내두르며 감탄을 했다. 다행히 하루스에서 여기저기 두리번거리며 감탄하는 사람이 세온만이 아니었다.

예술가들은 그림자까지 고려한 조각에 감탄을 거듭했고 상인들은 과연 그것이 돈으로 환산할 때 얼마의 가치를 지녔는지 계산을 해 보았다.

세온은 어쩌면 이곳의 예술 수준이 예상했던 것 이상일지도 모른다는 생각이 들었다.

"오오, 이제 드래곤으로 변하는군요."

"일 년에 열 번을 보기 어렵다는 드래곤을 볼 수 있다니."

세온이 감탄했던 조각은 저녁 노을빛을 받으며 찬란하게 반짝거렸다. 그와 함께 생겨난 그림자의 음영이 드래곤의 모습을 만들어냈다.

황금이 부서지는 듯 벽의 반짝거림과 검은 그림자가 묘하게 어울리자 그것은 신비로운 드래곤의 그림을 그렸다.

"이건 가치를 따질 수 없는 장관이군."

세온이 저도 모르게 감탄의 말을 했다. 다른 이들의 반응도 별반 차이가 없었다.

그 조각에서 멀지 않은 곳에서는 한 노인이 뭔가를 조각하고 있었고, 그 곁에서는 초췌한 기색을 한 사내가 그림을 보고 있었다.

마침 사람들이 모여서 웅성거리는 장면이 들어왔다. 세온은 뭔가 또 다른 구경거리가 있을까 싶어 그곳으로 달려갔다.

여러 사람들이 모여 있는 곳에서는 제법 큼직한 마차 하나가 서 있었고, 그 앞에는 몇 사람이 가면을 쓰고 있었다.

"위대한 대마법사 룬드그란이여. 당신의 고결한 영혼이 마왕의 강대함을 물리쳤으며, 그의 동료들이 마계의 침략을 막았도다."

"싸우고 또 싸웠다네. 수많은 사람들이 겁을 먹고 도주할 때 대마법사 룬드그란이 온 힘을 다해 싸웠네. 승리했다네."

그들의 정체는 유랑극단이었다. 마차를 세워놓고 사람들이 모이면 공연을 하는 것이었다. 공연 내용은 천 년 전 마계의 침략으로부터 세상을 구했다는 대마법사 룬드그란과 그의 동료들이 겪은 모험담이었다.

"내가 바로 룬드그란이다. 거기 피와 살육을 즐기는 마왕 루스펠이여. 어찌하여 이 세상을 욕심내는가?"

"어리석은 인간이여. 내 어찌 이 하찮은 세상에 대한 욕심을 부리겠는가? 그저 우리가 갖지 못한 신의 축복을 질투할 뿐이다. 신이 사랑한 모든 존재를 깨뜨리고 파멸할 것이다. 산산이 짓밟아 부숴 버리고 모든 것을 파괴할 것이다. 우리가 받지 못한 사랑과 축복이여. 내 그것을 질투하고 부정하노니……."

옆에는 한 여인이 앉아 하프를 연주하고 있었다. 공연을 하는 이들은 그 음율에 맞춰 대사를 하고 연기를 했다. 공연을 구경하는 사람들은 박수를 치며 즐거워했다. 그러나 모두가 즐거워하는 것은 아니었다.

'기가 막히는군. 아니 저걸 연기라고 하는 거야? 무슨 뮤지컬도 아닌데 어울리지도 않는 음율에 맞춰 대사를 하네? 얼씨구, 대마법사를 사랑한 엘프는 근육질에 콧수염을 길렀던 모양이군.'

세온은 자신이 알고 있는 각종 연기 이론을 떠올리며 혀를 찼다. 공연 내용이 단순한 거야 그럴 수도 있다지만, 저런 말도 안 될 연기와 공연을 자랑스럽게 보여 주는 것을 보니 한심해 보였다.

『이곳의 문화 수준으로는 저 정도만 해도 충분한 모양이군. 보게나. 다른 사람들은 모두 즐거워하지 않는가?』

'그것도 마음에 들지 않아요. 도대체 연극의 기본을 무시한 공연을 보고 즐거워할 수 있다는 게 말이나 되요? 아까 봤던 황홀할 정도로 대단하던 조각들을 생각해 보세요. 미술은 그 정도로 발달했는데, 연극은 왜 저 따위밖에 되지 않는 겁니까? 연극이야말로 모든 것을 포함하는 종합예술이라고요.'

『자네는 좀 더 발달된 문화를 즐기고 선도하던 입장이니 그런 생각이 드는 게지. 다른 사람들에겐 저 정도도 상당히 잘 된 것으로 보일 게야.』

'그 말은 인정하지만……'

거리에서 공연하는 모습에 세온은 마냥 불만스러울 수밖에 없었다.

헐리웃에서도 주목받던 유명 배우로서 도저히 용납할 수 없는 장면들이 펼쳐지는데, 조용히 지켜보기만 해야 한다니.

『이곳의 문화 수준은 중세시대 정도에 불과한 것 같군. 앞으로 오백 년 정도 지난다면 자네가 만족할 정도의 공연을 펼칠 수 있을지 모르지. 그러나 이들이 오백 년의 세월을 뛰어넘는 천재라고 보기는 어려울 것 같군.』

'그래도 연기의 기본은 똑같은 겁니다.'

『자네의 말은 이해하기 어렵군.』

운성의 다시 세온을 달래기 위한 의견을 냈다. 그러나 운성의 의견이 계속될수록 세온을 더욱 불만스럽게 만들었다. 결국 세온은 저도 모르게 자신의 불만을 입 밖으로 꺼내고야 말았다.

"배우는 자신이 맡은 배역 그 자체가 되어야지, 연기를 하려고 하면 이미 실패라고요."

세온이 운성에게 내뱉은 짜증스러운 말은 생각보다 언성이 높았다. 그 때문에 한창 연기를 하던 배우들이 동작을 멈췄고 세온의 곁에 있던 사람들이 거리를 벌렸다.

덕분에 세온은 아무 장애 없이 공연을 하던 사람과 마주하는 형국이 되고 말았다.

"우리 연기가 그렇게 형편이 없소?"

좀 전까지 엘루하의 역할을 맡고 있던 거구의 사내가 앞으로 나서며 말했다. 다른 사람 같으면 당장 겁을 먹고 주춤하겠지만, 세온은 오히려 앞으로 나섰다. 어린 시절부터 꿈꾸던 배우로서의 꿈과 헐리웃 스타로서의 자부심이 당당함을 심어 주었다.

"당연한 말 아닌가요? 지금의 당신이 어딜 봐서 룬드그란을 사랑한 엘프로 보입니까?"

마왕 루스펠의 침략에 맞섰던 이들 중 하나인 엘루하는 엘프 중에서도 돋보이는 아름다움을 간직했다고 전해진다.

그러나 그 역을 맡은 이는 우람한 근육질을 가진 사내였다. 세온의 말에 사람들이 '와하하' 하고 웃음을 터뜨렸다. 사람들이 웃자 얼굴이 붉어진 사내의 말이 험해졌다.

"그 정도는 연기로 대신할 수 있지."

"연기로 대신하는 게 아니라 사람들이 속아주는 거겠지."

상대가 존대를 하지 않는데 세온이 예의를 지켜줄 리 없었다. 어느새 사내가 화가 난 듯 주먹을 꽉 쥐고 부들거렸다.

잔뜩 힘을 주고 있는지 팔 근육이 부풀어올랐다. 세온도 자신보다 월등한 덩치의 사내가 화를 내자 비로소 겁이 났다. 그렇다고 물러설 수 없었다.

"어떤 배역이든 자신이 맡은 역할 자체가 되어야 하는 거야. 연기를 한다는 생각 자체가 이미 실패한 거야."

세온의 말에 사내는 잠시 으르렁거리더니 멱살이라도 잡을 듯 달려들려 했다. 주변에서 조마조마하며 지켜보는 이들이 없었다면 그대로 달려들었을지도 모른다. 잠시 씩씩거리던 사내는 깊게 숨을 들이마시며 마음을 안정시키곤 한 가지 제안을 했다.

"그렇게도 연기에 자신이 있다면 좋아. 제대로 실력을 겨뤄 보는 게 어때?"

"연기 대결인가?"

"물론이다. 나에게 시비를 건 것도 자신이 있어서 그런 거 아냐? 설마 말만 앞서는 얼간이는 아니겠지?"

"듣던 중 반가운 소리군. 방식은?"

사내가 제안한 연기 대결은 모노드라마를 하자는 것이다. 정해진 대사로 일인 다역을 연기해서 누가 좀 더 실감나는 공연을 하는지를 보자고 했다.

연기력을 바탕으로 힐리웃의 스타가 된 세온으로서는 거절할 이유가 없었다. 다른 것은 몰라도 연기로 다른 사람에게 뒤진다는 것은 도저히 상상할 수 없었다.

"나는 당신이 할 역할과 대사를 모르니까 나중에 하는 걸로 하지."

"한 번 보면 알 수 있다는 건가?"

"최대한 기억해 볼 생각이야."

"자신이 천재라고 생각하는 모양이군. 할 수 있다면 해 봐."

말을 마친 사내는 다시 마차 앞에 서더니 눈을 감고 심호흡을 하며 감정을 살렸다.

다른 동료들이 공간을 만들어 주었다. 구경하던 사람들도 흥미로운 눈치였다. 지금까지 검을 들고 싸우는 기사들의 결투는 많이 들어봤고 또 본 사람도 있지만, 연기로 겨루는 결투는 처음 보기 때문이다.

사내는 자신이 질 것이라는 생각을 하지 않았다. 자신에게 시비를 건 건방진 애송이가 아무리 연기를 잘한다 하더라도 이미 사람들이 본 내용을 다시 되풀이하여 좀 더 나은 반응을 얻는 것은 쉬운 일이 아니다. 그 때문에 같은 지역에서 오랫동안 공연을 하지 못하고 유랑을 다니는 것이다.

곧 마차 구석에 앉은 여자의 하프 연주가 시작되었다. 사내는 연주에 맞춰 구구절절한 대사를 읊었다.

사내가 한꺼번에 전사와 여인, 마법사, 노인, 악당의 역할을 소화했다.

먼저 시작하여 좀 더 유리하다 하더라도 세온을 의식하지 않을 수 없었다. 그 때문에 사내는 혼신을 다해 연기를 했다. 연기자로서의 자존심이 걸린 문제였다. 덕분에 평소보다 더욱 만족스러운 연기가 나왔다.

사내의 공연을 지켜보던 사람들도 우레와 같은 박수를 터뜨렸다. 사내는 자랑스러운 얼굴로 말했다.

"대사나 기억할 수 있겠어?"

"내가 똑똑한 편이거든."

"정말 전부 외웠단 말이야?"

"그 정도로 놀라기는."

사내에게 호언장담한 대로 세온은 모든 대사를 한 번에 외울 수 있었다. 공연 자체가 그리 긴 것도 아니었고, 잠시 기억하는 정도는 얼마든지 가능했다.

그만큼 집중했기 때문에 가능한 일이지만, 사내는 세온이 이미 알고 있던 내용이라고 생각했다.

그동안 세온의 연기가 시작되었다.

세온은 웃으며 천천히 마차 앞으로 걸어 들어갔다. 의념으로 실프에게 말하여 자신의 주변으로 바람을 일으켰다. 바람결에 머리와 망토가 흔들리며 몽환적인 분위기를 만들었다.

세온은 모호한 눈빛으로 정면을 응시하며 마침내 대사를 시작했다.

전사의 역할을 할 때는 허리를 꼿꼿이 세우고 어깨를 펼치고 당당한 어조로 말을 했다.

여인의 대사를 할 때는 시선을 내리깔며 말의 억양을 바꾸었다. 그것만으로도 좀 전까지 야성적인 분위기를 풍기던 세온에게서 여성스러움이 풍겼다.

마법사의 연기를 할 때는 실프에게 바람까지 일으키게 하며 분위기를 만들었다.

노인이 나오는 대목에서는 어깨를 늘어뜨리고 호흡을 토해내듯 하며 대사를 했다. 힘없는 노인을 표현하기 위해서였다.

악당의 역할을 할 때는 사람들을 곁눈질로 바라보며 비열한 표정을 지었다.

세온의 연기는 대결을 신청한 사내뿐 아니라 구경하는 사람들에게도 충격을 주었다. 뮤우 대륙의 연극은 음율에 맞춰 노래하듯 대사를 했다.

실제 말을 하듯 대사를 하는 것은 기존의 상식에서 완전히 어긋나는 행위였다. 그뿐이 아니다. 단순히 자세와 억양을 바꾸는 것만으로 전혀 다른 역할로 변신하는 장면을 보여 주는 게 아닌가?

마침내 세온이 공연을 마쳤다. 둘러서서 구경하던 사람들은 물론 근육질의 사내 역시 잠시 아무런 말도 하지 못하고 입을 헤벌리고 서 있었다. 누군가 한 사람이 손뼉을 마주쳤다.

짝짝짝!

비로소 사람들이 고함을 지르고 박수를 쳤다. 세온은 사내를 힐끔 쳐다보더니 그것 보라는 듯 피식 웃어 보였다. 사내는 세온의 웃음에도 불구하고 아무 말도 하지 못했다.

사내는 자신도 모르게 세온의 연기에 몰입하고 있었던 것이다. 기존에 전혀 볼 수 없었던 연기의 신기원이었다.

'이거 옛날 극단생활할 때 생각나네. 그때는 주변 사람들의 말투나 몸동작을 연구하고 연기에 적용시키는 연습을 정말 많이 했었는데.'

세온은 문득 과거를 떠올리며 뿌듯하게 여겼다. 오랜만에 사람들의 갈채를 받으니 마음이 두근거렸다. 세온은 사람들을 향해 멋들어지게 인사를 하며 생각했다.

'이 맛에 연극을 버릴 수 없다니까. 정말 연기하고 싶다. 펑

생 계속해서……'

연기에 대한 자부심과 긍지 때문에 겨루긴 했지만 세온에게
다른 마음이 있었던 것은 아니었다.

다른 분야의 예술에 비해 단계가 떨어지는 듯 보이는 연기
를 보고 순간 울컥했을 뿐이다.

만일 세온이 연기자 출신이 아니었다면 다른 사람들과 마찬
가지로 함께 박수치며 즐겼을지도 모른다. 어쩌면 오랜만의
볼거리에 즐거워했을지도 모른다.

아쉽게도 세온은 헐리웃 스타로까지 성장하던 배우였다. 문
학이나 철학, 예술에 관한 식견은 부족하지만 연기에 대한 노
하우나 식견은 상당했다.

아는 대로 보인다고, 연기가 뭔지 알기 때문에 이들의 부족
함이 보였던 것이다. 그 때문에 울컥하는 마음이 들었고 연기
대결을 했으며 결과적으로 귀찮은 혹이 따라붙게 되었다.

"너 때문에 우리가 앞으로 공연을 하기가 어렵게 됐다고.
일을 벌였으면 책임을 져야 할 것 아니야."

"그냥 앞으로도 하던 그대로 하면 되잖아."

"꿀을 맛본 사람은 한동안 다른 것을 먹어도 단 것을 모른
다잖아. 우리한테 너의 굉장한 연기를 보여 준 다음 잊으라
고? 그건 무리야."

세온과 연기 대결을 벌였던 덩치는 순순히 패배를 인정했

다. 다른 유랑극단의 단원들도 세온의 연기에 충격을 받았으면서도 역시 극찬을 아끼지 않았다. 거기까지는 괜찮았다.

세온은 배역에 충실하려면 배역 자체가 되어야 한다며 자리를 떠나려 했다. 스스로 그 정도에서 일단락을 짓는 것으로 생각했다. 아쉽게도 세온의 착각이었다.

우람한 근육을 뽐내던 사내는 세온을 쫓아다니며 자신에게 연기를 가르쳐 달라고 조르고 있었다. 연예인이 되고 싶다그 기획사 앞에 진을 치고 있는 여고생만큼이나 끈질기게 구니 세온도 여간 곤란한 게 아니었다.

하다못해 여고생은 예쁘고 귀엽기나 하지, 스맥다운의 인기 레슬러를 연상케 하는 우람한 근육질의 사내가 아양을 부리니 이건 부담을 넘어서서 공포였다.

'괜찮을까?'

사실 세온도 유랑극단을 따라 연기를 하고 싶은 욕심이 없는 건 아니었다. 그러나 아직도 프로슬란 자작가에 쫓길 것이 두려웠다. 자칫 발각이라도 된다면 세온의 입장에서는 큰일이었다.

"이봐, 덩치. 내가 연기는 좀 하지만 극단을 이끌어 본 경험이 없고 또 개인적인 문제가 좀 있거든."

세온은 되도록 완곡하게 거절하려고 어렵게 말을 꺼냈다. 이런저런 변명으로 사정 이야기를 하니 사내는 팔짱을 끼고 가만히 듣고만 있었다. 마침내 세온이 말을 마치고 나서야 사내는 무겁게 입을 열었다.

"겨우 그 정도였나?"

"뭐?"

"너에게 뭔가 사정이 있다는 건 알겠어. 그렇지만 그게…….
아니, 관두자. 생각 없다면 더 말할 필요 없겠지."

"잠깐, 멈춰. 하고 싶은 말이 뭔지 끝까지 해 봐."

세온이 사내를 멈춰 세웠다. 사내는 굳은 얼굴로 말을 이었
다.

"나는 아까 그 굉장한 연기를 보고 진심으로 감탄했었어.
그래, 솔직히 나는 그렇게까지 연기를 할 수 없어. 네 말대로
내 연기는 노래에 맞춰 이야기를 들려주는 정도지. 그렇지만
적어도 나는 애정이 있다. 좀 더 나은 공연과 연기를 위해 얼
마든지 노력하고 희생할 각오가 되어 있다고. 그런데, 너는 두
려워만 하고 있어. 네가 나보다 더 대단한 연기력을 가지고 있
다는 건 인정해. 그렇지만 나보다 더 나은 배우라고는 인정할
수 없어."

사내는 잠시 세온의 눈을 노려보다 말을 토해냈다.

"배우는 영혼을 태워 연기하는 사람이니까."

사내의 말에 세온은 아무 말도 하지 못했다. 멋스럽고 대단
한 말을 한 건 아니지만 솔직함이 마음을 울렸다.

어쩌면 현현천뇌공 때문에 상대의 기감을 느낄 수 있기에
더욱 민감한지도 모른다. 사내의 진심에 세온은 인정해야 했

다.

'내가…… 졌다.'

세온은 더 이상 다른 핑계를 댈 수 없었다.

어린 시절, 단지 연기를 할 수 있기만을 바라던 때를 떠올렸다. 그저 무대에 설 수 있다는 자체만으로 행복하던 시절을 생각했다.

극단 노리터에서 처음 강 변호사 역할을 맡았을 당시 얼마나 열성적으로 자신의 배역을 연구하고 노력하고 또 연기를 했었던가?

처음으로 돈을 받고 연기를 하는 배우로서 주연을 맡았을 때의 감격과 기쁨이 떠올렸다.

성훈은 고교 시절 연극부였다. 성훈이 다니는 학교 연극부는 제법 화려한 수상경력을 가진 학교였으며, 매년 동랑연극제에 참가했었다. 성훈 역시 2학년이 되어 동랑연극제에 참가를 했다.

그 당시 동랑연극제에서 연기상을 받았었다. 태어나서 처음으로 상이라는 것을 받게 된 경험이었다.

학교를 졸업한 뒤에도 대학 대신 연예인 매니지먼트에 들어가 연기 수업을 받았다. 그러나 세상은 성훈이 생각하는 것처럼 만만하지 않았다.

노력해도 돈 가진 놈을 이길 수 없고, 소속사의 여자애들은 몸까지 바쳐서 겨우 대사 한 마디 없는 단역 하나를 얻었다. 반년 가까이 매니지먼트에서 지냈지만 성훈이 얻은 것은 아무것도 없었다. 그러다가 한 여자애에게 이상한 말을 들었다.

같은 소속사의 여자애 몇몇이 매니저의 강압으로 룸살롱 아르바이트를 한다는 것이다. 그냥 술자리만 같이 하는 게 아니라 2차까지 강요받는다고 했다.

처음엔 믿지 않았다. 그러다가 유독 친하게 지내던 여자애가 처녀성을 아버지보다 더 나이 많은 아저씨에게 단돈 30만 원에 팔았다며 우는 것을 보았다.

그 아이는 이렇게까지 해서 꿈을 이뤄야 하는 거냐며 울고 또 울었다. 그날 그 아이와 성훈은 매니지먼트사를 박차고 나왔다. 마음 같아서는 대표에게 달려가 주먹으로 얼굴의 굴곡을 평평하게 만들어 주고 싶었다. 그러나 참아야 했다.

이후 찾아간 곳은 극단 노리터였다. 놀이터의 발음 그대로를 이름으로 삼은 극단이다. 극단에서의 생활은 악덕 매니지먼트와는 달랐다.

노리터 대표는 '모든 단원들은 한 몸'이라며 먹을 때 같이 먹고 굶을 때 같이 굶었다. 성훈도 매니지먼트에 있을 때보다 몸은 힘들었지만 마음은 편했다.

대부분의 극단들이 그렇듯 노리터 역시 배우들이 직접 전단도 돌리고 포스터도 붙였다. 한 번 포스터를 들고 나가면 보통 200장 정도를 들고 간다. 홍보 활동을 하는 셈이다. 이후 남는 시간에 연기 연습을 했다. 성훈도 그렇게 했다.

처음 무대에서 맡은 역할은 행인1, 2, 3과 같은 큰 비중 없이 대사 한두 마디가 고작인 배역이었다. 조금씩 경력이 쌓여 소위 무대 밥을 먹어가며 조금씩 대사도 많고 비중도 큰 역할을 맡게 되었다.

그러다 처음으로 '얼어붙은 불꽃'이라는 작품에서 강 변호사 역할을 하게 되었다.

전문 배우로서 처음 맡아보는 주연이었다. 세계적인 스타가 된 건 아니지만, 처음으로 주연을 맡게 된 성훈으로서는 그 이상의 감격을 느꼈다.

"나는 성훈이 아닌 강 변호사다."

공연에 앞서 성훈은 스스로에게 자기 최면을 걸었다. 그리고 크게 심호흡을 하며 무대에 올랐다. 강 변호사는 악덕 사채업자의 법률 대리인이 되었다가 나중엔 힘없고 가난한 사람의 편을 드는 젊은 변호사의 역할이다.

공연할 새 작품이 정해지면 단원들은 합숙에 들어간다. 낮에는 전단지와 포스터를 붙이고 돌아와서는 연기 연습을 한다. 처음엔 대본만 읽었다.

맡은 역할도 없다. 한 사람이 대사를 읽으면 옆 사람이 다음 대사를 읽고 그 옆 사람이 다음 대사를 읽는다.

아직 배역이 없으니 감정 삽입도 없다. 국어책 읽듯 큰소리로 읽어 본다. 아마추어의 경우 여기서 띄어쓰기만 잘 지켜 읽어도 어느 정도 연기가 되는 것처럼 보인다. 아니, 아마추어라면 그 정도로 충분하다. 그러나 극단 노리터는 취미로 모인 아마추어들이 아니었다. 연기력으로 승부를 걸어야 할 프로들이다.

이틀간 한 연습은 그저 대본만 무작정 소리 내어 읽는 것이었다. 특별히 감정을 잡아 읽거나 하지 않았지만 성과가 없는 건 아니었다. 모든 단원들이 작품의 전체 스토리를 파악하기에 충분하도록 한 것이다.

다음엔 각자 배역을 바꿔가며 감정을 살려 읽어봤다. 성훈은 막노동판의 잡부 역할도 하고 사채업자도 하고 도박판에 재산 말아먹은 가장 역할도 해 봤다.

다른 사람들도 마찬가지로 대본에 있는 모든 역할을 예닐곱 번은 반복해서 맡아봤다.

대표는 성훈이 강 변호사와 가장 어울렸다며 역할을 맡겼다. 그것으로 배역이 완전히 정해지는 건 아니지만, 거의 확정이었다. 이후 일주일간은 자신이 맡은 역할에 따라 대본을 연구하고 대사를 했다. 성훈은 자신이 강 변호사가 되기 위해 연구했다.

드라마를 보더라도 연기자가 대사를 어떻게 처리하고 말투를 어찌하는지 연구했다. 뉴스에 나오는 법조인들의 모습을 관찰했다.

좀 더 오만하고 이기적인 말투를 연습했다. 가난한 사람들을 위해 무료변론을 도맡아 하는 변호사의 특집방송을 보며 착한 법조인을 연구했다.

대사만 반복하던 연습을 벗어나 마침내 무대에서 연습을 하게 되었다. 성훈은 다른 단원들과 더불어 연습을 했다. 휴식시간에도 자신에게 부족한 부분을 몇 번이고 되짚으며 연습을 반복했다.

집에도 들어가지 못하고 무려 3개월이나 반복하며 연습한 역할이었다. 자신의 대사뿐 아니라 대본 전체를 외울 지경이었다. 일부러 대본을 외우려고 노력할 필요도 없었다. 상대의 대사가 나오면 자연스럽게 대사가 나올 정도로 헤아릴 수 없이 반복해서 연습했다.

스스로 파악한 설정대로 거만해 보이도록 과장된 모습으로 턱을 치켜들며 등장했다. 스포트라이트가 비춰졌다. 성훈이 독백을 했다.

"법 앞에 만민이 평등하다고? 그건 법학도들이 아는 최고의 농담이야. 법이란 이기적이고 비굴하지. 힘을 가진 자에겐 복종하지만 약자에겐 잔인해. 나는 변호사야. 법을 알고 이용할 줄 알지. 그래서 나는 법이 고개 숙이는 사람을 찾아가. 그건 어쩔 수 없는 거야. 변호사가 법과 함께 가는 건 당연하잖아."

오랫동안 연습한 대사가 흘러나오며 무대가 밝아졌다. 스프

트라이트가 꺼지고 성훈은 사채업자 역할을 맡은 사람과 대사를 나눴다.

곧 두 사람이 의기투합하여 악수를 하는 장면이 나왔다. 그들의 연기가 어찌나 실감나는지 관객 몇몇은 '저런 나쁜'이라는 말을 뱉었다.

돈과 알량한 권력을 위해 법을 이용하던 강 변호사가 마침내 마음을 돌리고 양심에 눈을 뜨는 장면에서 관객들이 환호했다.

가난하고 힘없는 이들을 위해 법을 마음대로 사용하는 기득권층과 대항을 한다. 그리고 마침내 약자들의 권익을 보호하는데 성공하게 된다.

이로써 달동네의 평화를 지키지만, 폭력배들의 집단 린치에 목숨을 잃는다. 강 변호사의 시체는 달동네의 쓰레기통에 버려진다. 시체를 비춘 스포트라이트의 빛이 강렬해지고 주변의 조명이 꺼진다. 서서히 막이 내려가며 스포트라이트의 빛도 사라졌다.

배우들의 실감나는 연기 탓인지 아니면 사회고발적인 내용 탓인지 관객 모두가 일어나 기립박수를 쳤다. 막이 다시 올라가고 모든 등장 배우들이 인사를 했다. 대표로 성훈이 앞으로 나서자 박수소리가 더욱 커졌다.

'성공이다.'

무대를 비추는 불빛 때문에 객석이 잘 보이지 않지만 끊이지 않는 박수소리만으로도 알 수 있다. 얼마나 많은 관객이 찾아왔고 또 얼마나 만족했는지.

무대 뒤로 퇴장하며 성훈은 세계적인 스타가 된 것처럼 가슴이 뿌듯해졌다. 분장실로 들어가는 다른 배우들도 마찬가지였다. 선배 배우들이 수고했다며 성훈의 어깨를 두드려주었다.

그 당시의 감격과 감동은 이후 영화를 찍고 헐리웃에 진출하여 세계적인 스타가 되어서도 잊을 수 없었다.

그런데, 지금은 그때의 설렘을 잊었을까? 성훈에서 세온이 되었다고 연기의 혼을 잃은 것이 아닐 텐데.

"계속 붙잡아서 미안하다. 사과하지."

사내가 돌아섰다. 세온은 망설일 것도 없이 어깨를 붙잡았다.

"잠깐만. 정말 나에게 연기를 배우고 싶은 거야?"

"생각이 바뀐 거냐?"

"그래. 네 말대로 난 잠시 동안 배우가 아니었던 것 같아. 그저 좀 더 연기를 잘하는 사람이었을 뿐이지. 그러나 옛날부터 지금까지 내 꿈은 언제나 하나였다. 세계 최고의 배우가 되는 거야."

"나라고 다르지 않아. 하지만, 좋은 연극은 혼자 할 수 없는 법이지."

세온은 사내에게 손을 내밀며 자신의 이름을 말했다.

"나는 세온이다. 기억해 둬야 할 거야. 앞으로 역사상 최고의 대배우가 될 사람이니까."

"프레그다. 잘 부탁하지, 세온. 가자. 나의 단원들을 소개해 주지. 그런데 우리 연기는 어디서 지도해 줄 생각이지?"

"이봐, 너 아무 대책 없이 무작정 달려든 거야?"

"아하하, 뭐 사소한 건 그냥 넘어가자고."

"하여튼 예술가들은 너무 충동적인 게 문제라니까."

프레그가 뒤통수를 긁적이자 세온은 한심하다는 듯이 말하면서도 환하게 웃었다.

'다시 무대에 설 수 있게 된 건가?'

아무래도 이곳의 연기 방식은 자신과 많이 다른 것 같지만, 차차 바꾸면 된다. 배우에게 중요한 것은 자신이 설 수 있는 무대가 있다는 것이다.

대책도 없이 쫓아올 때부터 짐작하고 있었지만, 유랑극단의 단장은 프레그였다. 프레그는 전 단장에게 유랑극단을 인계받은 뒤 폴카스 왕국 곳곳을 돌아다니며 공연을 해 왔다.

사람들에게 가장 인기가 높은 것은 천 년 전의 대마법사 룬드그란이 그의 동료들과 더불어 마계의 침공으로부터 세상을 구한 이야기였다.

극단은 늘 인원이 부족했다. 그 때문에 한 사람이 동시에 여러 역할을 맡는 것을 당연하게 생각했다.

"내가 이해할 수 없는 건, 왜 여자의 역할을 남자가 맡는 거냐고?"

"원래 무대에 남자만 오르는 게 당연한 거잖아."

"아무리 연기지만 남자의 눈을 보며 사랑을 고백하고 싶진 않다고."

세온은 상상만으로 치가 떨린다는 듯 말했다. 그러나 프레그를 비롯한 단원들의 사고방식을 바꾸는 건 쉽지 않았다. 결국 세온은 모든 것을 처음부터 시작하기로 결정했다.

다행히 세온이 팔찌를 팔아 마련한 돈은―꽤 헐값에 넘겼음에도 불구하고― 상당한 거금이었다. 10여 명의 단원들이 반년 가량 별다른 수입을 얻지 않아도 충분히 생활할 정도는 되었다.

"기왕 시작하기로 한 거 투자라고 생각하자."

세온은 모든 것을 좋게 생각하기로 했다. 이왕 할 바엔 기분 좋게 하는 것이 더 좋다고 생각했다. 세온은 유랑극단과 함께 한적한 시골 마을로 거주지를 옮긴 뒤 가까운 숲으로 들어가 연습을 하기로 결정했다.

프레그가 공연을 하지 않으면 감이 떨어지지 않느냐며 반대를 했지만 세온은 가볍게 묵살했다. 다행히 다른 단원들에게 세온이 보여 줬던 연기의 인상이 상당했다.

세온은 우선 프레그에게 룬드그란의 스토리가 어찌되는지를 들은 뒤 대본을 요구했다.

그러나 애초에 대본 같은 것은 존재하지 않았다. 그냥 전 단장에게 들은 것을 토대로 따라했던 것이었다. 그 말에 세온이 기가 막혔음은 두말할 필요도 없었다.

"아니, 그러면 여태까지 대본도 없이 공연을 했었다는 거야?"

"대본이라는 게 그렇게 중요한 거야?"

"그걸 말이라고 해?"

연극에서 대본의 중요성은 아무리 설명해도 부족하지 않다. 대본이 있어야 공연에 대한 기초도 잡고 어떤 방식으로 연출을 할 것인지도 구상할 것이 아닌가?

어쩔 수 없이 세온은 단원들을 불러 어떤 식으로 대사를 하고 스토리를 이어가는지에 대한 이야기를 받아 적어야 했다. 여기서 또 문제가 발생했다.

세온이 글을 배우기는 했지만, 제대로 배운 것은 아니라는 점이었다. 그렇다고 다른 사람들이 알아보지도 못할 한글이나 영어를 쓸 수도 없는 노릇이다. 다행히 마을 촌장이 글을 알고 있었다.

세온은 촌장의 도움으로 대본을 만드는 한편 틈틈이 글을 배우고 또 단원들을 가르쳤다. 처음 연기 요령만 가르치면 바로 무대에 설 수 있겠다고 생각했던 기대가 무너지는 순간이었다.

프레그 유랑극단에게 연기를 가르치는 한편으로 머릿속에 담긴 각종 연극 연출과 연기 이론을 틈틈이 기록하는 것도 잊지 않았다.

현현천뇌공을 통해 남다른 오성을 얻었지만, 인간이란 기본적으로 망각의 동물이다. 당장은 세온이 알고 있는 지식을 활용할 수 있지만 시간이 지나 잊게 되면 다시 되돌아 볼 필요가 있었다. 그게 아니더라도 좀 더 체계화된 연기 이론을 전수해주는 게 좋을 것 같았다.

연극에 대한 이론을 정리하고 단원들을 가르치는 것 외에도 할 일은 또 있었다. 정령과의 친화력을 높이기 위해 항상 소환을 유지해야 했고, 현현천뇌공을 운기하여 술법의 힘을 다시 얻어야 했다.

어느 한 가지도 쉬운 일은 아니었지만, 세온은 모든 것을 서둘렀다.

유랑극단의 연기력을 최대한으로 높이는 일도 중요한 일이었고, 자신이 힘을 가지는 것 또한 미룰 수 없었다.

프로슬란 자작가에서 노예로 만들려고 했던 당시 자유롭게 술법을 사용할 수 있었다면 방화에 절도까지 저지르진 않았을 것이다.

불을 지르고 물건을 훔친 일은 아무리 좋게 표현해도 범죄고 나쁜 짓이었다. 적어도 유명 배우를 목표로 하는 사람이 할 일은 아니었다.

　다행히 세온의 노력은 다방면에서 성과를 거뒀다. 글을 자유롭게 읽을 수 있었으며 자주 철자가 틀리긴 했지만 쓰는 것도 문제가 없었다. 대본도 제법 그럴 듯했다.

　작가가 아니라서 문학적 역량이 부족한 거야 어쩔 수 없지만, 연기력과 연출 효과로 대신할 수 있을 것 같았다.

　현현천뇌공도 상당한 성과를 거뒀다.

　어느덧 하단전과 중단전을 가득 채우고 상단전에 기가 고이기 시작했다. 어찌된 일인지 상단전에 기가 쌓이는 속도는 기가 막힐 정도로 느렸다.

　그래도 간단한 술법이 가능하게 되었다는 점에서 세온은 고무적으로 생각했다.

　상단전에 공력이 쌓인다는 것은 달리 말해 상단전의 활용이 가능하다는 것이었고, 그것은 부적을 만들 수 있다는 의미였다. 당연히 부적을 만들지 않을 까닭이 없었다.

　본래대로라면 괴황지에 경면주사를 이용하여 만들어야 맞겠지만, 이곳에서는 그런 것을 구할 길이 막막했다. 물론 괴황지의 제작법이나 경면주사를 만드는 방식 따위는 알지 못했다.

　다행히 세온은 괴황지와 경면주사를 대체할 방법을 알고 있었다. 가장 좋은 것은 사람 가죽에 사람의 피였지만, 윤리적인 문제가 있으니 써먹을 수 없었다.

그래서 선택한 것이 눈처럼 하얀 종이에 자신의 피로 부적을 그리는 것이었다.

상단전의 기운이 얼마 되지 않아 하루에 서너 장을 만드는 것이 고작이었지만, 그나마도 없느니보다 나았다.

부적만 충분하다면 나중에 상단전의 기운 없이도 술법을 사용할 수 있다. 부적이 상단전의 기운을 대신할 수 있기 때문이다.

성장하는 것은 세온만이 아니었다.

유랑극단의 단원들도 세온의 도움으로 여자는 연기를 할 수 없다는 고정관념을 버렸으며, 반드시 음율에 맞춰 노래하듯 대사를 하는 습관도 버렸다. 대본을 바탕으로 자신의 배역을 연구하고 생각하며 연기를 하는 습관을 가졌다.

세온과 프레그는 룬드그란이 마왕 루스펠로부터 세상을 구하는 이야기를 첫 공연 작품으로 하기로 결정하고 연습을 계속했다. 세온이 가장 먼저 한 일은 프레그의 배역 변경이었다.

이제까지 프레그가 맡았던 역할은 엘루하라는 엘프였다.

엘루하는 마법사 룬드그란의 동료이자 연인이었다. 그냥 동료일 뿐이라면 남자가 여자의 역할을 맡을 수도 있다. 그러나, 고릴라를 연상시키는 우람한 체구의 사내가 수줍게 웃으며 사랑을 고백하는 장면은 아무리 생각해도 끔찍했다.

'절대로 막아야 돼.'

세온은 프레그의 역할을 바꾸는 것에 일종의 사명감까지 느졌다. 프레그도 자신이 가냘프고 아름다운 여성 엘프의 역할을 맡는 것이 어울리지 않는다는 것을 납득했다.

대신 룬드그란의 또 다른 동료인 검성 류스하임의 역할을 맡겼다.

천 년 전의 인물이라 정말 우람한 근육질의 사내인지 의외로 호리호리한 체구에 정교한 검술을 가진 검사인지 알 수는 없지만, 적어도 프레그의 성격에는 좀 더 맞을 것 같았다.

일단 배역을 정하자 등장인물의 성격을 연구하고 자신의 연기에 맞게 재해석하는 과정을 거치면서 공연 준비는 더욱 빠르게 진행되었다.

세온은 주인공인 룬드그란을 맡기로 했다. 일반적으로 알려진 룬드그란은 세상을 구한 영웅이었다. 그러나 세온은 좀 더 다른 방식으로 접근하고 싶어 했다.

마계의 침공으로부터 세상을 구한 대영웅도 결국은 인간이다. 그에게는 절친한 동료가 있고 사랑하는 연인이 있었다.

세상을 구한다는 사명이 있지만 다른 한편으로 목숨을 걸어야 한다는 것을 알고 있기도 하다. 그 과정에서 인간적인 갈등과 고통이 없었을까?

사람이기 때문에 느끼는 사랑과 우정을 표현하고, 그 과정에서 느끼는 고통과 절망을 표현하고 싶었다. 아무리 위대한 영웅이라도 결국 인간일 뿐이다. 세온은 몇 번이고 대본을 확인하고 수정해 가며 연기를 점검했다.

유랑극단의 연습이 한창일수록 마을 사람들도 연극에 대한 호기심을 가졌다. 몇몇 마을 처녀들이 룬드그란의 연인을 흉내내고 싶어 했다. 그러나 연기 자체를 좋아하는 사람은 그리 많지 않았다.

세온은 그런 이들을 일부러 받아들이지 않았다. 다행히 유랑극단에는 여자들이 3명이나 있었다. 대체로 공연 전 노래로써 사람을 모으고 음악을 연주하는 이들이었다.

세온은 그녀들에게 간단한 테스트를 한 뒤 공연에 참가하도록 했다. 다행히 그녀들 모두 연기에 재능이 있었다.

그중 리케라는 이름을 가진 여인에게 엘루하의 역할을 맡겼다. 그녀는 처음 맡게 되는 역할에 감격하여 열성적으로 연기를 연습했다.

무려 삼 개월간이나 매일같이 연습한 뒤에야 비로소 세온은 어색하나마 모든 준비가 끝났다는 판단을 내렸다. 프레그를 비롯한 단원들은 짐마차를 정리하고 몇 달간 머물렀던 마을을 떠나기로 했다.

짐마차를 탄 세온은 프레그에게 무대에 대한 설명을 해 주었다.

지금까지 대륙에서 연극을 하는 방식은 대충 사람들이 많이 오갈 것으로 보이는 곳에 자리를 잡고 공연을 한 뒤, 지나가던 구경꾼들이 돈을 던져주는 방식이었다.

그냥 지나치는 이들이 많았고, 끝까지 구경하고도 아무 대가도 지불하지 않는 이들도 상당수였다. 돈을 던지는 이들도 동전 몇 개를 던지는 정도에 불과했다.

그러니 아무리 잘 된 공연을 보이더라도 큰 수익을 기대하기 어려웠고, 단원들은 여행 틈틈이 다른 돈벌이를 해야 했다.

운이 좋아 가는 길이 같은 상단을 만나면 중간 중간의 유흥과 잡일을 대가로 숙식을 제공받으며 함께하기도 했고, 여자들의 경우 본의 아니게 험한 꼴을 당하기도 했다.

간혹 재력을 뽐내는 부자가 큰돈을 던져줘도 도시의 왈패들이 빼앗아 가기 일쑤였다.

"아무리 봐도 계속 이런 식이라면 큰 수입을 기대하기 어려워. 하다못해 공연 하나가 성공하면 그에 따른 고수익을 누려야 하는데, 아무리 노력해도 갈 곳 없이 떠돌다가 길거리에서 쓸쓸히 죽어갈 운명이라면 누가 배우를 하겠어?"

"그렇지만 방법이 없잖아."

"그래서 앞으로도 고아들을 주워서 배우로 키우자고? 그래서 어쩔 수 없이 의무감 때문에 연기를 배우고, 다시 굶주림과 추위를 견디며 떠돌아다니게 하자고? 말도 안 돼. 남자들이야 그럴 수 있다 쳐. 여자들은? 앞으로도 더러운 돼지들이 욕정을 채우는 도구로 쓰게 내버려 둘 거야?"

"나더러 어쩌라는 건데. 지금까지 쭉 그렇게 해 왔고, 달리 방법도 없잖아."

"그러니까 지금부터 방법을 바꾸자는 거지."

"그래, 네가 생각한 방법이 뭔데?"

"앞으로는 우리의 공연을 보기 전에 돈을 내도록 만드는 거야. 오직 정당한 대가를 지불하는 사람만이 연극을 볼 수 있게 하자는 거지. 다행히 우리는 다른 유랑극단보다 유리하잖아. 더 좋은 대본을 가지고 있고, 연기 연습도 많이 했어. 그러니까 돈을 내고 보러 오는 관객에게만 연극을 보여 줘도 괜찮다고 생각해. 아니, 뭔가를 구경하려면 당연히 돈을 내야지."

"나도 그럴 방법이 있으면 좋겠군."

프레그도 세온의 생각에 일정 부분 공감을 하기는 했다.

세온은 천막을 치고 그 안에 무대를 만들어서 오직 돈을 내고 들어온 사람만이 공연을 볼 수 있도록 하자는 것이었다. 그러나 그렇게 많은 사람이 들어올 만한 천막을 마련하는 것도 돈이 필요했다.

지금까지 유랑극단은 따로 모아둔 돈도 없이 세온의 재산으로 연명을 했다. 그나마도 다 떨어진 상태였다.

무대를 만들고 많은 사람들을 수용할 정도의 천막을 마련하는 건 고사하고 내일 당장 먹을 양식을 구하는 것도 큰일이었다.

"일단 적당한 도시나 찾아봐. 방법은 내가 찾을 테니까."

"알았어. 나도 네 말대로 됐으면 좋겠군. 그렇지만 너무 무리하지는 마. 우린 그냥 좋은 공연을 할 수 있는 것만으로도 만족할 수 있으니까. 정말 요 얼마간 먹고살 걱정 없이 연기 연습만 할 수 있었던 건 너무나 황홀한 경험이었어."

"앞으로도 돈 걱정 없이 연기만 신경 쓸 수 있게 될 테니 걱정하지 마. 내가 반드시 길을 만들겠어."

세온은 프레그와는 생각이 달랐다. 세온은 단원들에게 연기를 가르치고 술법을 수련하며 마을 촌장에게 여러 권의 책을 빌려 읽었었다. 일주일에 한 권 정도의 분량에 불과했지만, 그 정도로도 지금까지 가질 수 없었던 대략적인 상식을 얻기에는 충분했다.

세온이 얻게 된 상식 중 하나는 바로 정령술사나 마법사의 위치였다.

뮤우 대륙은 동화에나 나옴직한 마법과 정령술이 존재하는 세상이다. 마법은 상식을 벗어난 일을 가능하게 해 주고, 정령술은 정령을 통해 대자연의 힘을 임의적으로 다룰 수 있게 한다. 그러나 그런 재능을 가진 사람이 흔할 리가 없다.

마법을 익히기 위해서는 먼저 마나를 느끼고 다룰 줄 알아야 한다. 그나마도 마법은 특별한 수련을 통해 마나를 느끼고 다룰 수 있게 된다.

그러나 정령술은 정령에 대한 친화력을 타고 나야 한다. 그 때문에 마법사도 귀하지만 정령술사는 더욱 귀하다. 귀한 만큼 국가적으로 특별한 예우를 받을 수 있다.

마침 세온도 정령을 다룰 수 있는 정령술사다. 그것도 4대 정령 모두를 다룰 수 있는 특별한 정령술사다. 그 정도면 어느 도시나 영지 할 것 없이 특별한 예우를 받기에 충분한 인재였던 것이다.

'정령술사의 가치를 알면서 써먹지 않을 수 없지. 그런데 어떤 정령을 다룬다고 말하지?'

세온은 잠시 고민을 했다. 자신이 읽은 책들에는 대부분의 정령술사는 하나의 정령만을 다루고, 간혹 특별한 재능을 타고난 사람만이 2가지의 정령을 동시에 다루는 일이 있다고 소개했다.

'한꺼번에 4대 정령 모두를 다룰 수 있다고 하면 다들 사기꾼이라고 하겠지?'

곰곰이 생각하던 세온이 운성에게 조언을 구했다.

'영감님 생각엔 어느 정령을 주로 다룬다고 말하는 게 좋겠어요?'

『내 생각엔 물의 정령을 다룬다고 하는 편이 가장 좋겠네.』

'어째서요?'

『어떤 생물이든 살아가려면 기본적으로 물이 필요하지 않겠나? 사람은 며칠 굶는 정도로 죽진 않아도 갈증으로는 죽는 법일세.』

'그거 말 되네요.'

운성의 의견을 들은 세온은 즉석에서 자신의 신분을 만들었다.

'앞으로 저는 물의 정령술사 세온입니다. 어떻게 생각하세요?』

『괜찮은 것 같네. 아마 많은 사람들의 협조를 얻을 수 있을 게
야.』

'그렇겠죠.'

프레그는 세온이 자신과 이런저런 대화를 나누다 갑자기 조
용히 있자 궁금한 듯 물었다.

"혼자 뭘 생각하면서 히죽거리는 거야?"

"아니, 아무것도 아니야. 어쨌든 어서 가자고. 어디부터 갈
까?"

"어디긴. 당연히 우리가 처음 만났던 곳부터 가야지. 상업
과 예술의 도시 하루스로 가자고."

"그래, 거기 괜찮겠다. 사람들의 안목도 높고 돈도 풍족한
곳이니까 제법 짭짤하겠지."

세온은 하루스라면 프로슬란 자작의 영지에서 너무 가깝지
않을까 하는 걱정이 들었다. 집에 불도 지르고 물건도 훔쳤으
니 붙잡혔다간 무슨 꼴을 당할지 모른다.

그러나 또 한편으로는 벌써 반년이나 지났으니 괜찮을 거라
는 생각도 들었다.

'게다가 날 일 년이나 부려먹고도 노예로 만들려고 했으니
까 정당방위였다고. 팔찌는 내 밀린 임금이지. 암, 그렇고말
고.'

애써 자신을 정당화시키는 세온이었다.

제4화
룬드그란 전기

　예술과 상업의 도시라 일컬어지는 하루스의 풍경은 다시 봐
도 장관이었다.

　어디든 아름다운 건물과 조각상이 서 있었으며, 여기저기
화가들이 그림을 그리고 있었다.

　도시에 도착한 일행들은 보다 나은 공연을 할 생각에 벌써
들떠 있었다. 그러나 가장 중요한 역할을 맡은 세온은 다른 생
각에 빠져 있었다.

　"근처에서 기다려. 금방 다녀올 테니."

　"공연은 어떻게 하고?"

　"내가 말했잖아. 우린 무대를 만들고 천막을 만든 다음 비로소 연기를 할 거야. 우리의 공연을 보려면 돈을 내야지."

세온의 말에 프레그는 그게 정말이었나 하는 얼굴로 되물었다. 아무래도 프레그가 가진 상식으로는 납득하기 힘들었다.

"그게 가능할까?"

"나만 믿으라고."

세온은 프레그에게 큰소리를 치며 길을 나섰다.

잘 알지도 못하는 길을 사람들에게 물어가며 하루스를 다스리는 시장 관저를 찾았다.

당연히 입구에서 저지를 받았다. 세온은 자신을 정령술사라 밝히며 시장과의 만남을 요청했다.

"이봐, 세상에 정령술사가 그렇게 흔한 줄 알아?"

"그럼 우리 앞에서 정령술을 써 보던가."

세온이 운디네에게 경비들 앞에서 스스로를 증명해 보이라고 했다. 그러나 운디네가 경비들 앞에서 알짱거린다고 볼 수 있을 리 만무했다. 운디네는 자신이 알아서 하겠다더니 허공에 커다란 물방울을 만들었다.

[대체로 인간들은 제가 물을 만들어내면 믿더군요.]

운디네의 말에 세온은 수고했다는 뜻을 전하고 경비를 쳐다봤다. 과연 경비들의 태도가 바뀌었다.

좀 전까지 믿지 않던 경비들이 안으로 소식을 전했다. 하도 어수선해서 정령이 계약자의 통제 없이도 스스로 결정하고 행동했다는 것을 잊고 지나갈 정도였다.

얼마 지나지 않아 기사 하나가 밖으로 나오더니 세온을 안내했다. 세온은 경비들에게 가볍게 손을 흔들어 보이고는 기사의 뒤를 따랐다.

관청 안은 세온이 생각했던 것보다 더 많은 사람들이 바쁘게 뛰어다니고 있었다.

하루스는 예술의 도시지만 상업의 도시이기도 하다. 그 때문에 거대 상단의 주요 인물들이 늘 상주해 있었다.

평범한 사람들은 평생 구경도 못할 거금이 사람들의 입에 오르내렸다. 유테스 강을 오가는 각종 물류의 이동을 결재하고 허가해야 했다.

모두 하나같이 빠르고 정확한 일처리를 요구하는 것들이었다. 사람들이 바쁘게 움직이는 건 당연했다.

그런 사람들 틈을 벗어나자 곧 하루스 시장의 집무실이 나왔다. 기사는 가볍게 문을 두드리고 들어갔다. 안에서는 너구리를 연상시키는 통통한 사내가 펜을 무기 삼아 서류와 격투를 벌이는 중이었다.

"물의 정령사가 시장님을 만나고 싶다고 해서 데려 왔습니다."

"잠깐 서류 몇 장만 더 검토하겠네."

시장은 끝내 몇 장의 서류를 더 살펴보고 사인까지 끝낸 이후에야 비로소 세온과 마주 앉았다. 시장은 소파에 몸을 던지더니 세온에게 말했다.

"나는 이 도시의 시장인 미첼 켈타이어 남작이네. 듣자하니 정령사라고?"

'뭐야, 이 양반도 귀족이었던 거야?'

세온은 상대가 귀족이라는 것에 긴장이 되었지만, 그래도 이왕 내친 김에 당당히 나서기로 했다.

"예, 그렇습니다."

"그것 반가운 일이군. 사실 이 도시에는 정령사들이 할 일이 아주 많거든. 혹시 일거리를 알아보러 왔다면 내가 알아봐 줄 수 있지."

"벌써 할 일은 있습니다."

"아쉽군."

켈타이어 남작은 입맛을 다시며 세온을 위아래로 살피며 물었다.

"그런데, 정령이란 여러 종류가 있는 것으로 알고 있는데. 자네는 어떤 종류의 정령을 다루나?"

"물의 정령입니다."

"물의 정령이라면 운디네를 말하는 모양이군. 지금 소환해 보겠나?"

"소환해도 볼 수 없으실 텐데……. 혹시 정령사입니까?"

"하하하, 내가 정령을 다룰 줄 안다면 여기서 서류와 싸우지는 않겠지. 일단 소환이나 해 보게."

"이미 소환해 됐습니다. 입구에서부터 쭉 같이 있었거든요."

"좋군."

켈타이어 남작이 품에서 뭔가를 꺼냈다. 선글라스였다.

상당히 크고 무겁게 보이는데다 별로 멋있어 보이지는 않았지만, 색이 들어간 렌즈를 하고 있는 그것은 틀림없는 선글라스였다.

남작은 그것을 쓰더니 세온에게 정령이 어느 쪽에 있는지 물었다.

"남작님 앞에 있습니다."

"어디 보자. 호오, 정말 정령을 소환했군. 전에도 대지의 정령을 본 적이 있는데, 지금 보니 물의 정령이 더 마음에 드는군. 어디서 이렇게 생긴 미녀를 하나 소개받으면 딱 좋겠는데."

남작의 말에 운디네는 얼른 세온의 등 뒤로 숨어 버렸다. 그걸 보면 아무리 정령이라도 수줍음을 느끼는 여자인 모양이다.

"어떻게 정령을 보시는 거죠?"

"아아, 이 물건 덕분이지."

남작은 선글라스를 벗으며 설명을 했다.

"이 도시의 물동량은 엄청나지. 대륙에서 제법 알려졌다 싶은 상단들은 모두 우리 도시를 지나간다고 생각하면 될 정도야. 문제는 제대로 된 물건만 오가는 게 아니라는 거야."

"……?"

"이곳을 지나가면 안 될 물건들도 많이 있거든. 예를 들어 사람을 취하게 하는 미약이라든가 불법으로 유통되는 물건들

말일세. 하찮은 범죄자들이 옮기는 밀수품은 차라리 괜찮아. 서류만 꼼꼼하게 확인해도 바로 알 수 있으니까. 문제는 마법 물품들이야.

그런 것들은 그냥 눈으로는 확인할 방법이 없네. 그래서 필요한 게 바로 이 '진실의 눈'이지. 이걸 통하면 육안으로 볼 수 없는 것을 보게 해 준다네. 내가 일부러 마탑에 직접 주문해서 만든 물건이지."

"그……게 마법이라는 건가요?"

"그래, 맞아. 마법의 힘이네. 그러니 정령을 볼 수 있는 사람이 정령술사만 있는 게 아니지. 엄밀하게는 마법사와 이런 물건을 살 만큼 돈이 많은 사람이라고 할 수 있겠군."

"아아, 그렇군요."

남작의 말에 세온은 고개를 끄덕이며 한편으로는 술법에 대하여 다시 생각해 보았다. 술법에도 금정화안이라는 것이 있는데 그것을 이용하면 상대의 본질을 살필 수 있다.

또 안명부라는 부적을 이용하면 술법을 모르는 보통 사람에게 요괴나 술법의 모습을 보게 만들어 준다. 지금까지 오직 술법으로만 가능한 것이라 생각했는데, 남작의 말을 들어보니 마법에도 비슷한 방법이 있는 모양이다.

세온이 술법과 마법의 차이에 대하여 잠시 딴 생각에 빠져 있는 동안 남작은 진실의 눈이라는 선글라스를 자랑하기에 바빴다.

"이 물건은 정말로 쓸 만하네. 만일 내게 이 물건이 없었다면 자네는 정령을 증명하기 위해서 내 집무실을 물바다로 만들었어야 했을지도 모르지. 이런 물건을 구할 수 있는 것만 봐도 우리 도시가 얼마나 돈이 많은지 알 수 있지 않나? 하루스에서는 왕국 전체가 벌어들이는 수입의 절반을 담당한다네. 그러니 이 도시를 다스리는 나는 얼마나 돈이 많겠나."

남작은 자신이 얼마나 도시를 잘 다스리고 또 뛰어난 문관인지를 자랑하고 싶어 했다.

세온의 눈에도 하루스를 다스리는 것이 쉽지 않으리란 생각이 들었다. 대륙의 거의 모든 재화가 오가는 도시를 문제없이 통치하는 것이었으니까.

"계속 엉뚱한 소리만 했군. 무슨 일로 나를 만나고 싶어 한 건가?"

"사실은……."

남작의 질문에 세온은 자신이 찾아온 이유를 설명했다. 남작은 세온의 말이 끝날 때까지 팔짱을 끼고 끝까지 경청했다. 마침내 세온의 설명이 끝났을 무렵 남작의 입이 열렸다.

"미안하지만 하루스의 시장으로서 자네를 지원할 수 없네."

"아니, 어째서……."

"물론 국가적으로 정령술사가 중요한 것은 사실이네. 전략적으로도 그렇고 다른 여러 가지 일들을 할 수 있다는 점에서 정령술사는 중요하지."

남작은 벌떡 일어나 서재에서 큼직한 서류뭉치를 꺼내오며 말을 이었다.

"적당한 대가를 지불하면 공터를 빌려주는 것은 가능하네. 빈 땅을 빌려주는 정도야 내 권한으로 가능하지. 그러니까 3골드 정도면 일주일 정도 빌려줄 수 있네."

"정말 안 될까요?"

"나 정도의 위치에 있으면 반드시 지켜야 할 원칙이라는 게 있거든. 자네가 속한 유랑극단에게만 특혜를 베푼다면 형평성에 문제가 생기지."

남작의 설명에 세온은 반론을 낼 수 없었다.

남작의 말대로 하루스를 찾는 유랑극단은 무척 많다. 그중 유독 세온이 속한 극단을 위해 공터를 마련해서 무대를 설치해 주고 천막을 쳐서 임시로 극장을 만들어 주는 것은 누가 봐도 특혜였다.

세온이 말했다.

"그렇군요. 제가 너무 의욕이 앞서서 긍정적으로만 생각했던 모양이네요."

"젊은 사람들이 쉽게 저지르는 일이기도 하지."

남작의 말에 세온은 침울하게 고개를 푹 숙였다. 지금 세온은 무일푼이었다.

가진 모든 재산을 프레그를 비롯한 단원들을 위해 썼기 때문이었다. 무려 반년 가까운 시간 동안 일체의 수입 없이 여러 사람들을 먹여 살렸으니 당연했다.

세온이 풀이 죽어 자리에서 일어나며 인사를 했다.

"귀한 시간 빼앗아서 죄송합니다."

"젊은 사람답지 않게 포기가 너무 빠르군. 나는 방법이 없다고 한 적이 없는데."

"하지만 좀 전에 안 된다고 하셨……."

"그건 하루스의 시장으로서 말한 것이지. 나는 하루스의 시장이기도 하지만, 켈타이어 상단의 상단주이기도 하지."

"예?"

"후훗, 젊은 사람이 눈치가 없군. 시장으로서는 자네에게 특혜를 줄 수 없지만, 개인적으로는 지원할 수 있다는 뜻이네."

"무슨 말씀인지는 알겠지만……."

"솔직히 말해서 자네의 그 공연이라는 것에는 그리 관심이 없네. 호기심에 돈을 주고 공연을 볼 사람이 있을지 모르지만, 그 덕분에 후원자가 돈을 벌 수 있으리란 생각은 하지 않네. 그러나 자네의 능력은 탐이 나는군."

"제 능력이요?"

남작이 계속해서 말을 이었다.

"정령사는 쓸모가 많아. 내가 공연을 후원해 주는 대가로 자네의 힘을 빌릴 수 있다면 손해는 아니지."

"제 힘이요?"

"한 종류의 정령을 다룬다는 것은 다르게 말하자면 한 가지 계열의 마법을 사용할 수 있다는 의미가 아닌가? 어딜 가도 그만큼의 힘을 가진 용병은 구하기가 힘이 드네. 상단주의 입장에서 그런 힘을 가진 용병을 구한다는 것은 그만큼 더 안전한 무역이 가능하다는 뜻이네. 어떻게 생각하나? 나는 자네의 공연을 후원해 주겠네. 대신 자네는 내게 힘을 빌려주게. 내생각엔 서로에게 손해 볼 일은 아니라고 보는데."

세온의 입장에서 달리 선택의 여지가 없었다. 하루스의 시장이자 상단주라는 건 정치와 거래 모두 익숙하다는 뜻이다. 세온이 아무리 똑똑해도 평생 연기만 한 사람이다.

아무려면 온갖 진창을 맛보며 정치와 경제를 이끈 사람을 어찌 이기겠는가?

"그 제안 받아들이겠습니다. 그런데 문제가 있지 않나요? 공연을 하려면 한 곳에 오랫동안 머물러 있어야 하고 무역을 하려면 여러 곳을 돌아다녀야 하잖아요. 그런 일정상의 차이가 있으면 서로 불편할 것 같은데요."

"아, 그 문제는……."

결국 세온은 남작의 제안을 받아들이면서도 문제점을 말했다. 곧 두 사람은 세부적인 문제에 대하여 의견을 조율했다.

기본적으로 상단은 끊임없이 이동을 해야 하는 처지이고, 세온은 단원들과 함께 어울리며 공연을 해야 한다.

다행히 남작도 정령술사라는 고급 인재를 아무렇게나 마구

쓸 수 없다는 것에 찬성을 했다.

그래서 세온이 함께하는 상행은 부피는 작지만 가격은 만만치 않은 고급품에 한정하기로 했다. 평소에도 부피는 큰데 가격은 싼 물건을 옮길 때는 짐꾼과 용병을 운송에 부족하지 않을 정도로만 이용했다고 한다.

도적들도 부피만 크고 값도 얼마 나가지 않는 물건은 욕심내지 않기 때문에 대체로 적절한 수준의 통행료를 지불하면 그냥 넘어간다고 했다.

비싸고 처분하기도 쉬운 금이나 보석 같은 경우엔 도적들도 크게 한 건 하려는 습성이 있기 때문에 강한 무력을 지닌 용병을 필요로 한다. 용병 중에 마법사나 정령술사가 있다면 존재만으로 엄청난 전력증강을 가져온다.

대략적인 내용이 합의가 되고 켈타이어 남작은 극단을 위한 후원자가 되었다.

관청에서 나온 세온은 프레그를 만나 남작과의 합의된 내용을 말해 주었다.

당연히 모든 단원들이 환호성을 지르며 기뻐했음은 두말할 필요도 없다. 그들은 남작이 직접 제공해 주는 여관에 들어가 짐을 풀고 자신들이 공연할 공터를 찾아갔다.

넓은 공터는 광장에서 멀지 않은 곳이었다.

본래 다른 건물이 서 있었는데, 화재로 무너져서 깨끗이 치워둔 자리였다.

화재가 일어났던 자리라는 이야기에 단원들이 꺼리는 듯했지만, 광장에서 가까운데다 멀지 않은 곳에 강을 따라 움직이는 배의 선착장이 있어 유동인구가 많은 장소였다.

"이거 상당히 신경 써 주는걸."

"그러게. 우리들도 놀랐어. 세온이 연기만 잘하는 줄 알았지 정령술사라는 건 전혀 짐작하지 못했거든."

"일부러 숨기려고 한 건 아니었어. 그리고 너희들하고 연기를 하는 동안에도 계속해서 정령을 소환해 뒀다고."

"능청스럽긴. 그래도 좀 서운한데. 진작 말했으면 여러 가지로 부려먹었을 텐데."

단원들은 세온이 정령을 다룬다는 것을 알고도 이전과 전혀 다름없이 대해 주었다.

모양새가 어찌되었든 덕분에 제대로 된 후원자를 얻었으니, 앞으로 연기만 하고서도 먹고사는 문제는 걱정하지 않아도 됐다.

얼마 되지 않아 공터에 무대를 세울 자재와 기술자들이 몰려왔다. 세온은 그들을 쫓아다니며 무대 구조에 대하여 원하는 바를 요청했다.

세온은 아예 생각난 김에 세트 구성까지 일일이 참견을 하고 다녔다. 목수들은 세온의 잔소리를 들으면서도 묵묵히 제할 일을 했다. 남작에게서 정중히 대하라는 말을 들었기 때문이다.

무대를 만들고 천막을 치는 동안 세온은 공연 홍보에 대한 고민을 했다.

과거 극단 노리터에서 활동하긴 했었지만, 직접 운영을 한 건 아니었다. 그나마도 연기 이외의 것은 오로지 시키는 것만 했었기 때문에 잘 모르는 일뿐이었다.

"역시 벽보부터 만들어야겠지?"

천막을 치는 동안 세온은 다른 단원들과 함께 전단지와 벽보의 초안을 만들고 인쇄소를 찾았다.

사람들에게 길을 물어가며 겨우 인쇄소에 도착했지만, 전단지와 벽보를 만드는 일이 생각만큼 쉽지 않다는 것을 알게 되었다.

하루스의 인쇄소에서는 전단지나 벽보를 만들려면 먼저 목판이나 금속판을 만들어서 사용한다고 했다.

목판의 경우 물감을 묻혀 종이에 찍는 일을 반복하다 보면 얼마 못 가 인쇄면이 뭉툭해지기 때문에 100장 정도가 한계라고 했다.

금속판으로 만드는 것도 나름대로 문제가 있었다. 일단 만들어 놓기만 하면 오랫동안 많은 양을 찍어내도 문제가 없지만, 금속판을 만드는데 걸리는 시간이 만만치 않았다. 결국 어느 쪽이나 시간과 돈이 많이 들기는 마찬가지였다.

세온은 인쇄를 포기하고 다른 방법을 강구하기로 했다. 배우들이 미리 분장을 하고 하루스 시 곳곳을 돌아다니며 광고를 하는 것이다.

일단 커다란 천을 구해 공연장소와 일정을 적은 단원들은 그것을 들고 음악을 연주하며 하루스를 돌아다녔다. 과연 그 방법이 얼마나 큰 홍보효과를 누릴지 알 수 없지만, 적어도 아무것도 하지 않는 것보다는 나았다.

대략이나마 홍보를 하고 천막으로 만든 임시 극장도 완성이 되었다. 세온은 단원들과 함께 실제로 관객이 있다 생각하고 리허설을 가졌다.

단원들은 무대에 등장하고 퇴장하거나 막을 올리고 내리는 등의 새로운 방식들에 어리둥절했지만, 금방 적응을 했다. 아니, 오히려 길거리에서 공연할 때와 달리 장면이 전환되는 것이 좀 더 쉬워졌다는 것에 감탄을 했다.

세온에게는 당연한 방법이지만, 프레그 등에게는 무척이나 새롭고 혁신적인 방법이었다.

마침내 공연일이 되었다.

세온과 단원들은 모두 하나같이 큰 기대를 하며 돈을 내고 들어올 관객을 기다렸다. 입구를 지키는 단원이 긴장한 채 서 있다. 공연 관람료는 5실버로 책정했다.

세온의 계산법으로는 1실버는 대략 만 원 정도의 가치가 있었다. 아주 큰돈은 아니지만, 그렇다고 적은 액수도 아니었다.

공연시간이 거의 다 되어서야 몇 사람이 관람료를 지불하며 들어왔다.

하루스는 상업의 도시답게 부자들이 많았고, 그들 대부분은 5실버 정도에는 그리 부담을 느끼지 않았다.

그러나 관객을 맞는 입장에서는 절로 힘이 빠졌다. 한꺼번에 300명을 받을 수 있는 공연장에서 고작 열 명도 되지 않는 관객들이 전부라니.

"숫자가 너무 적은 거 아냐?"

무대 뒤에서 관객이 얼마나 되는지 확인한 프레그가 뚱한 얼굴로 말했다. 세온도 비슷한 생각이 들었다. 그렇다고 실망한 모습을 보일 수는 없었다. 이럴 때일수록 당당하게 나가야 했다.

"아직 시작이잖아. 평소 구경꾼들이 던져주는 동전 몇 개를 생각해 봐. 오히려 오늘 하루 벌어들인 돈이 더 많을 거야."

"그야 그렇지만……."

프레그가 뭔가 다른 말을 하려고 했다. 그러나 세온은 얼른 말을 막으며 공연 시작을 알렸다.

"단 한 사람의 관객을 위해서라도 공연을 하는 게 진정한 배우야. 모두 대사 잊어버리지 말고 연습한 대로만 해. 시작하자."

"그래, 잘 해 보자."

무대 뒤에서 세온을 비롯한 단원들 모두 나직하게 파이팅을 외쳤다. 곧 막이 올라가고 세온이 등장하며 대사를 시작했다. 관람석에 앉아 심드렁한 표정으로 구경하던 사람들의 얼굴이 서서히 변했다.

연극이라면 그저 음악에 맞춰 노래하듯 이야기하는 것만 생각하던 그들에게 실제 이야기를 나누듯 대사하는 것 자체가 충격이었다.

대마법사 룬드그란이 다른 동료들을 만나는 장면들이 나오고, 흐뭇한 광경이 연출됐다.

룬드그란과 그의 동료들이 퇴장하자 이번엔 마왕 루스펠이 세상을 파괴시키고 싶어 하는 음모를 내뱉었다.

"신으로부터 축복받은 인간이여! 어째서 너희들만 축복을 받은 것이냐? 그렇게도 이기적이며 약해 빠진 주제에 어째서 너희들만 축복을 받은 것이냐? 나는 너희들이 밉다. 영원히 꺼지지 않는 불꽃으로 중간계를 불태울 것이다. 언제까지 계속될 통곡과 절망만이 너희의 삶을 대신할 것이다. 모두 죽일 것이다!"

루스펠의 음산한 외침에 관객들은 마른침을 삼키며 몸을 떨었다. 이어서 사람들이 고통 받는 장면들이 나왔다.

가로막는 사람들과 병사들이 하나둘 목숨을 잃었다. 정령을 다루는 엘프도, 금속을 다루는 드워프도, 마왕 루스펠과 그의 부하들을 이기지 못했다.

마침내 한 아이가 루스펠의 손에 비참한 죽음을 맞이하는 순간 장엄한 음악과 함께 룬드그란으로 분장한 세온이 등장했다.

세온은 운디네를 이용해 자신의 주변으로 뿌연 안개를 뿌렸다. 한국이었다면 드라이아이스를 이용했겠지만 운디네가 뿌려주는 수증기도 비슷한 효과를 보였다.

룬드그란이 루스펠과 겨루고 그의 동료들이 마왕을 막으며 하나둘 희생되었다.

검성 류스하임이 친구를 대신하여 목숨을 잃고, 대마법사의 연인이었던 엘루하도 루스펠의 손에 최후를 맞았다. 룬드그란은 엘루하를 안고 절규했다. 그 장면을 보던 여자 하나가 눈물을 훌쩍거렸다.

"마계에서 올라온 마왕 루스펠이여. 너의 뜻대로 내 가슴에는 절망과 고통만이 가득하다."

"어리석은 인간이여. 너는 칭찬받아 마땅하다. 마계에서도 나를 여기까지 몰고 온 존재는 없었다. 내가 마계에서 발휘하던 권능 모두를 사용하지 못한다 할지라도 하찮은 인간이 마왕과 이렇게까지 겨뤘다는 것은 대단한 일이다. 인간이지만 너는 내게 예우를 받을 자격이 있다. 그 의미로 네 영혼을 거둬 영원히 속박하겠다."

"웃기지 마라. 지금 이 자리에서 패배자의 이름을 얻는 것은 내가 아니라 바로 너다!"

"네가 너의 친구들과 덤볐어도 어쩌지 못했던 나다. 그런데 너 혼자서 뭘 어쩌겠다는 거냐?"

"어째서 내가 혼자라고 생각하는 거지? 내 어깨에는 나를 믿고 도와준 친구들이 함께한다. 내가 가진 최강의 마법은 헬파이어나 미티어스웜이 아니라, 친구들의 사랑과 우정이다!"

세온이 낯간지러운 대사를 외치며 달려들었다. 그 비장함에 관객들은 침을 삼키며 주먹을 쥐었다.

결말을 뻔히 알면서도 긴장이 되며 식은땀이 났다. 곧 극적인 음악으로 전투를 묘사하고 마침내 마왕 루스펠을 물리친다. 마왕을 물리친 영웅이 곁을 떠난 친구들을 슬퍼하는 것으로 막이 내린다.

막이 내리고도 사람들은 한참 동안 자리에서 일어나지 못했다. 워낙 큰 충격을 받았기 때문이다. 그러나 다시 막이 오르며 세온을 비롯한 모든 출연자들이 정중히 인사를 하자 비로소 열렬한 박수를 보냈다.

'사람만 좀 더 많았으면 좋았을 텐데…….'

세온은 아쉬운 생각이 들면서도 다른 동료들 앞에서는 내색하지 않았다. 그렇게 첫날의 공연을 마치고 동료들과 저녁 식사를 하며 여러 이야기를 나누었다.

단원들은 생각했던 것보다 훨씬 적은 수의 관객들에 실망한 듯했지만, 관람한 이들의 반응에 마음이 풀어졌던 모양이다.

공연은 계속되었다. 첫날 10명도 되지 않았던 것과 마찬가지로 둘째 날도 관객이 적었다.

"그래도 이번엔 10명은 넘었네."

세온이 멋쩍게 웃으며 공연을 했다. 셋째 날이 되었다. 이번에는 갑자기 30명이 넘는 관객이 찾아왔다.

그중엔 이미 한 번 찾아왔던 관객도 있었다. 공연이 끝나자 세온을 만나보고 싶다는 여자나 상인들이 있었다.

"그런 연극은 처음이었어요. 나도 모르게 눈물까지 흘리고 말았네요."

"정말 감동적이었소."

"이런 공연을 볼 수 있다니 행운이요."

찾아오는 사람마다 좋은 말을 해 주었다. 그중엔 여자들에게 꽃을 선물하는 이도 있었고, 단원들과 나눠 먹으라며 과자 바구니를 주고 가는 이도 있었다.

세온이 단원들을 보며 그것 보라는 듯 말했다.

"보라고. 우릴 응원해 주는 사람들이 이렇게 많잖아. 관객이 적다고 힘 빠질 필요는 없어. 그리고 30명 정도면 길거리 공연할 때 보는 사람들의 수랑 거의 비슷하다고 생각해."

"그야 그렇지. 그래도 빈자리가 자꾸 눈에 들어오잖아."

프레그가 아쉬운 소리를 했다. 그리고 그 다음날은 폭발적으로 관람객이 늘어 좌석을 가득 채웠다.

세온 등은 몰랐지만 이들이 공연하는 '룬드그란 전기'는 하루스 시 곳곳으로 소문이 퍼지고 있었다.

공연을 본 사람마다 하나같이 극찬했다. 그들은 어깨를 으

쓰이며 '룬드그란 전기'를 반드시 봐야 한다고 말했다.

"너 세상에서 가장 불행한 사람이 누구인지 알아?"

"누군데?"

"룬드그란 전기를 보지 못한 사람들이지. 이렇게 대단한 연극을 볼 수 있었다는 것만으로 나는 행운아야. 나중에 다시 보러 갈 생각이지."

"그게 그렇게 대단해?"

"대단하다는 정도로는 설명이 안 돼. 직접 본 사람만이 이야기를 할 수 있다고."

공연을 본 사람들끼리 묘한 공감대가 형성되는 현상까지 벌어질 정도였다.

이미 본 사람이 다시 보고 아직 보지 못한 사람들이 찾아왔다. 마침내는 마련한 객석에 자리가 없을 지경이 될 정도로 입장객들이 몰렸다.

단원들은 어쩔 수 없이 입구에서 입장객의 숫자를 제한해야 하는 상황이 벌어졌다.

"이거 정말 엄청난데."

"세상에……. 하루 수익이 얼마나 되는 거야?"

"이제 연극을 하기 위해 다른 일을 할 필요가 없겠어."

"연극으로도 큰돈을 벌 수 있다는 걸 처음 알았어."

처음 객석이 가득 찼을 때 단원들의 감격은 이루 말할 수 없었다. 매일같이 가득 찬 객석에서는 사람들의 갈채가 계속되었으며, 이미 입구에서 관람료를 지불한 사람들이 길거리 공연을 보던 때의 습관대로 동전을 던지기도 했다.

룬드그란 전기가 예상외로 큰 호황을 누리자 돈을 뜯어내기 위해 찾아오는 왈패들이 있었지만, 세온이 정령사라는 말을 듣기 무섭게 도망을 쳤다.

공연이 연일 성황을 거두자 소식을 듣고 축하를 해 주기 위해 켈타이어 남작이 찾아왔다. 남작은 의외로 많은 이들이 찾아오는 공연장 모습을 보더니 연극도 돈이 될 수 있다는 것을 깨달았다.

그러나 연극으로 인한 수익의 지분을 요구할 수는 없었다. 처음부터 켈타이어 남작이 요구했던 것은 세온의 무력이었기 때문이다.

세온은 지분을 요구할 수 없는 것을 아쉬워하는 남작에게 제안을 했다.

공연장 입구에서 간단한 음료와 군것질거리를 팔자는 것이었다. 그것이 큰 수익을 만들지는 못하겠지만, 그래도 적은 수익은 아니라는 생각이었다.

"하긴, 공연을 보며 따로 먹거리가 없다는 것이 좀 아쉽긴 하더군."

"그렇죠?"

세온은 남작에게 맞장구를 쳐주었다.

남작은 잠시 생각에 잠기더니 곧 사업에 관한 이야기를 했다. 연극을 구경하는 사람들이 뭔가 먹을 것을 살 가능성이 많은데도 그냥 버려둔다는 것은 아쉽고, 그렇다고 종일 그 앞에서 장사를 한다는 것도 나름 문제가 있다는 것이 남작의 생각이었다.

세온도 남작의 말에 아무렇지도 않게 대꾸했다.

"그냥 이동식 노점상으로 하면 되잖아요. 관객이 올 때 즈음에만 와서 먹을 걸 팔고 그 외엔 다른 데서 장사를 하면 되죠."

"뭐라고?"

"그러면 안 되는 건가요?"

"아니, 아닐세. 하하하, 자네는 정말 파격적이로군. 그러니까 저런 공연도 가능했겠지만. 그래, 맞아. 사람이 올 때만 잠시 장사를 하면 될 일이지. 그 생각을 못했어."

남작이 손뼉을 치며 좋아했다. 장사를 하는 가게들은 일정한 공간에서만 물건을 팔았다. 그것이 일반적이었고, 대체로 그 규칙에서 벗어나지 않았다.

세온은 각종 노점상이나 물건을 들고 돌아다니며 파는 사람들을 워낙 많이 봐왔다. 세온의 상식이 남작에겐 참신함이었다. 문화가 다르고 본 것이 다르니 당연했다.

"근방엔 켈타이어 상단이 운영하는 과자가게가 있지. 그곳에서 손님이 몰려올 시간에 맞춰 물건을 챙겨 왔다가 다시 가져가면 되겠군. 제법 짭짤할 게야."

"역시 장사에 대한 감각이 탁월하시네요."

"당연하지 않은가? 켈타이어 상단은 대륙 100대 상단에 들어가는 곳일세. 그런 상단을 이끄는 사람이 감각이 없다면 곤란하지."

"대단하시네요."

남작의 말에 세온은 진심으로 감탄했다는 듯 말을 받았다. 그 다음날부터 공연장 입구에는 2시간 정도 임시로 장사를 하는 노점상이 생겼다.

짧은 시간이지만 300명가량이 한꺼번에 군것질거리를 사기 때문에 의외로 수입이 짭짤했다.

그 광경에 동네 왈패들이 시비를 걸었지만, 켈타이어 남작의 소유라는 것을 알고 다시 물러섰다. 왈패들의 모습에 세온은 크게 비웃었다. 약한 짐승을 노리는 들개 같다는 생각이 들었던 것이다.

연극 공연이 돈이 된다는 것을 알게 된 남작은 묘한 생각을 했다.

세온이 가진 정령사로서의 무력이 탐이 나는 것도 사실이지만, 이렇게 획기적인 연극 무대를 만드는 것도 나쁘지 않았다.

처음엔 연극이 무슨 돈이 될까 싶었지만, 세온이 기획하고 움직이는 것을 보니 묘한 호기심도 생겼다.

어떤 상품이나 물류관리 없이도 돈을 만들 수 있다는 점은 놀라운 장점이었다. 그 전에 과연 앞으로도 이 같은 성과를 거둘 수 있는지 확인을 하기로 했다.

먼저 세온을 만나기로 했다. 어쩌면 세온이 생각하는 또 다른 방식의 공연 기획이 있을지 모른다는 생각이 들었다. 만일 이들의 연극 공연이 생각했던 것 이상의 수익을 만들 수 있다면 사업가의 입장에서 투자할 생각도 있었다.

세온은 남작이 운영하는 음식점을 찾았다.

"술잔에 달을 담아? 남작님도 은근히 낭만적이네."

세온은 음식점 이름을 보고 새삼 감탄을 하며 안으로 들어갔다.

안에는 남작이 미리 와서 기다리고 있었다. 음식점은 돈 많은 사람들을 위한 고급식당이었다. 남작에게 다가간 세온은 공손히 인사를 하고 자리에 앉았다.

"자네가 무슨 음식을 좋아할지 몰라서 내 마음대로 시켰네. 상관없겠지?"

"물론입니다. 남작님 덕분에 평생 맛보지 못한 호사를 누리게 생겼군요."

"아닐세. 자네 덕분에 시정 활동이 한결 즐거워졌으니 이 정도 대접은 해 줘야지."

"그렇다면 감사히 먹겠습니다."

세온은 남작과 함께 먹고 마시며 잡다한 이야기를 나누었다. 남작도 귀족이라는 신분에 어울리지 않게 농담을 즐기며 세온을 편하게 해 주었다.

남작과의 대화는 잡담이 전부였지만, 세온에게 유리한 정보도 있었다.

"그러니까 정령을 다룰 줄 아는 것만으로 준남작으로 취급을 받는군요."

"그렇다네. 만일 뭔가 국가를 위한 일을 한다면 준남작이 아니라 진짜 남작이 되겠지. 어쩌면 나보다 더 높은 작위를 받게 될지도 모르고. 혹시 생각이 있는가?"

"아니요, 관심 없습니다. 저는 귀족이 되고 싶은 게 아니라 좋은 배우가 되고 싶거든요."

"그렇군. 사실 내가 자네를 부른 것도 그 때문이라네."

이런저런 이야기를 나누던 남작은 결국 본론을 꺼냈다. 일부러 구구절절 온갖 핑계를 대거나 말을 돌리지도 않았다. 앞으로도 무대를 만들고 주변에 천막을 쳐서 공연을 하고, 그것으로 고수익을 누릴 수 있는지 물었다.

"정확히 어떤 것을 궁금해하시는지 모르겠습니다."

"일단 지금 현재 자네의 극단이 벌어들이는 수입이 궁금하네."

"남작님께선 저희 극단에 투자를 하고 싶으신 거군요. 맞습니까?"

"맞아. 자네의 극단을 보니 돈 냄새가 나더군. 처음엔 그냥 무시했었네. 연극으로 돈을 번다는 것은 내 상식으로는 말이 되지 않거든. 그런데 자네는 그런 상식을 무시해 버렸어."

"운이 좋았습니다."

"아니, 그건 단지 운만으로 설명할 수 없는 일이네. 자네는 처음 나를 찾았을 때부터 성공을 당연한 것으로 생각하는 것 같았단 말이야. 물론 내 입장에서 자네의 무력을 빌릴 수만 있다면, 관객이 얼마나 오든 말든 손해 볼 일이 없었으니 수락했네만."

"지금은 어떤 것 같습니까?"

"내가 잘못 생각했더군. 그래, 내 실수를 인정하네."

남작의 말에 세온은 자신이 생각한 것을 말했다. 연극 공연을 위한 전용 극장을 만들고, 관람비도 좌석의 위치에 따라 차등을 두는 방식을 설명해 주었다.

무대에서 멀리 떨어진, 보통 수준의 수입을 가진 평민들을 위한 좌석이 있는가 하면, 큰돈을 써도 별 탈이 없는 사람들을 위한 귀빈석이 있다.

"좌석에 차등을 둔다? 그 부분은 내가 생각하기에도 충분히 가능성이 있겠군. 대부분의 귀족이나 대상인들은 평범한 사람들과 같은 자리에 있는 것을 싫어하거든. 그런데, 그런 극장을 만들어서 유지가 되겠나?"

"당연히 되죠. 현재 저희 극단이 벌어들이는 수입이 얼마나 되는지 아시나요?"

"내가 알 리가 없지."

"그럼 입장료가 얼마인지는 아십니까?"

"나야 그냥 들어갔지만, 5실버를 받는 것 같더군."

"예, 그렇습니다. 5실버라면 어지간한 사람들이 2~3일 먹을 밥값입니다. 보통 사람에게는 상당히 부담스러운 돈이죠. 하루에 그 정도도 벌지 못하는 사람이 많으니까요. 그렇지만 이곳 하루스에는 부자들이 많습니다. 또 이곳을 오가는 사람 중에도 부자들이 많고요."

"그야 그렇지."

"돈이 많고 여유가 있는 사람들은 자신의 유흥을 위해 돈을 아끼지 않습니다. 저희 극단에서 공연하는 룬드그란 전기도 역시 그런 이유로 성공한 겁니다. 만일 이곳이 돈 많은 사람들이 몰려 있는 도시가 아니었다면 그만한 성공을 거두기는 힘들었겠죠."

"나도 그렇게 생각하네."

남작은 잠시 생각에 잠겼다. 세온의 구상은 남작의 상식을 벗어나는 일이었다.

연극이란 유랑극단의 길거리 공연밖에 없었다. 그런데 세온은 아예 극장을 만들어 제대로 된 종합예술로 만들자는 제안을 하는 것이었다. 한참 고민하던 남작이 말했다.

"룬드그란 전기를 구경하러 오는 사람들의 숫자는 얼마나 되나?"

"항상 자리가 가득 찹니다. 하지만 아무리 많은 사람이 와도 300명을 넘기지 못하고 있습니다. 대부분 그보다 더 많은 사람이 찾아오지만, 돌려보내는 형편이죠."

"그렇군. 한 사람이 5실버의 관람료를 낸다고 했으니, 매일 15골드를 버는 셈이군. 한 달간 공연을 계속하면 총 450골드라니. 계산하고 보니 엄청나군."

남작은 별것 아니라 생각했던 연극 공연이 사실은 얼마나 큰 수익을 거두는지 확인하며 혀를 내둘렀다.

"만일 더 많은 사람들이 관람할 수 있다면 수익은 더욱 늘어날 겁니다. 더구나, 객석에 따라 차등을 두고 부자에게 더 많은 돈을 받는다면 훨씬 큰돈을 벌 수 있죠."

"그런 계산이 나올 수 있군."

남작은 잠시 눈을 감고 생각에 잠겼다. 머릿속으로 자신의 여유 자금이 얼마나 되는지 계산을 하고, 극장을 만들었을 때의 수입을 생각했다.

그러나 아무리 생각해도 선뜻 자신이 생기지 않았다. 그렇다고 굴러 들어온 사업을 포기하기엔 너무 미련이 컸다.

한참이나 고민하던 남작은 마침내 무겁게 입을 열었다.

"좋아, 투자를 하지."

"정말이십니까?"

"당연하지. 자네 말대로 연극을 위한 극장을 만들도록 하지. 적당한 부지도 알아보겠네."

"감사합니다."

세온이 자리에서 벌떡 일어나 허리를 숙여 인사를 했다. 남작이 고개를 갸웃하며 말했다.

"아무래도 내가 제정신이 아닌 모양이야. 확실하지도 않은 사업에 손댈 생각을 하다니. 이건 도박판에서 확률 낮은 패에 남은 판돈을 전부 쏟아 붓는 기분이야."

"그런 패일수록 배당이 크죠. 남작님께선 걱정하실 필요 없습니다. 이 일은 확률도 높고 배당도 큰 도박이거든요."

"그래, 자네 말대로 되기만 바라네."

세온은 남작에게 자신이 생각한 극장의 규모를 말했다.

세온이 예상한 규모는 5,000명 정도의 관객이 들어갈 수 있는 크기였다. 그 정도라면 상당히 큰 대형 무대였다. 그러나 무대가 크면 그만큼 좀 더 큰 기획 작품을 만들어 공연할 수 있다.

더불어 바로 옆에는 200명 정도의 관객이 들어갈 수 있는 소극장도 함께할 것을 제안했다. 언제나 큰돈을 벌 수 있는 대형 작품만을 할 수 있는 게 아니기 때문이다.

"일단 극장이 완공될 즈음에는 저희도 단원들을 더 모을 생각입니다. 그래서 룬드그란 전기를 진정한 대작으로 바꿀 생각입니다. 그때는 제대로 된 음악가와 미술가들의 도움을 받아야겠죠."

"그러면 초기자본이 너무 많이 들지 않겠나?"

"어떤 사업을 하든 초기자본은 많이 듭니다. 그리고 한 번 만든 건물이 어디로 사라지는 건 아니잖아요."

"자네 말도 일리가 있군."

세온의 말에 남작도 수긍하는 듯 고개를 끄덕였다. 남작은 만약 새로운 사업이 잘못 되어도 건물은 남겠다는 판단을 했다. 한 번 지어놓은 건물은 여러 가지로 쓸모가 있을 것이다.

세온은 남작에게 자신이 알고 있는 공연장의 구조를 떠올리며 이런저런 설명을 해 주었다.

특히 남작의 관심을 끈 것은 소수의 사람들이 자신만의 공간에서 관람을 즐길 수 있는 좌석이었다. 그런 곳이라면 특권의식과 허영심에 젖은 사람들이 자주 이용할 것 같았다. 부자들은 전혀 다른 세상에서 살아가니까.

"부지를 선정하고 건물을 지으려면 나도 한동안 정신이 없겠군. 자네도 자네 나름대로 바쁘겠지만."

"물론이죠. 당분간은 룬드그란 전기를 계속 공연할 생각입니다. 그렇지만, 언제까지 한 가지 공연만을 고집할 수 없죠."

"공연을 계속해도 돈은 벌 수 있을 것 같은데."

"관객이 유지되면 공연을 해도 괜찮죠. 그렇지만 아무리 좋은 거라도 자꾸 보면 질리잖아요."

"그도 그렇군. 공연에 관한 것은 자네가 잘 알겠지. 그런데 달리 생각한 공연이라도 있는가?"

"물론이죠."

세온은 자신 있게 대답했다. 자신의 머릿속에는 연극의 대본들이 여럿 있었다. 모든 대사와 지문을 기억하지는 못하지만, 대략 중요한 대사와 줄거리는 알고 있었다.

특히 좋은 점은 전혀 다른 세계인 덕분에 아무리 남의 작품을 써먹어도 표절시비나 저작권법에 걸릴 염려가 없다는 것이다.

세온이 켈타이어 남작의 투자를 받아내기로 하고 식당을 나오던 시각.

불의 정령사로서 명성을 얻기 시작한 에그리앙이 가문의 기사 2명과 병사 일백을 거느린 채 하루스에 들어서고 있었다.

그녀는 사내애들처럼 옷을 입고 귀찮음이 가득한 표정을 지으며 말했다.

"어째서 내가 수도까지 가야 하지? 기사 둘에 병사들도 이렇게 많이 가면 꼭 내가 없어도 괜찮잖아."

"그러나 함께 계시는 편이 더 좋습니다. 저희 영지에 큰 도움을 주시는 켈타이어 남작님의 부탁이기도 하고요."

"아참, 그러고 보니 어쩌면 수도에 올라갈 때 젊은 물의 정령사가 합류할지도 모른다고 했지?"

"저도 그렇게 들었습니다."

"그 점은 기대가 되는군. 지금까지 다른 정령사를 만난 건 전부 늙은이들뿐이거든."

"아가씨, 숙녀가 그런 말을 쓰면 안 된다고 하지 않았습니까?"

"난 숙녀가 아니니까 괜찮아. 경이 보기에 내가 예쁜 옷 입고 얌전을 떨고 있는 게 어울려 보여?"

에그리앙은 함부로 격이 떨어지는 말을 툭툭 내뱉었고, 기사들은 기겁을 하며 그녀를 말렸다. 그녀는 여전히 지루함을 감추지 못하고 있었다.

"아참, 여기는 예술의 도시잖아. 뭔가 재미있는 일 없을까?"

"최근에 이곳에서 공연하는 연극 하나가 유명하다고 들었습니다."

"연극은 다 그게 그거 아냐?"

"그게 이번 것은 좀 다른 모양입니다. 너무 실감이 나서 마치 실제로 벌어지는 일처럼 보인다고 하더군요."

"그럼, 한번 구경이나 해 볼까? 예술의 도시에서 유명해진 연극이라면 뭐가 달라도 다르겠지."

"아니, 그보다는 켈타이어 남작님을 만나는 게 순서입니다만……."

"귀찮아. 몰라. 그냥 놀러갈 거야."

"하…… 하지만, 아가씨……."

"그렇게 중요하면 경이 직접 만나면 되잖아. 난 연극 보러 갈 거야."

에그리앙은 기사의 만류에도 불구하고 지나가던 사람에게 길을 물어 룬드그란 전기가 공연되는 장소로 발길을 돌렸다. 그녀의 변덕과 고집을 아는 기사는 어쩔 수 없다는 듯 한숨을 내쉬며 뒤를 따랐다.

공연 준비가 한창인 무대 뒤편.

세온은 다른 단원들과 함께 자신의 배역에 맞는 분장을 하고 있었다.

신비로운 분위기를 강조한 연하늘색 로브와 지팡이를 들고 머리에는 황금빛 가발을 썼다. 그리고 운디네에게 부탁하여 주변의 습도를 높이고, 살라만다에게 미열을 가하도록 하여 수증기를 일으켰다.

얼핏 보기에 세온에게서 신비로운 안개가 흘러나오는 느낌이 들었다. 다른 단원들도 처음엔 신기하게 생각했지만, 그것도 자꾸 보니 별로 신기하다는 생각이 들지도 않았다.

입구에서 관람료를 받는 단원이 무대 뒤로 들어오며 말했다.

"이번엔 특별히 신경을 쓰라고."

프레그가 돌아보며 물었다.

"아니, 왜?"

"귀족 아가씨가 방문했거든. 아담한 체구에 귀여운 얼굴을 한 것이 프레그가 좋아하는 스타일이야."

"그게 정말이야?"

"당연하지."

"그러면 검성 류스하임의 멋진 모습을 보고 반하게 해 줘야겠군."

"이봐, 이 공연의 주인공은 나라고."

프레그의 말에 세온이 웃으며 말했다. 프레그가 엘루하의 역할을 맡을 당시엔 어림도 없는 일이었지만, 검성 류스하임의 역할을 맡은 다음부터 의외로 여자들에게 인기가 높았다. 아무래도 류스하임의 캐릭터가 가지는 남성적인 면과 프레그의 성격이 맞는 모양이었다.

특히 친구를 위해 목숨을 포기하는 장면을 룬드그란 전기에서의 최고 명장면으로 꼽는 이들도 많았다.

"세온, 시작하지."

"그래."

세온은 깊게 심호흡을 하며 무대에 올라섰다.

서서히 막이 올라갔다. 그때까지 세온은 모르고 있었다. 자신이 가장 피하고 싶었던 인물이 지금 객석에 앉아 지켜보고 있다는 것을.

세온이 무대에 등장할 때 보여 주는 신비한 분위기는 정령들이 만들었다.

실프가 로브를 펄럭이게 해 주고 운디네가 약간의 물기를 뿌려주면 살라만다의 불기운이 그것을 수증기로 만들었다. 세온은 운디네가 수증기를 뿌려준 것이라고 말했지만, 사실은 노움을 제외한 정령들이 힘을 쓴 덕분이다.

정령을 동원한 특수 효과는 여기에 그치지 않았다.

마왕 루스펠이 등장하는 장면과 룬드그란이 목숨을 건 대결을 하는 장면에서는 노움의 힘을 이용해 적당히 땅을 흔들고 진동을 일으켰다.

그것이 묘하게 공연을 진행하며 들리는 대사와 음악 등등과 맞아떨어져 극적인 효과를 높였다.

룬드그란이 분노하며 루스펠에게 달려들 때는 세온을 중심으로 실프가 힘을 썼다. 그것으로 사방에 바람을 일으키며 마법사의 분노를 표현했다.

정령에 대해 잘 모르는 사람들은 그저 물의 정령을 이용한 특별한 술수를 쓴 것이라 생각했고, 세온 스스로도 그렇게 갈해 왔다.

세온은 정령을 이용하여 특별한 무대효과를 만들어냈다. 그러면서도 설마 다른 정령사가 자신의 공연을 보리라는 생각은 하지 않았다. 설령 보더라도 문제가 되리란 생각조차 없었다.

연극은 종합예술이다. 음악, 문학, 미술이 한데 모인 예술의 결정체다. 정령을 인간을 죽이는데 활용하는 것보다 예술을 위해 활용하는 것이 더 가치 있고 아름답다고 생각했던 것이다.

"정령을 이런 하찮은 곳에 써먹다니. 이건 정령에 대한 수치야."

연극을 관람하던 에그리앙의 눈초리가 차갑게 변했다. 그렇다고 천막에 들어와 공연을 지켜보는 사람들이 많은데 일을 벌일 수는 없었다.

무려 5실버나 되는 돈을 치르고 공연을 구경하는 사람들은 기본적으로 삶에 여유가 있는 사람들이다.

물질적인 여유가 있다는 것은 다르게 말해 힘이 있다는 의미다. 권력이든 물질이든 힘을 가진 이들이 공연을 지켜보며 유희를 즐기는 중이다.

아무리 자부심과 긍지에 넘치는 귀족이라도 힘이 있는 이들을 한꺼번에 공격할 수는 없었다. 그래서 어쩔 수 없이 공연이 끝나기를 기다려야 했다.

에그리앙은 세온을 비롯한 단원들의 공연을 조용히 지켜보았다.

처음엔 아무 생각 없었다. 부드러운 음악이 흐르는가 싶더니 룬드그란이 등장했다.

세상을 구한 천 년 전의 대마법사 룬드그란의 주변으로 바람이 일며 로브가 펄럭였다. 엷은 수증기가 일어나며 신비로운 마력을 뿜어냈다.

마침 그때 룬드그란의 연인으로 알려진 엘프 엘루하가 등장했다. 이때 무대 위의 천장 천막이 조금 벗겨지며 밝은 빛이 쏟아졌다. 마치 엘루하의 등장에 세상이 밝아진 듯 보였다.

룬드그란과 엘루하는 사랑의 대화를 나누었다. 본래 인간과 엘프는 서로 지성을 갖춘 종족이면서도 하나로 맺어지기 어려운 종족이기도 하다.

그러나 룬드그란은 이미 마도의 끝을 맛봄으로써 인간의 수명을 뛰어넘은 존재. 세월의 장벽으로 맺어질 수 없는 한계를 넘어선 존재였다.

두 연인의 행복도 잠시. 이들은 각자 자기 종족에게 돌아간다. 오직 전설로만 전해지던 마계의 문이 열리며 마왕 루스펠이 등장했기 때문이다. 루스펠이 한 걸음씩 옮길 때마다 노움이 땅을 흔들었다.

쿠쿠쿵 쿠쿵!

루스펠의 손짓에 각 종족들이 죽어가며 눈물을 흘렸다. 모든 것을 파괴하는 대마왕의 폭주를 아무도 막지 못하고 있을 때 룬드그란과 그의 동료들이 모여들었다.

룬드그란을 제외하곤 감히 상대할 자가 없다는 검성 류스하임과 배틀엑스 하나면 드래곤도 두렵지 않다는 드워프 일족의 전사 란돌프가 합류했다. 룬드그란의 연인이자 정령사이며 뛰어난 궁수인 엘루하가 힘을 보태고, 류이엘 여신의 사제 칸나가 함께했다.

동료들이 모이는 장면에 이르자 무대 뒤편에서 스텝 하나가 북을 두들겼다.

둥둥둥!

북소리에 맞춰 다섯 동료들이 발을 맞춰 전진하고, 각자 목숨으로 세상을 구하자는 결의의 대사를 외친다.

그 장면에서 모든 관객들은 호흡마저 멈추고 귀를 기울였다. 누군가의 침 삼키는 소리마저 크게 들릴 정도로 정적에 쌓였다.

에그리앙은 그 장면에서 저도 모르게 힘껏 주먹을 쥐고 있음을 깨달았다. 주먹에는 땀까지 맺혀 있었다. 다섯 동료의 결의에 찬 외침이 있을 때 초췌한 모습의 배우가 뛰어들며 그들에게 외쳤다.

"내 어머니가 찢겨지며 마물의 먹이가 되었습니다. 사랑하는 누이와 자녀들이 마족의 노리개가 되었습니다. 그들에게 사람의 머리는 지옥의 사냥개가 가지고 노는 공이며, 어린아이들은 맛 좋은 별미입니다. 대마법사 룬드그란이여, 우리들을 구원하소서. 대마법사와 그의 동료들이여, 마왕 루스펠로부터 우리들을 구해 주소서!"

그 배우가 객석을 돌아보며 외쳤다.

"여러분들도 이들에게 함께 외쳐주십시오. 우리의 희망은 이제 이들 다섯에게 있습니다."

배우의 외침에 따라 객석에서 관객인 척하고 앉아 있던 단원 몇몇이 고함을 질렀다.

"우리를 구해 주소서!"

"우리를 구해 주소서!"

그들의 외침에 전염이라도 된 듯 관객들도 외쳤다.

"우리를 구해 주소서!"

"우리를 구해 주소서!"

심지어 정령을 함부로 사용한 것에 화를 내던 에그리앙도 분위기에 휩쓸려 함께 외쳤다. 사람들이 외치자 곧 땅이 흔들리며 루스펠이 나타났다.

다시 모두들 침을 삼켰다. 이후 처절한 격전이 시작되었다. 결국 룬드그란은 연인이던 엘루하마저 잃고 나서 분노한다.

실프가 바람을 일으키자 관객들은 비통함에 탄식을 했다. 몇몇 관객들은 눈물마저 흘렸다.

연극이라는 것을 뻔히 알면서도 모두 사실인 것처럼 눈물 흘리며 안타까워했다. 마침내 룬드그란이 마왕 루스펠을 물리치고 통곡하는 장면에서 막이 내렸다.

객석은 슬픔과 비통에 잠겨 숙연해졌다. 마왕 루스펠로부터 중간계를 구한 대영웅도 사랑하는 연인이 있었고 친구가 있었으며, 그로 인한 고통과 아픔이 존재했다.

그저 인간의 한계를 뛰어넘는 영웅으로만 생각했었는데, 사람인 이상 즐겁고 행복하고 슬프고 아픈 것이 존재했던 것이다. 아니, 영웅이기 때문에 더 많은 슬픔과 고통을 감내해야 했던 것이다.

마침내 막이 올라갔다. 사람들이 모두 일어나 열렬한 갈채를 보냈다. 에그리앙도 다른 사람들과 함께 갈채를 보냈다.

옆에서 젊은 남자가 연인으로 보이는 여인에게 말을 건넸다.

"거봐, 내 말 맞지? 5실버가 전혀 아깝지 않다니까."

"그러게. 아마 오늘 밤새도록 룬드그란과 엘루하의 사랑을 생각하느라고 잠을 못 잘 것 같아. 자기도 만약 내가 죽으면 저렇게 슬퍼해 줄 수 있어?"

"후홋, 룬드그란은 엘루하를 지키지 못했지만 나는 대마왕 루스펠이 나타나도 자기를 지켜줄게."

"핏, 거짓말. 자기는 룬드그란처럼 영웅이 아니잖아."

"모르는 소리. 원래 남자는 정말 사랑하는 사람 앞에서는 영웅이 되는 거라고."

두 연인의 말을 들으며 에그리앙은 묘하게 짜증이 났지만, 적어도 한 가지에 있어서는 동의했다.

"정말 이 공연은 5실버가 전혀 아깝지 않군. 아니, 이보다 열 배의 대가를 더 지불하고서라도 보고 싶을 정도야."

에그리앙은 무대에서 관객들에게 인사를 하는 세온을 슬쩍 일별하고는 다른 관객들과 함께 천막을 벗어났다. 공연에 감동한 건 감동한 것이고, 프로슬란 자작가의 영애로서 할 일이 있었다.

천막 바깥으로 나간 에그리앙은 바깥에서 그녀를 기다리던 기사에게 나직한 목소리로 명령했다.

"모든 병사들을 불러와서 천막을 포위해."

"무슨 일입니까?"

기사는 뜻밖의 명령을 이해할 수 없다는 듯 물어보았다. 에그리앙이 대답했다.

"귀족의 집에 불을 지르고 물건을 훔친 노예가 있다."

"예, 알겠습니다."

곧 기사가 대답하며 병사들을 불렀다. 병사들이 빠른 속도로 달려와 천막을 에워쌌다.

에그리앙이 눈짓을 보냈다. 기사가 앞으로 나서며 병사들에게 재빨리 명령을 내렸다.

곧 병사들이 보우건에 퀘럴을 장착하곤 천막을 포위했다. 기사가 앞으로 나서며 목청을 돋웠다.

"프로슬란 자작가를 능멸한 죄인 세온은 순순히 투항하라! 네가 도망갈 곳은 어디에도 없다!"

기사의 외침이 어둑어둑해지는 하루스 시에 울려 퍼졌다.

제5화
에그리앙의
습격

　기분 좋게 공연을 마친 세온은 다른 단원들처럼 분장을 지우는데 많은 시간을 들이지 않았다.

　분장도구 자체가 세온이 극단 노리터에서 사용하는 것처럼 콜드크림을 덕지덕지 발라가며 지울 정도가 아니라 정령을 이용했기 때문이다.

　"운디네, 분장 좀 지워줘."

　[알았어요.]

　세온은 기분 좋게 눈을 감으며 운디네가 스치고 지나가는 차가운 감촉을 즐겼다.

　사람은 아니지만 겉으로 보이는 모습이 나체의 미녀이니 더욱 묘한 기분도 들었다. 특히 다른 정령사와 다르게 이매술을 응용하여 실체화할 수도 있지 않은가.

'정말 뭔가 므흣한 일을 벌여볼까?'

『아무리 계약자의 말에 절대 복종하는 정령이라도 그리 좋아할 것 같지는 않군.』

세온의 상상에 운성이 점잖게 충고를 했다.

"리케, 정말 연기가 대단하던데. 아까 얼핏 보고 세온을 정말 좋아하는 줄 알았다니까."

"어멋, 그건 프레그도 마찬가지예요. 류스하임이 친구를 위해 목숨을 버리는 장면은 정말 멋졌다니까요. 그런데, 대사는 일부러 바꾼 건가요?"

"그냥 내 생각엔 그게 더 어울리는 것 같아서."

마침 프레그는 엘루하 역할을 맡은 리케와 대화를 나누다가 슬쩍 세온의 눈치를 살폈다. 아무래도 세온이 공연 전반에 걸친 연출을 맡았으니 눈치가 보일 수밖에 없었다.

"나도 새로 바꾼 대사가 더 마음에 들더라고. 앞으로 그걸로 가자. 아참, 아예 대본을 고쳐놓는 게 좋겠다. 나중에 다른 단원 들어올 때를 대비해야지."

"세온, 그러면 대사를 그런 식으로 조금 바꾸는 건 괜찮은 거야?"

"그야 당연하잖아. 무대에 서 있는 동안은 대사를 하는 게 아니라 대화를 하는 거야. 물론 대본을 바탕으로 해야겠지만,

거기서 상황에 따라 약간의 변동 사항은 있을 수밖에 없잖아. 조금이라도 더 실감나는 연기를 할 수 있다면, 연기하기 편한 말로 바꾸는 게 정석이라고."

"으음, 그렇군. 괜히 고민했는걸."

"별로 고민했을 얼굴은 아닌데?"

세온의 농담에 단원들이 너도나도 웃음을 터뜨렸다. 세온을 만난 이후 프레그 극단의 단원들은 웃을 일이 많아졌다. 연기 하나만 한다는 것은 즐거운 일이었다. 그러고도 평생 구경도 하지 못한 거금을 벌고 있지 않은가?

무대에 올랐던 단원들이 분장을 지우며 두런두런 대화를 나누고 있을 때였다. 천막 뒤편에서 다른 단원 하나가 뛰어오며 고함을 질렀다.

"세온, 큰일 났어!"

"무슨 일인데?"

단원의 얼굴엔 다급함이 가득했다.

"나도 몰라. 병사들이 천막을 포위하고 있는데……."

그 말에 세온은 실프를 통해 바깥 상황을 파악해 봤다. 다른 정령사와 달리 정령과 직접 대화를 할 수 있는 세온은 군사들이 천막을 포위한 이유를 알았다.

"하아, 이거 참……."

원인은 알았는데, 막상 뭘 어찌해야 할지 알 수가 없다. 극 중 배역인 룬드그란처럼 대마법사인 것도 아니고, 술법을 쓸 수 있게 되었지만 싸울 엄두는 나지 않았다.

"세온, 어떻게 하지?"

"일단 단원들하고 나가. 나를 잡으러 온 거니까, 다른 사람은 건드리지 않을 거야."

"세온을 왜 잡아?"

"나 때문에 화가 났거든."

"그렇다고 우리만 무사하자고 도망칠 수는 없잖아."

"아니, 괜찮아. 나도 정령사니까 준귀족의 대우를 받는다고. 정 안 되겠으면 도망갈 테니 걱정하지 마."

세온이 여러 가지 말로 프레그를 설득했다. 혼자라면 어떻게든 도망갈 기회를 잡을 수 있지만, 다른 사람과 함께라면 그럴 기회조차 만들 수 없다고 말이다.

"하긴 우리들은 남아 봐야 방해만 되겠지. 알았어. 일단 시키는 대로 할게. 하지만, 절대 죽거나 다치면 안 돼."

"그렇게 오랫동안 같이 지냈으면서 나를 몰라? 나는 절대 손해 볼 짓은 하지 않아."

"그럼, 조심해."

세온의 말에 프레그는 미안해하면서도 다른 단원들과 함께 머리에 손을 얹고 밖으로 나갔다.

세온의 예상대로 에그리앙과 병사들은 그들을 바깥으로 인도할 뿐 건드리거나 해치지 않았다. 그저 천막 안에 몇 사람이나 있는지 물어보는 게 전부였다.

에그리앙이 앞으로 나서며 목청을 돋웠다.

"세온. 너는 우리 가문의 노예면서도 감히 불을 지르고 내 물건을 훔쳐 달아났다. 어서 나와서 죄 값을 받아라!"

그녀의 말에 세온이 맞받아쳤다.

"내가 어째서 너희 가문의 노예야? 다쳐서 쓰러진 사람을 마음대로 데려다가 노예로 삼는 게 이 나라의 법이었어? 멀쩡한 사람을 노예로 만들려 한 건 너희들 쪽이라고!"

"감히……."

세온의 말에 기사가 앞으로 나서며 손짓을 했다. 병사들이 천막을 향해 횃불을 던졌다. 횃불이 닿은 곳에 순식간에 불이 붙었다.

"우……, 우리들의 꿈이……."

"안 돼요. 우리들의 무대는 절대 태우지 말아요!"

천막에 불이 붙은 모습을 보고 프레그 유랑극단의 단원들이 앞으로 달려 나오며 소리치고 애원했다.

그러나 혹독한 훈련을 거듭한 병사들의 완력은 평범한 사람이 이길 수 있는 것이 아니었다.

프레그가 유일하게 힘으로 밀어붙일 정도가 되었을 뿐이지만, 그조차도 병사들의 창검을 무시할 정도의 무력을 지닌 것은 아니었다. 그러나 천막에 붙은 불은 순식간에 사라졌다. 허공에 큼직한 물방울이 나타나더니 불을 향해 날아간 덕분이다. 그 모습에 단원 중 몇몇이 탄성을 질렀다.

"물의 정령이구나."

"맞아, 세온은 물의 정령사였어."

단원들의 감탄과 병사들의 웅성거림이 들렸다. 정령사라면 준귀족의 자격이 있다. 에그리앙의 말대로 프로슬란 자작가의 노예로 취급할 수 없게 된 것이다.

병사들의 동요를 눈치챈 것인지 세온이 천막에서 나오며 말했다.

"이봐요, 아가씨. 전에는 내가 도망갈 틈을 벌기 위해 어쩔 수 없이 머리를 숙여 줬지만, 지금도 그러고 싶진 않다고. 나도 엄연히 정령을 다루는 정령사니까 귀족 영애와 같은 대우를 받는 게 마땅하다고 생각하는데?"

"너는 우리 가문의 노예일 뿐이다."

"거참, 억지가 심하네. 좀 전에도 말했다시피 그건 프로슬란 자작이 제멋대로 나를 구해서 노예 취급한 거라니까. 내가 내 의지에 따라 나를 팔았던 적도 없고 그렇다고 전쟁 포로도 아니야. 창고에 불을 지른 건 미안하지만, 당시 그렇게라도 하지 않았으면 도망갈 수가 없었잖아. 까딱하면 정말 노예가 되게 생겼는데."

세온의 설명에도 불구하고 에그리앙은 전혀 아랑곳하지 않았다.

"그러나 네가 내 물건을 훔쳤다는 사실은 변하지 않는다. 귀족의 물건을 훔친 도둑은 결국 노예가 될 수밖에 없지. 그러니 너는 내 것이다."

"웃기고 있네. 강도질도 서로 형평성이 맞아야 되는 거 아냐? 네 아버지도 내 물건을 마음대로 강탈하긴 마찬가지였어. 그리고 내 물건은 폴카스 왕국뿐 아니라 대륙 어디서도 구할 수 없는 것들이야."

세온의 대꾸에 에그리앙이 입술을 깨물더니 옆에 서 있던 기사에게 사실을 물어봤다. 기사는 잠시 망설이다가 대답했다.

"터…… 터무니없는 거짓말입니다."

기사의 대답에 에그리앙이 당당히 가슴을 펴며 외쳤다.

"내 물건을 훔쳤을 뿐 아니라, 거짓으로 귀족을 능멸하기까지 하려는가?"

그녀의 말에 답답한 건 세온이었다. 기사가 곧장 대답하지 못하는데다 말을 더듬기까지 하는 걸 보면 바로 눈치채야 정상 아닌가?

세온이 기가 막혀 아무 말도 못하는 사이 기사가 손을 들었다 내렸다. 그러자 보우건을 들고 있던 병사들이 방아쇠를 당겼다.

슈슈슝 슝슝─!

순식간에 수많은 퀘럴들이 세온을 물어뜯기 위해 달려들었다. 그러나 세온을 돕는 것은 운디네만이 아니었다.

텅 텅 터텅 터터텅!

흙으로 만들어진 벽과 바람의 장벽이 수많은 퀘럴들로부터 세온을 보호하는 게 아닌가.

다른 이들은 그 모습에 놀라는 듯했지만, 에그리앙은 오히려 코웃음을 쳤다.

"네가 4대 정령을 모두 다룰 줄 안다는 건 알고 있다."

"어라, 정말?"

"그래. 연극을 봤으니까."

에그리앙이 대답했다. 세온은 이 와중에도 그녀에게 정령을 이용한 특수효과가 제법 쓸모 있지 않았느냐고 묻고 싶었다. 만일 서로 다투는 상황만 아니었다면 정말로 물었을 것이다.

다행히 에그리앙이 묻지도 않은 대답을 해 주었다.

"연극은 재미있었다. 정령들을 그런 방식으로 활용할 수 있다는 점도 흥미롭더군. 그러나 너를 용서할 수는 없다. 너는 우리 가문의 노예일 뿐이다."

"자꾸 억지 부리지 마. 내가 정말 제대로 마음먹고 복수했으면 너희 집안은 작살났어!"

세온이 큰소리로 외쳤다.

"아까 저 기사가 말을 더듬으면서 제대로 대답 못하는 거 봤지? 왜 그랬을 것 같아? 거짓말을 했기 때문이야. 기사로서 거짓말이라도 해서 주군의 명예를 지키는 게 도리인데, 또 진실만을 말하는 것도 기사의 덕목이잖아. 모순은 늘 망설임을 주는 거야!"

"시끄럽다. 병사들은 공격하라!"

세온의 말에 기사가 고함을 질렀다. 바보가 아닌 한 누가 봐도 입을 막으려는 행위가 분명했다. 다시 병사들의 퀘럴 공격이 있었다. 이번에도 노움과 실프가 만들어낸 방어벽이 세온을 보호했다.

그때였다.

"파이어 드릴!"

에그리앙의 외침과 함께 살라만다가 세온을 향해 날아갔다. 살라만다는 거대한 불의 창으로 변하더니 빠르게 회전하면서 노움과 실프를 꿰뚫었다.

콰콰쾅 콰쾅!

"뭐……, 뭐야?"

세온이 뒤로 물러섰다. 에그리앙의 살라만다는 놀랍게도 동시에 두 정령을 정령계로 날려 버리고 만 것이다.

당연한 일이었다. 둘이 하나보다 강한 건 맞지만, 안타깝게도 세온의 두 정령은 힘을 넓게 펼친 상태였다.

그에 반해 에그리앙의 파이어 드릴은 정령의 힘을 극점으로 모아 상대를 꿰뚫는 정령술이다. 주먹으로 가죽을 뚫을 수는 없지만, 같은 힘으로 송곳을 이용하면 구멍을 낼 수 있는 이치와 같았다.

정령이 역소환을 당하면 정령사에게 피해가 간다는 것은 정령술의 상식이다. 세온 역시 예외일 수 없었다.

"쿨럭!"

세온이 왼손으로 자신의 입을 막았다. 저도 모르게 토해지는 피가 손가락 사이를 타고 흘러내렸다.

미리 소환되어 있던 운디네가 얼른 피를 닦아주었다. 정화의 힘을 이용하여 약간이나마 몸을 회복시켜 주기도 했다. 그러나 그저 궁여지책에 불과할 뿐이었다.

위기를 벗어나려면 에그리앙을 물리치든 도망을 치든 해야 했다.

세온이 피를 토하는 것을 바라보며 멀뚱멀뚱 구경만 하던 에그리앙이 말했다.

"정령을 소환할 줄만 알지, 제대로 활용할 줄은 모르는군."

세온도 지지 않고 소리쳤다.

"연극 공연을 봤다며!"

에그리앙이 어깨를 으쓱이며 대꾸했다.

"어린애 장난을 자랑하자는 건가?"

"뭐…… 뭐라고?"

"그렇잖아. 겨우 그런 공연을 위해 정령을 부리고 마나를 허비하는 건 낭비다. 정령이라는 건 이렇게 쓰는 거야. 파이어 드릴!"

다시 거대한 불의 창이 세온을 향해 내리꽂혔다. 좀 전 두 정령을 역소환시킨 기술이었다. 위기의 순간 운디네가 특별한 지시도 없이 몸을 날렸다. 운디네와 불의 창이 부딪쳤다.

쿠콰콰콰쾅 콰쾅!

물의 정령과 불의 정령이 정면으로 부딪쳤다. 상식적으로 불과 물이 맞서면 물이 이겨야 한다. 그것이야말로 자연의 정해진 이치다. 그러나 이번엔 이치를 벗어났다.

이유는 좀 전과 비슷했다. 운디네는 그저 몸을 날렸을 뿐이지만, 에그리앙의 살라만다는 모든 힘을 극점으로 모아 내리꽂는 기술을 사용했다. 그 차이가 자연의 이치를 거스르며 승패를 바꿨다.

운디네 덕분에 목숨을 건졌지만 역소환의 피해는 고스란히 몸으로 전해졌다. 그러나 이번에는 세온도 호락호락 당하지 않았다.

장력(掌力; 손가락을 손바닥에 댐으로 술법의 힘을 증폭시키는 것)을 활용하며 이매술을 응용한 자신만의 정령술을 발휘했다.

과거 상단전을 회복하기 전에도 정령을 통해 이매술을 재현한 적이 있는 세온이다. 하물며 약간이나마 상단전에 진기가 모인 상태에서의 이매술은 훨씬 강력한 위력을 발휘했다.

쿠쿠쿵!

몸 길이만 4~5m쯤 되어 보이는 불도마뱀이 허공에서 모습을 드러냈다. 그 광경에 병사들이 겁을 먹고 뒤로 주춤거렸다. 몇몇은 얼굴이 파랗게 질리며 고함을 쳤다.

"아…… 악마다!"

병사들이 겁을 먹고 수군거리는 소리에 에그리앙이 짜증스러운 얼굴로 외쳤다.

"불의 정령이야. 동요하지 마!"

그녀의 외침에도 불구하고 병사들의 공포심을 누르기엔 무리였다. 자신들이 불의 정령사를 모시고 있지만, 실제 눈으로 보는 것은 상당한 효과를 발휘하기 때문이다. 세온은 병사들이 동요하는 것을 살피며 살라만다에게 말을 걸었다.

"알아서 싸울 수 있지?"

[물론이다. 실체를 가진 이상 정령계에서 쓸 수 있는 모든 힘을 발휘할 수 있게 되었다.]

살라만다의 믿음직스러운 의념에 세온은 절로 안심이 되었다. 그렇다고 에그리앙이 가만히 구경할 만큼 마음이 너그럽지는 않다.

"파이어 드릴!"

다시 에그리앙의 외침이 울렸다. 그러자 세온이 만든 살라만다 역시 비슷한 모습으로 맞부딪쳤다. 아니, 달랐다. 좀 더 크고 강렬했다. 주변에까지 열기가 뻗치며 얼굴을 화끈하게 만들 정도였다.

과연 이매술을 활용한 정령술은 좀 전과는 전혀 다른 양상을 만들어냈다.

같은 불의 정령이라도 에그리앙의 명령을 기다려야 하는 입장과 스스로 판단하여 싸우는 입장은 다를 수밖에 없었다. 더구나 정령으로서 거의 모든 힘을 끌어내 싸울 수 있다는 것은 세온의 살라만다를 더욱 강하게 만들었다.

"어떻게 한 거지? 파이어 드릴은 내가 만든 나만의 것이다."

에그리앙이 물었지만, 세온은 대답을 할 수 없었다.

정령 하나만 역소환을 당해도 심각한 타격을 입는데, 무려 셋이나 되는 정령이 역소환을 당하고 말았으니 지금 정신을 잃지 않은 것만도 용한 상태였다.

다행히 세온이 실체를 부여한 살라만다는 압도적인 위력으로 에그리앙을 몰아세웠다.

아무리 뛰어난 정령술사라도 스스로 판단하고 움직이는 정령보다 빠른 판단은 힘들었다. 게다가 정령의 힘이 좀 더 우세하다면 두말할 필요도 없었다. 덕분에 세온은 잠시나마 숨을 돌릴 수 있었다.

'지금 조금이라도 내상을 치료해야 해.'

세온은 그 찰나의 순간을 놓치지 않고 현현천뇌공을 운기했다. 주변의 기운이 순식간에 상단전으로 빨려들어갔다.

세온이 스스로를 회복시키느라 여념이 없을 때, 세온의 살라만다는 대단한 활약을 보이고 있었다.

실체를 얻은 덕분인지 불의 기운뿐 아니라 물리적인 파괴력까지 휘두른 것이다. 에그리앙과 그녀의 정령은 계속 수세에 몰렸다. 높은 숙련도 덕분에 간신히 위기를 비켜가고 있을 뿐,

반격의 여지도 없었다.

예쁜 드레스는 어느새 그을음으로 보기 흉하게 변했다. 치맛자락에 불이 붙었다. 에그리앙은 체면 불구하고 치마를 벗어야 했다. 속치마와 허벅지가 노출되었지만, 그런 것을 따질 만한 상황이 아니었다.

세온의 살라만다는 결국 에그리앙의 살라만다를 역소환시켰다. 압도적인 파괴력을 바탕으로 거대한 발로 밟아서 짓이겨 버린 것이다. 그 광경에 에그리앙은 기가 막히면서도 심한 통증을 느끼며 주저앉았다.

"타핫!"

세온의 살라만다가 승리를 거두는 그 순간, 에그리앙을 따라온 기사가 검을 뽑더니 단숨에 달려들었다. 일체의 수비 없이 정면의 적을 향해 단숨에 공격해 들어가는 프로슬란 자작가의 비전 검술이었다.

에그리앙의 파이어 드릴도 가문의 검술을 연구하여 만든 정령술이었다.

일순간이나마 오러를 극점으로 모아 오러 블레이드에 버금가는 위력을 가지게 해 주는 대륙 최강의 공격수단이 발휘되며, 살라만다를 관통했다.

"제……, 제길……."

살라만다가 강제로 역소환을 당하자, 이번에도 세온에게 충격을 주었다. 기사는 에그리앙을 부축하며 명령을 내렸다.

"병사들은 보우건을 사용하라."

기사의 말에 병사들은 세온을 향해 퀘럴을 날렸다.

슈슈슝 슝슝―!

보우건의 방아쇠가 당겨지며 퀘럴이 세온의 몸을 관통하려는 순간이었다. 모든 병사들의 눈에 믿을 수 없는 광경이 펼쳐졌다.

"금위신갑(金衛神甲)!"

티티팅 팅팅!

세온의 몸에 찬란한 황금빛 갑옷이 생겨나며 날아오는 퀘럴을 모두 튕겨냈다.

금위신갑은 신의 갑옷을 불러 자신을 보호하는 호신술법이다. 과거 술법을 익힐 때도 가장 먼저 배운 술법이었다.

"마…… 마법사?"

"마법사였다니."

"우리를 저…… 저주할 거야."

세온의 술법에 병사들이 겁을 먹고 주춤거렸다. 마법사가 실존한다고는 하지만, 그들은 미지의 힘을 다루는 자들이다. 아무리 혹독한 훈련을 거듭한 강병이라도 근원적인 공포는 어쩔 수 없었다.

에그리앙이 고통스럽게 자신의 가슴을 움켜잡은 채 말했다.

"마법사였나?"

『저들의 입장에서 술법을 마법으로 생각하는 것도 오해는 아니군. 다들 마법사로 오해하는 것 같으니, 이걸 기회로 삼는 게 좋겠네.」

운성의 충고가 뇌리를 울리자 세온은 운성의 말을 따랐다.

"당연하잖아."

"그렇다면 아버지가 구해 줬을 때 어째서 밝히지 않았지?"

"말이 통해야 밝히고 말고 할 거 아냐?"

"그렇다면 마법 하나만 보여 줬어도 될 일이었다."

"그때 나는 몸이 엉망이었어. 처음부터 마법을 쓸 수 있는 몸이었다면 너희가 날 잡아갈 수 있었겠어? 게다가, 나한테 온갖 일을 시키고 부려먹으면서 마나를 회복할 틈도 주지 않았잖아!"

세온이 일부러 공력까지 실어가며 악을 썼다. 무대 뒤편까지 울리는 발성법에 공력까지 더해졌다. 세온의 외침은 주변을 울리며 사방으로 퍼져 나갔다. 억울함과 울분의 감정을 담아 사람들의 가슴을 울렸다.

뛰어난 연기자는 말의 억양과 높낮이의 조절만으로 감정을 조절할 수 있다. 또한 연기력이 대단하다면 평범한 한 마디로도 사람들을 감동시킬 수 있다. 그리고 그 내용은 일정부분 사실이기까지 했다.

그때 멀리서 병사들의 발소리가 들려왔다. 멀리서 구경하던 시민들이 너도나도 소리를 쳤다.

"켈타이어 남작님이 오신다!"

"경비대다. 경비대가 온다!"

세온과 에그리앙의 싸움을 구경하던 사람들은 저마다 소리를 쳤다. 일부는 손으로 세온과 에그리앙이 싸우던 현장을 가리키기도 했다.

"아가씨, 저자가 마법사였다는 것이 밝혀지면 자작님께서 곤란해지실 겁니다. 안타깝지만 제가 알아서 해결하겠습니다."

에그리앙을 부축하던 기사가 말했다. 그 말뜻을 얼른 알아듣지 못한 에그리앙이 인상을 찌푸렸다.

"허튼짓하려고 하지 마."

"죄송합니다. 벌은 나중에 받겠습니다."

기사는 세온을 죽인 다음 일을 무마시킬 결심을 하고 달려들었다. 상식적으로 마법으로 만든 실드를 부술 수 있는 것은 같은 마법이나 오러를 이용한 공격뿐이다.

한계 이상의 공격을 한다면 실드를 해제할 수도 있지만, 쉬운 일은 아니다.

기사는 세온이 아직 정령이 역소환된 충격에서 벗어나지 못한 지금이 아니면 기회가 없다고 생각하고 힘차게 달려들었다. 그러나 기사가 미처 모르는 것이 있었다. 바로 부적이었다.

"발화(發火)!"

세온은 품에서 자신의 피로 만든 부적을 꺼내 날렸다. 부적은 종이임에도 기사를 향해 일직선으로 날아갔다. 기사는 자신에게 뭔가가 날아오자 얼른 검을 휘둘렀다. 그것이 실수였다.

발화는 뭔가가 닿는 순간 화염을 일으키는 부적이다. 검과 부적이 닿는 순간 강력한 화염이 일어났다. 순식간에 검이 벌겋게 변했다. 그것으로도 모자라 기사의 건틀렛까지 붉게 달궜다.

기사는 얼른 건틀렛을 벗어던졌다. 상당히 빠른 동작이었음에도 손이 화끈거리는 것은 어쩔 수 없었다.

그와 거의 동시에 세온이 달려들었다. 기사는 코웃음을 치며 세온에게 주먹을 뻗었다. 그러나 세온은 이미 귀선문의 무공을 사용하는 중이었다. 강력한 공격 수단은 없지만 도주와 회피에는 탁월한 위력을 발휘하는 것이 귀선문의 무공이다.

세온은 기사에게 달려들며 입으로는 인중법(引重法; 순간적으로 강한 힘을 발휘하게 하는 술법)의 주문을 외우고 있었다. 기사의 주먹을 가볍게 피하며 목을 움켜쥐었다. 그리곤 힘차게 들어올렸다가 바닥에 내리꽂았다.

세온의 본래 근력으로는 불가능한 일이었다. 술법의 힘을 빌려 공격했을 뿐이다. 그것도 귀선문에 제대로 된 공격법이 없어 헐리웃 촬영 당시에 구경했던 프로레슬링의 기술을 흉내냈다.

초크슬램 한 방에 기사의 몸은 바닥에 내리꽂혔다.

콰직!

홍갑을 입고 있음에도 상당한 충격을 받았다. 제대로 숨도 쉬기 어려웠다. 세온이 순식간에 기사를 제압할 즈음 켈타이어 남작이 그의 경비대와 함께 도착했다.

"무슨 일인가?"

남작이 세온에게 물었다.

구경꾼들은 세온을 보고 마법사니 뭐니 하는 말을 하고 있었다.

남작은 바닥에 쓰러진 기사와 그의 가슴에 새겨진 문양을 보고 인상을 찌푸렸다. 그것만으로도 에그리앙과 기사의 정체를 알 수 있었다.

"무슨 일인가?"

켈타이어 남작의 말에 사람들이 다시 소란을 부렸다. 물론 프레그 유랑극단의 단원들이 주동자가 되었음은 두말할 필요도 없다. 그들은 세온이 했던 말을 떠올리며 일부러 들으라는 듯 목소리를 높였다.

"세상에 마법사를 붙잡아다 노예로 부렸대."

"마나를 회복할 틈도 주지 않았다네."

"노예의 낙인을 찍으려고 해서 도망을 쳤더니, 그걸 또 잡으러 왔다는군."

"귀족이라지만 너무한 거 아닌가?"

"얼핏 들으니까 그 귀족이 마법사의 물건을 다 가져가 버렸다고 하네요."

"세상에, 입 막으려고 공격까지 했잖아요."

대체로 사람들은 분위기에 휩쓸리기 쉽다. 세온도 그것을 알고 일부러 목청을 돋웠고, 그 뜻을 눈치챈 극단 단원들도 사람들을 선동한 것이다. 켈타이어 남작은 상황이 복잡한 것에 눈살을 찌푸렸다.

"시민들은 소란 부리지 말고 모두 해산하도록 하라. 내가 귀족의 명예를 걸고 공정하게 심판하도록 하겠다. 세온 군과 프로슬란 양은 잠시 조사할 것이 있으니 나를 따라오시오. 나와 경비대가 출동한 것을 보고도 싸우려 한다면 먼저 검을 뽑은 자를 죄인이라 여기겠소. 병사들은 이곳에서 소란을 부린 이들을 감금하도록 하라."

남작의 말에 경비대원들이 얼른 기사를 일으켜 손목을 결박했다.

그걸 보면서도 에그리앙과 남은 기사 한 명은 아무것도 할 수 없었다. 만일 여기서 다른 행동을 했다가는 일이 더 복잡하게 될 수 있었기 때문이다.

에그리앙은 상황이 묘하게 돌아가는 것을 보고 기사에게 다시 물었다.

"거짓말 할 생각은 버려. 세온의 말이 사실인가?"

"죄…… 죄송합니다."

"사과를 하라고 하지 않았다. 나는 아버지가 한 일이 사실이냐고 물었다."

그러나 기사는 아무 대답도 하지 않았다. 고개를 푹 숙인 채 면목 없다는 듯 시선을 피할 따름이었다. 그것만으로도 대답은 충분했다.

"사실이었군."

에그리앙이 탄식하듯 말했다. 남작이 손짓으로 빨리 따라올 것을 종용했다.

켈타이어 남작은 에그리앙와 세온의 진술을 들었다. 이야기를 듣고 난 켈타이어 남작은 자신이 해결하기엔 여러 가지로 복잡한 사연이 숨어 있음을 깨달았다.

"잘못된 마법 실험으로 대륙을 이동했다 이거군. 공간이동의 마법이 있다는 말은 들었지만……."

그 과정에서 세온은 자신이 뮤우 대륙의 사람이 아니라는 것을 밝혔다.

켈타이어 남작은 그 말을 다른 대륙에서 건너왔다는 것으로 해석했다. 또한 당시 현장에 있던 이들의 입을 통해 세온이 발휘한 마법(술법)에 관한 이야기를 들었다.

"일단 마법이 사용되는 체계가 많이 다른 것 같군. 특히나 종이에 자신만의 마력을 담아 사용할 수 있다는 점이 독특하군."

수많은 사람들이 오가는 하루스를 다스리다 보니 켈타이어 남작의 견문은 상당히 넓은 편이었다. 본인 스스로가 마법사나 정령사는 아니지만, 세온의 정령술과 마법이 독특하다는 것을 확신할 수 있었다.

두 사람의 이야기를 번갈아 듣던 켈타이어 남작은 둘 모두를 불렀다. 먼저 에그리앙을 보며 입을 열었다.

"세온 군의 말대로라면 프로슬란 자작께서 법을 어긴 것이 사실이오. 또한 나라의 소중한 재원이 될 수 있는 마법사를 보호하지 않았습니다. 그것은 상당히 중대한 범죄행위요."

"……알고 있습니다."

에그리앙이 아랫입술을 깨물며 대답했다. 켈타이어 남작이 안타까운 듯 고개를 끄덕이더니 이번엔 세온에게 말했다.

"세온 군, 자네의 사정은 안타깝지만 창고에 불을 지르고 귀중품을 훔친 것 역시 범죄네. 인정하겠지?"

"예, 인정합니다."

"다행이군."

두 사람 모두 범죄를 인정했다. 켈타이어 남작은 피곤한 눈을 껌뻑거리며 말했다.

"양쪽 모두에게 잘못이 있지만, 또 한편으로 양쪽 모두 정상참작을 할 만한 요소가 있는 것 역시 사실이지. 프로슬란 양, 자작님께서는 비록 마법사를 보호하지 않았을 뿐 아니라 사사로이 노예로 만들려 한 죄가 있지만 세온 군의 목숨을 구해 주었소. 그대로 두었다면 굶주린 산짐승이나 몬스터의 한 끼 식사가 되었겠지. 세온 군, 자네는 불을 지르고 물건을 훔쳤지만 정황상 노예가 되지 않기 위해 최선의 선택을 한 것으로 보이네. 그런 일을 저지르지 않았다면 프로슬란 가의 노예가 되었겠지."

남작은 똑같이 두 사람의 죄를 물으면서 또 한편으로 양쪽 모두에게 정상참작의 여지가 있음을 일깨웠다.

세온 역시 공감하는 부분이었기에 일을 크게 벌이고 싶지 않았다.

남작이 다시 말했다.

"나는 폴카스 왕국의 귀족이지만 하루스 시의 시장이기도 하네. 이번 일은 잘못도 있지만 정상참작의 여지도 있기 때문에 복잡한 면이 많아. 만약 세온 군이 그냥 정령만을 부리는 정도였다면 나는 여기서 적당히 일을 무마하는 선에서 그쳤을 거야. 양쪽 모두에게 잘못이 있는 만큼 서로 화해하라고 권했겠지. 그런데 알고 보니 세온 군은 마법사였네. 그것도 마법을 통해 대륙을 이동할 정도의 실력 있는 마법사지. 그 때문에 문제가 아주 복잡하게 됐네."

세온이 물었다.

"왜 복잡한 거죠?"

"자네가 마법사이기 때문이지. 그것도 지금까지의 상식과는 다른 방식의 마법을 사용하는 마법사야. 그렇기에 너 마음대로 해결할 수 없게 되었어. 이유야 어쨌든 폴카스 왕국의 귀족으로 살아가려면 법을 지켜야 하지 않은가?"

에그리앙이 대꾸했다.

"어떻게 하실 생각이죠?"

"프로슬란 양, 이 문제는 내 마음대로 판단할 수 없게 되었소. 그 때문에 나는 국왕폐하가 계시는 루스칸으로 이 일을 보고했소. 그래서 마법사 한 명이 직접 내려와 이 일을 판결할 것 같소."

"마법사라면 누굴 말씀하시는 건가요?"

"아마도 아르탄 경이 올 것 같소. 프로슬란 양은 누군지 알겠지?"

"……."

"루스칸 아카데미를 졸업한 지 얼마 안 됐다고 들었는데, 설마 벌써 잊은 거요?"

"아닙니다. 그런데, 아카데미는 어쩌고 학장님이 직접 오신다는 거예요?"

에그리앙이 미간을 찌푸리며 물었다. 남작이 웃으며 대답했다.

"본래 마법사는 그런 존재들이니까."

에그리앙의 공격으로 인해 세온의 공연은 중단이 되고 말았다. 어쩔 수 없었다. 가뜩이나 인원이 부족해서 비중이 낮은 역할은 일인다역을 하는 경우가 허다했는데, 아예 주인공의 역할을 맡은 배우가 움직일 수 없는 상황이었다.

다행히 프레그 유랑극단은 하루스에서 몇 달은 놀고먹을 만큼 충분한 돈이 있었다. 예전 같으면 평생 구경하기 힘든 돈을 단 하루에 벌었으니 당연한 결과였다.

　프레그 유랑극단은 임시로 만들어 둔 무대와 천막을 수거하고 여관에 장기계약을 하고 머물렀다. 단원들은 각자 연기 연습을 하고, 세온이 틈틈이 기록해 둔 연극 이론을 읽으며 시간을 보냈다.

　몇몇 단원들은 세온을 포기하고 떠나자고 했다. 이미 새로운 연기에 눈을 뜨게 됐으니 그래도 괜찮지 않느냐는 말까지 덧붙였다. 돈이 있으니 험한 곳으로 갈 때는 용병을 살 수도 있었다.

　그러나 프레그는 떠날 수 없었다. 세온에 대한 의리도 있었지만, 더 큰 변화에 대한 기대감 때문이었다. 가만히 생각해 보면 세온과 함께한 연극무대는 경이로움 그 자체였다.

　세온 덕분에 공연하게 된 룬드그란 전기는 하루스의 명물이 되었다. 심지어 배우들의 대사를 거의 대부분 외워 버린 시민까지 있을 정도였다.

　연극을 보는 시각도 상당히 변했다. 이제까지 연극은 길거리에 마차를 세워놓고 음율에 맞춰 이야기를 들려주며 가끔 등장인물의 흉내를 내는 정도라고 생각했었다. 연극에 대한 그러한 인식을 바꾼 것이 프레그 유랑극단이 공연한 룬드그란 전기였다.

배우들이 직접 등장인물이 되어 연기를 한다. 무대 장치를 통해 상황을 설명하고, 사람들을 선동했다. 그 때문에 연극을 보는 사람들의 눈높이도 달라졌다.

자연 다른 유랑극단이 보여 주는 연기는 시시하고 재미가 없었다. 세온도 어느 정도 예상한 바였지만, 이미 하루스에서는 연극에 관한 대변혁이 일어나고 있었다.

프레그는 그런 변화의 중심에 세온이 있다는 것을 알았다. 그 때문에 더욱 세온을 버릴 수 없었다. 다행히 남작의 배려로 세온이 단원들을 만나는 것에 대해서 일체의 제약을 하지 않았다. 남작 덕분에 프레그는 매일 세온을 찾아올 수 있었다.

세온은 명목상 구금 중이지만 감옥 생활을 하는 것도 아닌 애매한 상태였다. 갑갑하고 심심하긴 했지만, 몸이 힘들거나 불편한 점은 없었다.

여느 때와 마찬가지로 프레그가 다시 세온을 찾아왔다. 세온은 언제나처럼 프레그를 맞았다. 프레그는 한참 동안 세온과 잡다한 이야기를 나누며 눈치를 살폈다.

세온은 뭔가 평소와 다른 기색을 느끼고 무슨 일이냐고 물었다. 프레그는 한참을 망설인 끝에 비로소 입을 열었다.

"사실 나랑 단원들이 서로 의논을 하다가 결정한 건데, 극단 이름을 바꾸기로 했어."

"극단 이름을 바꾼다고?"

"그래. 전에 있던 극단장에게 유랑극단을 물려받긴 했지만,

지금 우리들이 다른 걱정 없이 연기만 할 수 있게 된 건 전부 네 덕이잖아. 그리고 내가 보기에 루스칸에서 마법사가 오면 너는 안전하게 풀려난다고 들었어."

"남작님도 그렇게 말씀하시더군."

"그래서 말인데……."

프레그의 말은 이러했다. 지금까지 실질적으로 극단을 이끈 것은 세온이었고, 앞으로도 그렇게 되었으면 좋겠다고. 그러니 이제 세온 유랑극단으로 이름을 바꾸는 게 더 낫지 않겠느냐고 했다.

"그럼 그거 꼭 내가 세운 극단 같잖아."

"그렇다고 봐도 무방하잖아."

"아니야. 내가 세운 게 아니라 모두가 노력한 거잖아. 그러니까 다른 이름을 붙이자. 극단 명칭에 꼭 누구 이름이 붙어야 하는 건 아니잖아."

"그러면……."

프레그가 어떤 이름으로 할지 고민해 봤다. 세온이 써익 웃으며 말했다. 이미 생각해 둔 이름도 있었다.

"노리터, 어때?"

"노리터라……. 어감은 나쁘지 않은데. 무슨 뜻이야?"

"함께 어울려서 노는 곳을 뜻하는 단어야. 전에 내가 있던 곳에서 쓰던 단어지."

"아, 맞아. 다른 대륙의 마법사라고 했었지."

세온의 말에 프레그가 알았다는 듯 고개를 끄덕였다. 프레그가 좋다고 고개를 끄덕였지만, 노리터라는 명칭은 세온에게 은은한 향수를 일으키고 있었다.

놀이터를 소리 나는 그대로 발음한 노리터는 바로 세온을 유명 배우로 만들어 준 계기가 된 극단이니까.

'그래, 여기서 다시 내 연기 인생을 꽃피우는 것도 나쁘지 않겠어.'

세온이 웃으며 프레그와 악수를 했다. 프레그는 그저 극단의 발전을 위해 세온에게 넘겨준 것이지만, 이 일은 뮤우 대륙의 연극사에 큰 획을 긋는 중대한 사건이 될 것이었다.

제6화
대마법사
아르탄

　폴카스 왕국은 다른 나라들이 그런 것처럼 마법사를 우대한다. 뛰어난 마법사 한 명은 대단한 전략적 가치를 가지기 때문이다. 마법사의 육성에 대한 지원은 매년 폴카스 왕국의 예산 편성에 상당한 부분을 차지한다.

　"하루스에는 제가 가겠습니다."

　"루덴 님은 지금 빛과 어둠에 대한 연구로 정신이 없지 않습니까? 어찌 감히 대마법사의 연구를 막을 수 있겠습니까?"

　"그러는 칼론 님이야말로 마력 증폭에 관한 실험이 많이 남았다고 들었습니다."

　다른 나라들이 그런 것처럼 폴카스 왕국 역시 마법사들을 위한 마탑을 건립해 주었다.

마탑은 처음 지을 때는 천문학적인 비용이 들어가지만, 한 번 만들어 두면 십 년 주기로 강한 마력을 지닌 전투 마법사를 탄생시킨다. 전투 마법사 한 명은 활용하기에 따라 백 명의 기사보다 강력한 위력을 발휘한다.

전시에는 강력한 공격 마법이 전략적 가치를 가지지만, 평화 시에는 돈 잡아먹는 귀신들이다. 마법사들은 하나같이 온갖 미지의 지식에 대한 호기심으로 가득한 사람들이다. 때문에 일반인이라면 감히 상상도 못할 기상천외한 실험을 한다. 여기까지라면 문제가 아니다.

그러나 마법을 위한 실험 재료는 어느 것 하나 귀하지 않은 게 없고, 가격은 천문학적이었다. 심지어 가난하고 힘없는 나라는 실험비용을 댈 수 없어 마탑을 세워 주지 못하는 경우도 많았다.

다행히 폴카스 왕국은 비록 대제국에는 미치지 못해도 제법 힘을 쓰는 강국에 속했고 마탑을 설립해 마법사를 육성할 정도의 경제력을 갖추고 있었다. 마탑이 있으면 마법사들이 몰려들고, 몰려든 마법사들은 국가적인 지원을 받아가며 온갖 마법실험에 몰두한다.

쓸모없는 결과물도 많이 나오지만 가끔은 국력에 도움이 될 결과물을 내놓기도 한다.

각설하고 마법사들은 새로운 지식에 목말라하는 존재들이

다. 특히 마법에 관련된 것이라면 정신 차리지 못할 이들이다. 그런 이들의 귀에 켈타이어 남작이 보낸 소식은 그야말로 마법사로서의 탐욕에 빠지도록 만들 만한 것이었다.

"모두 시끄럽습니다. 이 일에는 내 제자가 관련되어 있습니다. 당연히 내가 가야 합니다."

하필이면 대륙에 몇 없는 대마법사 중 하나이자 루스칸 다 카데미의 학장인 아르탄도 그 소식을 듣고 말았다. 그는 아카 데미의 졸업생인 에그리앙이 이번 일에 포함되었다는 것만으로 제자가 연루되었다는 명분을 내세웠다.

그저 학장이라는 이유만으로 마법사도 아닌 정령사를 자신의 제자라 우기는 것은 억지였다. 그러나 대마법사의 위치가 억지를 정당하게 바꿔 주었다.

아르탄은 다른 마법사들의 말에 귀를 막고 제자가 곤란에 처했느니 어쩌느니 타령을 했다. 결국 억지스러운 명분마저 없던 다른 마법사들은 그의 말을 들을 수밖에 없었다.

그렇게 아르탄은 수발을 들어줄 수습 마법사들을 대동하고 하루스로 향했다. 단거리를 빠르게 이동할 수 있는 마법포탈을 이용하고, 수습 마법사들을 닦달하여 마차를 구하기도 했다. 덕분에 수도에서 하루스까지 불과 열흘 만에 도착하는 기염을 토했다.

목적지에 도착한 아르탄은 반쯤 탈진한 수습 마법사들의 상태는 신경 쓰지 않고 켈타이어 남작의 관저로 향했다. 거의 죽기 직전인 상태의 수습 마법사들을 본 남작은 절차를 들먹이며 하루 동안의 말미를 구했다.

아르탄은 온갖 불만을 터뜨렸지만 남작은 끄떡하지 않았다. 하루스를 다스리며 닳고 닳은 상인들을 상대하던 그가 마법 이외의 부분에서는 순진한 구석이 있는 마법사를 설득하는 것은 쉬운 일이었다.

수습 마법사들을 배려하기 위한 수작임을 뻔히 알면서도 아르탄은 감히 어쩌지 못하고 하루를 쉬는 수밖에 없었다. 그것을 고마워하는 것은 그저 죽어나는 수습 마법사들뿐이었다.

아침이 밝기 무섭게 아르탄이 남작을 찾아가 다른 대륙에서 온 마법사를 만나고 싶다는 말을 몇 번이고 강조했다. 밤새 잠도 설친 모양인지 눈까지 충혈되어 있었다. 아르탄의 난리 덕분에 남작은 아침도 먹지 못하고 세온과 에그리앙의 수사를 다시 시작해야 했다.

아르탄은 남작으로부터 대략적인 사건의 추이를 듣고 세온과 에그리앙에게 질문을 했다.

질문의 내용은 이미 남작으로부터 보고된 내용을 다시 확인하는 의례적인 것에 불과했다. 했던 질문 또 하기를 반복하니 에그리앙과 세온도 같은 대답을 반복해야 했다.

참다못해 에그리앙이 말을 끊으며 대꾸했다.

"학장님이 원하는 게 뭔지 말씀하시죠."

"허험, 그게 그러니까……."

"세온이 마법사라고 하니까 그러시는 거 아닌가요? 아마도 루스칸에서 내려올 때부터 이미 방침이 정해진 것 같은데 말씀하시죠. 제 가문이 책임질 부분이 있다면 책임을 지겠어요. 그러니 그냥 말씀하세요."

에그리앙이 다 알고 있다는 듯 말했다. 아르탄은 계면쩍은 듯 헛기침을 몇 번 하더니 입을 열었다.

"네 말대로 국왕폐하께서는 이미 결론을 내리셨단다. 두 사람 모두 서로에게 잘못을 저질렀지만, 충분히 정상참작을 할 여지가 있지. 그래서 나는 이 일을 불문에 붙였으면 한다."

"그러니까 없던 일로 하라는 건가요?"

"그래. 네가 잃어버렸다는 팔찌가 얼마나 귀하고, 화재 때문에 입은 재산 피해가 얼마나 될지는 모르겠다. 그러나 마법사로서의 권리를 박탈당하고 일 년이나 노예로 생활해야 했던 그의 심정도 그리 편하지는 않겠지. 모든 상황을 미루어 생각하면 처음 일을 만든 것은 프로슬란 자작이다. 만일 그가 저 마법사 청년을 잘 보살폈다면 진작 자기 힘을 회복하고 마법사로서 도움을 청했을지도 모르지."

아르탄의 말에 에그리앙은 분한 듯 아랫입술을 깨물었지만 그 이상의 반응은 보이지 않았다. 늙은 마법사의 말대로 새로운 형태의 마법은 상당한 가치를 지닌다.

마법에 다른 가능성을 제시한다는 이유만으로 그 나라의 마법은 굉장한 발전을 할 수 있는 계기를 만들기도 한다. 그뿐만이 아니다. 세온은 정령사이기도 하다.

왕국의 입장에서 프로슬란 자작가를 버리면 불의 정령사 하나를 잃을 뿐이지만, 세온을 버리면 정령사와 마법사를 한꺼번에 잃게 된다. 에그리앙은 좀 더 고집을 부리고 싶었지만 긴 한숨과 함께 포기하고 말았다.

"휴우, 할 수 없군요. 알았어요. 학장님 말씀대로 하죠."

"그래, 고맙구나. 그래야 착한 아이지."

아르탄의 말에 에그리앙이 버럭 소리를 질렀다.

"여기서 착한 아이가 왜 나와요?"

"착한 아이는 함부로 소리를 지르는 게 아니란다."

그러나 아르탄은 능글맞게 말을 받았다. 흡사 인자한 할아버지가 손녀의 재롱을 받아주는 듯 보였다.

아무렇지 않게 말을 받는 그 모습에 에그리앙이 더욱 열을 냈지만 소용이 없었다.

'뭐야, 저 노인네. 은근히 무섭잖아.'

그 광경에 세온은 묘한 방향으로 공포심을 느꼈다. 당연했다. 그간 세온은 에그리앙에게 엄청나게 시달려 왔다. 전부 켈타이어 남작이 벌인 수작 때문이다.

남작은 두 사람을 자신의 관저에서 벗어날 수 없게 하는 것 외에 일체의 간섭도 하지 않았다. 식사도 잘 나왔고 서재에서 책을 꺼내 읽는 것도 마음대로였다. 문제는 둘이 만나는 것도 상관하지 않았다는 것이다.

에그리앙은 시도 때도 없이 세온을 찾아와 집요하게 질문을 했다. 어떻게 4대 정령 모두와 계약을 하고, 무슨 수로 정령에게 실체를 줄 수 있었는지. 그러나 세온의 입장에서 술법이라든가 이매술에 관한 것을 말할 수는 없었다.

술법은 영을 직접 보고 느끼고 복종시켜야 다스릴 수 있다. 비록 진원이 깨질 지경까지 갔었지만, 어쨌든 금단의 술법까지 사용한 세온이다.

정령을 보고 다스리는 정도가 어려울 리 없었다. 그러나 어찌 그런 것을 함부로 쉽게 말할 수 있을까?

처음 만날 때는 상전이었다가 나중엔 매일 시달리게 하는 대상이 에그리앙이었다.

더구나 아직 소녀티가 남아 있는 계집아이임에도 묘한 카리스마를 지니고 있다. 그런 그녀를 정말 어린애 다루듯 하는 아르탄을 보니 묘한 느낌이 들었다.

"너는 나중에 이야기하자꾸나. 자네, 세온 군이라고 했지?"

"그렇습니다."

에그리앙과 한참 동안 이야기를 나누던 아르탄이 화제를 세온에게로 돌렸다.

"자네의 마법이 독특하다는 말을 들었네."

"다들 그렇다고 말하더군요."

"한 번 볼 수 있겠나?"

아르탄의 말에 세온은 무슨 소린가 싶어 고개를 갸웃거렸다. 아르탄이 씨익 웃더니 갑자기 뭔가를 외쳤다.

"파이어 스트라이크!"

갑작스런 외침과 함께 허공에 화염이 일어나더니 세온을 향해 날아갔다. 세온은 자리에서 물러나며 의지만으로 금위신갑의 술법을 펼쳤다.

법력이 부족하거나 숙련되지 않으면 몸에서 금빛의 광채가 일어나며 외부의 힘을 밀어낼 뿐이지만, 경지에 이르면 금빛의 갑옷이 나타난다. 세온의 모습이 그랬다. 순식간에 황금의 갑옷이 나타나며 세온을 보호했다.

콰콰쾅!

화염이 부딪치며 사방으로 강력한 열기의 폭풍이 일어났다. 아르탄이 급히 실드를 만들며 자신을 보호했다. 에그리앙도 뒤로 물러서며 살라만다를 소환했다.

"살라만다, 불길을 잡아줘."

에그리앙이 살라만다를 소환하자 세온이 고개를 갸웃거렸다.

"어라, 정령은 저번에 죽어서 없어진 거 아닌가?"

"바보 같으니. 정령은 죽지 않는다. 정령계로 역소환되었을 뿐이지."

"아, 그렇구나."

뭔가를 깨달은 세온도 자신의 정령들을 소환해 봤다. 과연 4대 정령 모두가 세온의 부름에 따라 소환되었다. 세온의 요청에 따라 운디네가 물을 뿌려 불을 꺼줬다. 그 광경에 아르탄이 자신의 눈에 트루아이라는 마법을 걸더니 감탄사를 뱉었다.

"호오, 대단하군. 4대 정령 모두를 소환할 수 있다더니 사실이었군. 어떻게 그럴 수 있는 거지?"

아르탄 역시 에그리앙과 비슷한 호기심을 보였다. 만일 폴카스 왕국의 정령사가 세온처럼 모든 정령들을 불러낼 수 있게 된다면 순식간에 국력이 신장될 것이다. 세온이 잠시 대답을 망설였다. 그때 운성이 의념으로 조언을 해 주었다.

『그냥 넘어가긴 어려울 것 같네. 그러니 대략적인 개념만 소개해 주면 어떻겠나?』

운성의 조언에 세온은 내심 동의하며 입을 열었다.

"제가 배운 마법의 특징 때문입니다."

세온의 대답에 에그리앙이 눈을 반짝이며 물었다.

"너의 마법을 배울 수 있다면 4대 정령 모두와 계약을 할 수 있다는 거냐?"

"뭐, 그런 셈이지."

이미 격전을 벌이면서부터 말을 놓았던 세온은 에그리앙에게 당연하다는 듯 반말로 대답했다. 아르탄과 에그리앙 둘 다 눈이 휘둥그레지며 얼른 말을 잇지 못했다. 세온이 설명을 덧붙였다.

"그렇다고 누구나 쉽게 배울 수 있는 건 아니야. 이곳에서는 어떤 사람들이 마법사가 되는지 모르지만, 내가 있던 곳에서는 달라."

세온의 대답에 아르탄이 잠시 눈을 감고 생각을 하다가 입을 열었다.

"누구나 마법사가 될 수 없는 건 우리도 마찬가지네. 정령사가 정령에 대한 친화도를 가지고 있어야 하는 것처럼 마법사도 마나를 느끼고 다룰 수 있어야 하지. 그러나 마나를 느끼는 것은 누구나 되는 것이 아니라네. 자네가 말하는 것도 마나에 대한 것을 뜻하는 건가?"

"물론 그것도 중요하죠. 그러나 역시 제 방식은 힘듭니다."

세온은 남작의 서재에서 읽었던 마법에 대한 상식을 떠올리며 설명했다.

"이곳의 마법사는 심장 주위에 마나를 모은다고 들었습니다. 그 과정에서 어떤 마법사는 심장이 마나의 힘을 이기지 못한다던데, 사실인가요?"

"마법사의 대부분은 마나의 자극으로 더욱 튼튼한 심장을 가지게 되지만, 모두 그런 것은 아니네."

"그렇군요. 그러면 다시 묻겠습니다. 이곳에서 마법을 사용하는 방식은 어떻습니까?"

아르탄은 세온의 질문에 의아한 기색을 보이면서도 순순히 대답해 주었다.

"마나를 임의적으로 배열하고 모양을 만들지. 대자연의 모든 마나는 여러 속성을 품고 있는데, 마나를 배열하는 방법에 따라 필요한 속성을 끌어낼 수 있지. 그 때문에 마법사는 기본적으로 빠른 계산과 평상심이 중요하네."

"그렇군요. 제가 있던 곳에서는 마법을 쓰려면 먼저 뇌를 개방해야 합니다. 뇌를 통해 마나를 받아들이고, 영적인 능력을 키우는 거죠."

세온의 말에 아르탄은 자리에서 벌떡 일어나며 외쳤다.

"말도 안 되는 소리!"

에그리앙이 왜 그러는지 몰라 아르탄을 쳐다봤다. 그러나 아르탄은 전혀 아랑곳없이 고함을 질렀다.

"인간의 뇌는 가장 연약하고 고장 나기 쉬운 부위야! 그런데 뇌를 열겠다고? 대체 무슨 소리를 하는 건가?"

아르탄의 반박에 세온이 웃으며 동의했다.

"맞는 말씀입니다. 인간의 뇌는 가장 망가지기 쉬운 곳이지요. 다른 부위처럼 상처 입은 뒤 다시 나아지길 기다릴 수 있는 것도 아니고요."

의외로 순순히 동의했기 때문일까? 아르탄이 이상하다는 눈으로 세온을 위아래로 살펴보았다. 세온이 말했다.

"뇌를 연다고 해서 머리에 말뚝을 박거나 하는 건 아닙니다. 호흡을 통해 정수리에 마나의 길을 열어주는 거죠. 물론 그 과정은 아르탄 님이 말씀하신 것처럼 대단히 위험합니다. 이 과정에서 열에 아홉은 목숨을 잃죠."

아르탄이 퉁명스럽게 대꾸했다.

"내 생각에 살아도 멀쩡하긴 힘들 것 같네."

"맞습니다. 살아도 열에 아홉은 백치나 반신불수 혹은 식물 인간으로 살아가죠."

"그렇게 위험한 걸 알면서도 한다는 건가?"

"제 경우엔 달리 선택의 여지가 없었거든요. 개인적인 문제 니 넘어가고, 어쨌든 저는 극히 드물게 성공하는 사람의 하나 가 됐습니다."

"그거 다행이군. 그런데, 그게 의미가 있는가?"

"당연히 있죠. 그렇게 하면 자연히 뇌의 기능이 활성화되고 영을 보고 느낄뿐 아니라 의사소통까지 가능하게 됩니다."

"그렇…… 자, 잠깐. 영을 보고 느끼며 의사소통을 나누는 게 가능하다고?"

"물론이죠. 제 경우 정령과 직접 이야기를 나눌 수 있거든 요. 정령술도 정령에게 직접 물어보고 배운 겁니다."

세온의 대답에 에그리앙이 입을 벙긋거렸다. 그녀는 뭔가 말을 하고 싶었다. 정령에게 정령술을 배운다는 것은 지금까 지 알고 있던 상식으로는 이해되지 않는 것이었다. 정령사인 에그리앙은 충격을 받았지만, 아르탄에게는 그저 마법의 새로 운 형태에 지나지 않았다.

"영혼과 직접 대화를 나눌 수 있다는 거군. 꽤 재미있겠어. 그렇다면 이미 죽은 자에게 가르침을 청할 수도 있는가?"

아르탄의 물음에 세온은 운성의 경우를 생각하며 대답했다.

"가능합니다."

"호오, 그렇군. 두뇌의 움직임이 활발해진다는 것은 천재가 될 수 있다는 뜻이겠지? 평범한 사람은 천재가 되고, 천재는 엄청난 인물이 되겠군. 지식을 쌓고 싶다면 죽은 영혼을 불러내면 되고. 99%의 실패율을 가졌지만, 성공한다면 그만큼의 보상을 얻겠군."

"물론입니다."

세온의 대답에 아르탄이 눈을 빛냈다.

"영을 볼 수 있다면 죽은 자를 움직이는 것도 가능하겠군. 사정을 모르면 흑마법사로 오해받기 쉽겠어. 그렇지만 뇌를 연다고 마나를 모을 수 있을지 의심스러운데."

혼자 이런저런 추측을 하던 아르탄이 말을 이었다.

"그 부분은 이해했네. 아무래도 머리가 좋으면 마법에도 유리하겠지. 그렇다면 자네의 마법은 우리가 쓰는 것과는 조금 차이가 있겠군. 무슨 차이가 있는가?"

"설명해 드리죠. 이곳의 마법은 주변의 마나를 임의적으로 재배열하는 방식이죠. 맞나요?"

"옳은 판단이네."

"감사합니다. 그에 반해 저의 마법은 뇌에 모인 마나를 촉매로 하여 발현합니다. 마나를 재배열하는 방식이 아니라 의념을 실체화하는 거죠. 다시 말해 일일이 마나의 흐름을 계산하거나 배열하지 않고 마음으로 마법을 발동하는 겁니다."

세온의 대답에 이번엔 에그리앙 대신 아르탄의 입이 벌어졌다. 세온의 정령술이 에그리앙이 알고 있던 정령술과 궤를 달리 했다면, 이번엔 마법의 방식이 달랐기 때문이다. 마침 아르탄은 그와 비슷한 마법을 알고 있었다.

"서…… 설마 용언을 말하는 건가?"

"용언이 뭐죠?"

"드래곤의 마법이지. 드래곤 역시 인간과 같은 방식의 마법을 사용하긴 하지만, 경우에 따라 드래곤 하트에 담긴 강대한 마나를 이용해 용언을 사용한다네. 마법사에 따라 써클의 개념을 넘는 무써클의 마법이라는 사람도 있고, 10써클의 마법이라는 사람도 있다네. 어쨌거나 결론은 우리 인간의 마법 체계를 뛰어넘는 보다 빠르고 강한 마법임에는 틀림없지. 그런데 지금 자네가 말한 방식이 바로 드래곤이 사용한다는 용언의 개념이란 말일세."

"아아, 그렇군요. 그게 뭐 대단한 건가요?"

"암, 대단하지. 대단하고말고."

세온의 대답에 아르탄은 몇 번이고 대단하다는 말을 반복했다. 용언이 강한 이유는 그 위력도 위력이지만, 마나의 배열을 위해 일일이 계산하고 뭐하고 할 필요가 없다는 데 있다.

아무리 계산이 빠르고 마나의 배열에 익숙한 마법사라도 생각의 속도를 넘을 순 없다. 드래곤이 강한 이유 중 하나가 생각이 곧 마법으로 발동되기 때문이다.

아르탄은 이후에도 부적에 관한 것과 정령에게 실체를 만들어 주는 것을 물었다. 세온은 대답을 하려다 말고 입을 닫았다.

"죄송합니다만, 더 이상 말씀드릴 수 없습니다."

"아, 아니 어째서……."

"이미 저와 프로슬란 자작가의 일은 불문에 붙인다는 확답을 들었으니까요. 그에 대한 대가와 예우는 지금까지 한 대답으로도 충분하다고 생각하는데요."

세온의 대답에 아르탄은 '끄응' 하며 신음소리를 냈다. 틀린 말이 아니었다. 마법이란 새로운 개념을 만들어내는 학문이다. 인식의 전환만으로 마법의 새 길을 열기가 쉽다.

"이보게, 그러지 말고……."

앎에 대한 갈증에 사로잡힌 아르탄은 화도 내고 회유도 하고 사정도 했다. 그러나 세온은 요지부동 꿈쩍도 하지 않았다.

결국은 아르탄이 반쯤 포기할 즈음이었다. 세온이 마지못한 듯 제안을 했다.

"물론 저도 이곳의 마법이 궁금하긴 해요. 아무래도 제 방식은 마나의 소모가 너무 크거든요."

"그러면 지금 마법을 새로 배우고 싶다는 건가?"

"지금까지 익힌 게 있으니까 새 마법을 배울 수 있을지 모르겠어요. 그러나 시도해서 나쁠 건 없다고 생각하는데요."

세온의 말에 아르탄은 잠시 고민을 하다 말했다.

"자네가 원하는 수준은 어디까지인가?"

"생각 같아서는 룬드그란 님처럼 대마법사라 불릴 정도로 배우고 싶지만, 그건 욕심이겠죠?"

"모든 마법사들이 궁극적으로 추구하는 것이지. 그러나 그분은 평범한 인간의 잣대로 잴 수 없는 분이네. 인류 역사상 드래곤에게 인정받은 유일한 마법사니까."

아르탄의 말에 세온도 동의한다는 듯 고개를 끄덕였다.

"저도 그 정도까지 마법을 익힐 수 있으리란 생각은 하지 않습니다. 그저 일상생활에 사용할 수 있는 마법의 종류가 어떤 것이 있는지 알고 싶을 뿐입니다."

"일상생활에 쓸 수 있는 마법?"

"이미 알고 계시겠지만 저는 룬드그란 님의 일생을 연극으로 만들어 공연하고 있었습니다."

"나도 들었네. 정령술을 이용해서 좀 더 그럴 듯한 공연을 했다더군."

아르탄이 눈짓으로 에그리앙에게 공연을 본 감상을 물었다. 에그리앙은 짧게 한숨을 쉬더니 자신의 감상을 말했다.

"대단했어요. 모두 정말로 이야기를 나누는 것처럼 연기를 하더군요. 그 때문인지 모르지만, 공연 전체가 너무 실감나더군요. 제 앞에 룬드그란과 그의 동료들이 정말로 사랑하고 아파하고 슬퍼하는 것 같았죠. 특히 엘루하가 목숨을 잃고 슬퍼하는 장면에선 저도 눈물이 나더라고요."

"그 정도였나?"

"예. 5실버를 주고 구경했는데, 그 돈이 전혀 아깝지 않았어요. 아니, 50실버를 주더라도 다시 보고 싶은 공연이었으니까요."

에그리앙의 호평에 아르탄은 새삼스러운 눈으로 세온을 봤다. 물론 아르탄은 연극에 관심이 없었다. 그러나 에그리앙이 호평을 하자 문득 호기심이 생겼다. 얼마나 대단한 공연이기에 50실버를 주더라도 다시 보고 싶다는 말을 하는 걸까?

에그리앙은 연극 공연을 위해 세온이 정령을 어떤 방식으로 사용했는지 설명해 주었다. 그 색다름에 아르탄은 그만 웃음을 터뜨렸다.

"허허허, 자네 정말 대단하군. 정령을 그런 식으로 활용하는 방법이 다 있군."

세온은 아르탄의 웃음이 멈추기를 기다린 뒤 말을 이었다.

"좀 전에 말씀드린 것처럼 저는 요즘 룬드그란 님의 일생을 연극으로 공연을 했었습니다. 그 과정에서 그분이 즐겨 사용했다는 여러 마법을 들을 수 있었죠."

아르탄이 흥미로운 표정으로 다음 말을 기다렸다. 세온이 말을 이어갔다.

"그분은 일상에서도 마법을 자주 활용하시는 것 같더군요. 마법으로 요리를 하고, 어두우면 빛을 밝히고, 집안 청소를 했습니다."

"자네 말대로네. 기록에 의하면 빨래나 설거지도 마법으로 해결하셨지."

"그렇죠. 그래서 저는 얼마나 다양한 마법이 있는지 알고 싶습니다."

세온의 말에 아르탄은 곧장 대답했다.

"그분이 사용했던 마법은 지금도 널리 알려져 있지. 그건 특정 학파나 국가에서 비밀로 하는 마법도 아니니, 원한다면 얼마든지 가르쳐 줄 수 있네. 마법이라고 해서 반드시 전쟁용만 있는 건 아니거든."

"그런가요?"

"그런 거지."

아르탄의 말에 세온은 빙그레 웃었다.

'수도에 내 일을 보고한 것도 마법을 통해 실시간으로 한 거라고 했었지? 어쩌면 마법은 내가 살던 곳의 과학을 대체할 수 있을지 모르겠군.'

『또 뭔가 생각하는 게 있는 모양이군.』

'원래 그런 거 아니겠습니까? 써먹을 수 있는 건 다 써먹어야죠.'

세온은 잠시 의념을 통해 운성과 대화를 나누곤, 입을 열었다.

"그러면 손으로 빛을 만들어내거나 그것을 일정한 방향으로 집중하는 것은 어려운 일인가요?"

세온의 질문에 아르탄은 잠시 고민하다가 가볍게 라이트 마법을 사용했다. 그의 손에서 곧 환한 빛의 구체가 만들어지며 주변을 환하게 비추었다. 마법으로 대답을 대신한 셈이다.

"그 마법은 본래 그런 형태로 만들어지나요?"

"자네가 말하고자 하는 의미를 잘 모르겠군."

"그러니까……."

세온은 한국에 있을 당시 극단 노리터에서 사용하던 각종 조명에 관한 것을 생각하며 질문을 던졌다. 손으로 바닥에 그림을 그려가며 설명을 하자 아르탄은 몇 번이고 고개를 끄덕였다. 아르탄이 말했다.

"왜 그런 것을 묻는지 모르겠군. 굳이 대답하자면 내가 데려온 수습 마법사들도 할 수 있는 마법이지."

"그거 잘 됐군요. 그럼 혹시……."

세온은 아르탄에게 술법에 대한 기본 개념을 가르쳐 줄 테니, 그 조건으로 얼마 동안 마법을 이용해서 도움을 달라고 말했다. 세온의 제안에 아르탄은 인상을 찌푸렸다.

함께 온 수습 마법사들은 몰라도 자신은 오랫동안 하루스에 머물 수 없었다. 수도인 루스칸으로 올라가 아카데미에 자리를 지켜야 하기 때문이다.

"어려운 부탁이군."

"아무쪼록 부탁드립니다."

세온이 다시 고개를 숙이며 말했다. 아르탄이 눈을 감고 한참 고민을 하다가 대답했다.

"알았네. 자네를 돕지. 그런데 어느 정도 기간을 원하나?"

"제 바람으로는 평생 도와주시면 좋겠네요."

"그건 불가능한 일이네. 나는 아카데미로 올라가야 하고 다른 수습 마법사들도 평생 자네에게 묶일 수는 없지. 하지만, 일 년 정도는 남겨둘 수 있을 것 같군."

아르탄의 대답에 세온은 아쉬웠지만 그 정도로 만족하기로 했다. 처음부터 너무 큰 욕심을 부리면 곤란하다:

"알겠습니다. 우선 일 년으로 계약을 하기로 하죠. 그렇다면 저도 제가 사용하는 마법의 개념 한 가지를 알려드리죠."

"고맙네."

둘 다 원하는 모든 것을 얻을 수는 없었지만, 비교적 만족스러운 결과를 얻어냈다. 아르탄은 세온이 수습 마법사로 뭘 하려는지 궁금했지만 그보다는 마법에 대한 새로운 개념을 아는 것이 더 중요했다. 마법이란 인식의 변화만으로 보다 높은 경지에 오를 수도 있는 학문이니까.

세온의 일을 불문에 붙이리란 추측은 예전부터 있었지만, 제대로 확정된 것과는 아무래도 차이가 있을 수밖에 없었다. 세온과 프로슬란 자작가와의 일을 불문에 붙이기로 했다는 소식을 들은 극단의 단원들은 모두 자기 일처럼 기뻐했다.

그렇다고 모든 단원들이 끝까지 기다려 준 것은 아니었다. 일부는 프레그에게 자기 몫을 받아 떠나기도 했다.

에그리앙과 싸우고 나서 천막을 수거했지만, 그 이전까지 번 수입은 엄청난 것이었다. 고작 하루 동안 거둬들인 입장료만 하더라도 평범한 사람은 평생 구경도 못할 거액이었다.

단원 중엔 떠돌이 생활을 접고 평범하게 여관이라도 열고 장사를 할 생각을 하는 이도 있었고, 혹은 자신만의 유랑극단을 만들어 독립하고 싶어 하는 이도 있었다. 그동안 벌어들인 유랑극단의 수입을 분배한다면 한 사람의 몫으로 충분한 자금이 될 것 같았다.

프레그는 이미 마음이 떠난 이들을 억지로 붙잡을 생각은 없었다. 아니, 오히려 새출발을 하려는 단원에게 잘되라고 격려를 해 주기까지 했다.

켈타이어 남작도 세온을 용병으로 활용하려던 것을 조금은 달리 생각하게 되었다. 물의 정령을 다루는 것만으로도 상당한 힘을 발휘할 수 있는데, 더하여 다른 정령들도 다룰 수 있다고 했기 때문이다.

"이거 참 자네에게 뭐라고 말해야 할지 모르겠군."

"죄송합니다. 일부러 속인 것은 아닙니다."

"아니야. 자네 마음도 이해가 가네. 물의 정령사라는 것만으로도 충분히 주목을 받을 만한 일인데, 4대 정령 모두를 다룬다고 하면 난리가 나겠지. 더구나 마법까지 가능하다니……. 정말 인간인지 의심스러울 지경이군."

"제가 인간이 아니면 뭐겠습니까?"

"혹시 아는가? 내가 듣기로 드래곤들은 간혹 무료한 일상을 벗어나기 위해 유희라는 것을 한다고 들었네. 자네도 지금 드래곤의 유희를 즐기는 건지 어떻게 알겠나?"

"정말 그랬다면 제가 노예로 붙잡혔을까요?"

"그도 그렇군."

남작은 세온과 농담을 주고받으며 앞으로 할 일을 의논했다. 의논이라고 해 봐야 특별히 별다른 건 없었다.

전에 세온과 협의했던 대로 극장을 설립하기로 한 것이다. 다만 예전에 이야기를 나눴던 것에 비해 좀 더 크게 투자를 하기로 했다.

남작이 투자 규모를 늘리기로 한 데는 세온의 가치가 큰 몫을 차지했다. 정령 하나를 다룰 줄 알거나 새로운 형태의 마법을 사용할 줄 안다는 것만으로 귀한 인재다.

어느 정도 이상의 힘과 권력을 가진 이라면 누구나 세온을 자기 그늘로 끌어들이고 싶어 할 것이 틀림없었다. 그렇다면 자주 세온을 만날 핑계가 필요하고, 그를 위한 가장 좋은 방법은 연극관람이었다.

남작은 세온에게 자신의 속셈을 솔직히 밝히며 말을 덧붙였다.

"보통 사람이라도 자네를 무척 보고 싶어 할 걸세. 마법사나 정령사는 보기 드문 존재거든. 아니, 우연히 마주쳐도 보통은 모르고 지나가지. 겉모습만 봐서 그 사람이 마법을 쓰는지 정령술을 쓰는지 어떻게 알겠나? 정령을 꺼내 놓는다고 누구나 볼 수 있는 것도 아니니 더욱 그렇겠지. 그런데, 자네는 아예 공연을 하면서 정령술을 쓴다고 하니 더 많은 사람들이 호기심을 느낄 걸세. 그렇지 않은가?"

"그야 그렇죠."

"아마 연극보다 공연 중에 정령술이 어떻게 사용되나 구경하고 싶어 오는 이들이 많을 걸세."

남작의 추측에 세온도 웃으며 대꾸했다.

"그리고 한 번 공연을 본 사람은 정령술보다는 연극 자체에 빠질 겁니다."

"나도 자네를 믿고 일을 시작하겠네. 아참, 그런데 자네 혹시 극장 건립을 도울 생각 없나? 정령사의 능력이라면 큰 도움이 될 텐데 말일세."

"알겠습니다. 앞으로 제가 공연을 하게 될 극장인데 한 손을 보태야죠."

"후훗, 공사 일정이 생각보다 빨라지겠군."

남작의 말에 세온은 조금이라도 빨리 극장을 건립하기 위해 신경을 썼다. 한편으로 신경을 쓰는 부분이 또 있었다. 즐어든 단원을 보충하고 수습 마법사를 써먹는 일이었다.

극장 건립이 시작되며 세온은 정신없이 바빠졌다. 처음 하루스를 찾아왔던 에그리앙을 비롯한 프로슬란 영지의 병사들은 켈타이어 상단을 호위하며 수도로 출발했다.

프로슬란의 병력들이 남작의 요청에 따라 움직이기 전 에그리앙이 세온을 찾았었다. 그녀는 세온에게 일을 마치면 노예가 아닌 한 사람의 정령사로서 만나겠다는 말을 남겼다.

그 말이 세온에게는 묘한 여운을 남기는지라 왠지 무섭기까지 했다. 아무래도 정령을 실체화시키는 이매술이 궁금했던 모양이다.

당시 세온이 여러 가지 설명을 곁들이며 자신의 방법은 가르쳐 준다고 쓸 수 있는 게 아니라고 몇 번이나 강조를 했다. 그러나 별 소용이 없었다.

에그리앙은 소녀들 특유의 고집을 가졌던 것이다. 세온의 입장에선 곤란한 일이었지만, 그건 본인의 사정이었다.

이런저런 일들이 있었지만 세온에겐 할 일이 많았다. 극장 건설에 도움을 줘야 했고, 새 단원들을 모집해야 했다.

프레그를 비롯한 단원들과 함께 만든 룬드그란 전기의 대본은 전체적으로 대작이었다. 고작 300명의 관객이 볼 수 있는 작은 무대에서 올릴 만한 공연이 아니었던 것이다.

세온은 공연을 할 때마다 연기자가 적은 것이 늘 아쉬웠다. 좀 더 넓은 무대에서 좀 더 많은 연기자가 어울렸으면 하는 생각을 몇 번이고 반복했었다.

'마왕 루스펠이 등장하며 땅이 울릴 때 쓰러지는 인원은 고

작 서넛이었지. 그것만으로도 무대가 꽉 차니까 어쩔 수 없었
지만……. 넓은 무대는 마련할 수 있게 됐어. 그러니까 지금부
터 배우를 모집하는 거야.'

생각을 굳힌 세온은 본격적으로 극단 노리터의 이름으로 배
우 모집에 들어갔다. 처음엔 미심쩍어하던 각 유랑극단들드
하루스에서 들리는 소문을 듣고 하나둘 찾아왔다.

입장료를 5실버나 받으면서도 자리가 없어 사람을 돌려보
내기까지 하는 공연을 할 수 있다는 것은 그들에게도 참을 수
없는 유혹이었다.

세온은 프레그 등을 비롯한 기존의 단원들에게 새로운 연기
자들을 뽑도록 했다. 세온이 새 식구를 뽑고 연기지도까지 하
기엔 너무 많은 일을 해야 했기 때문이다.

정령술을 이용하여 극장 건설을 돕는 틈틈이 아르탄의 말상
대를 해 줘야 했다. 아르탄은 거의 스토커에 가까운 수준으로
세온을 쫓아다녔다. 세온이 정신없이 바쁜 것을 뻔히 알면서
도 계약은 계약이라며 집요하게 질문을 하곤 했다.

세온도 처음엔 아르탄에게 적당히 답을 주고 말 생각이었
다. 술법이란 안다고 해서 배울 수 있는 게 아니기 때문이다.

자칫 말도 안 되는 방법으로 상단전을 열겠다고 난리를 치
다가 생사람을 잡을 수도 있는 일이었다. 물론 강한 의지로써
이룬다는 술법의 기본 개념을 가르쳐 주긴 했지만…….

세온은 처음 이야기한 그대로 단 하나만을 가르쳐 준다는

조건으로 질문을 받기로 했다.

무슨 질문을 할지 한참이나 고민하던 아르탄이 꺼낸 말은 어떤 방식으로 대륙과 대륙 사이를 이동할 수 있었냐는 것이었다. 그 말에 세온으로서는 실소가 나올 수밖에 없었다.

다른 대륙에서 넘어왔다는 것은 상대가 믿지 않을 것을 대비해 만든 거짓말이 아닌가. 그렇다고 대요괴와 싸우다가 넘어오게 되었다고 사실대로 말을 할 수는 없는 노릇. 잠시 고민하던 세온은 될 대로 되라는 식으로 말을 꺼냈다.

"제가 듣기로 이곳 하루스에서 루스칸까지는 상당히 먼 거리라고 들었는데, 정말 마차만 타고 오신 게 맞나요?"

"아니네. 우리도 먼 거리를 이동할 때 사용하는 마법이 있지. 텔레포트라고 하는 거지."

"텔레포트요?"

"그 정도는 관심을 가진 사람이라면 마법사가 아니더라도 알고 있는 상식이야. 텔레포트라는 건……."

아르탄은 간단하다며 온갖 설명을 늘어놓았다. 텔레포트는 기본적으로 서로 다른 공간의 물질을 같은 부피만큼 맞바꾸는 것이다. 만일 사람이 바다로 텔레포트를 하면, 본래 있던 자리는 사람의 부피만큼 바닷물이 쏟아진다.

실수로 바위산 속으로 텔레포트를 한다면 사람은 바위 속에 갇히고, 본래 사람이 있던 자리엔 그와 같은 크기와 모양을 한 돌조각이 놓이게 된다. 그 때문에 텔레포트 마법진이 설치된

자리에는 통신마법구가 함께 놓여 있다. 자칫 사고라도 나면 곤란하기 때문에 연락을 주고받기 위한 것이다.

텔레포트에 관한 설명을 들은 세온은 축지법에 대한 개념을 말했다. 축지법은 공간을 접어 압축하는 것이다. 종이의 양쪽 끝을 가장 가깝게 만드는 방법은 직선이 아니다. 종이를 반으로 접어 양 끝이 맞닿게 하는 것이다.

축지법은 종이를 반으로 접어 양 끝을 맞닿게 하듯 땅을 접어 걸음을 옮긴 뒤 다시 펼치는 방식을 쓴다. 축지법을 쓴 사람은 고작 한 걸음을 옮겼지만, 접혀진 땅을 다시 펼치면 상당한 거리를 이동한 셈이 된다.

세온의 설명을 들은 아르탄의 표정이 굳었다. 그 방식이라면 적어도 텔레포트보다는 안전할 것 같았다.

공간을 왜곡하여 빠른 이동을 하는 정도라면 얼마든지 다른 방식으로의 활용도 가능할 것 같았다. 마력만 충분하면 순식간에 대륙의 끝에서 끝으로 이동하는 것도 가능하지 않을까?

"한 번 연구해 봐야겠군. 혹시 지금 보여 줄 수 없겠나?"

"아직은 저도 곤란합니다. 당장은 몸에 축적한 마나가 부족하거든요."

아르탄의 제안을 세온은 거절해야 했다. 축지법은 가장 흔히 쓰는 술법 중 하나지만 그렇다고 만만하게 생각할 것은 아니었다. 땅을 접고 걸음을 옮긴다는 것 자체가 평범한 상식을 넘어서는 일이다. 아르탄은 세온의 마법이 방대한 양의 마나를 필요로 한다는 것을 떠올리며 곧 수긍했다.

세온은 아르탄에게 지불해야 할 대가(축지법에 관한 원리)를 치루고 당당하게 수습 마법사들에 대한 권리를 챙겼다.

루스칸에서부터 아르탄을 수행하고 온 수습 마법사의 숫자는 모두 5명이었다. 그중 2명은 루스칸까지 아르탄을 수행하기로 하고, 나머지 3명은 하루스에 남아 세온을 돕기로 했다.

하루스에 남겨진 수습 마법사 3명은 영문도 모르고 일 년간 노예 비슷한 신세가 되어야 한다는 것에 절규했다. 그러나 아르탄은 애써 무시했다. 그들에게 미안했지만 세온이 뭔가 해로운 일을 하리란 생각은 들지 않았다.

그래도 예정에 없이 하루스에 남겨진 수습 마법사들에게 조금은 미안한 마음이 들었던 모양이다. 그들에게 세온의 마법 체계는 전혀 다른 방식이니 조금이라도 그 개념을 배워보라고 꼬드겼다.

"혹시 아는가? 고작 며칠 사이에 나는 마법에 대한 인식의 변화를 경험했네. 하물며 자네들은 무려 일 년이나 같이 있을 수 있지 않은가? 그 일 년을 기회로 여기게. 어쩌면 마법에 대한 새로운 인식을 가질 수도 있겠지."

"마법의 인식이 변한다고요?"

"그렇지. 자네들도 이미 알고 있겠지만 마법은 인식을 달리하는 것만으로 큰 성장을 할 수 있네. 혹시 아는가? 세온 군과의 인연 덕분에 훗날 대마법사로 성장할 계기가 될지."

"대…… 대마법사라고요?"

"그렇지. 룬드그란 님의 뒤를 잇는 새로운 재목이 될 수도 있을 게야. 그분이 역사상 가장 위대한 대마법사가 되신 이유 중 하나가 메모라이즈라는 개념을 처음 도입했기 때문이 아닌가?"

"그렇군요. 룬드그란 님의 뒤를 이을 대마법사가 될 수 있다니……."

"내가 자네들을 남겨두는 것은 자네들의 재능을 높게 평가하기 때문이네. 부디 내 생전에 룬드그란 님의 뒤를 잇는 대마법사가 탄생하길 바라네."

마법사답게 수습 마법사들은 상당한 인재들이었다. 그러나 아르탄은 루스칸 아카데미에서 헤아릴 수 없는 수재들을 어르고 달래며 수십 년을 보냈다. 아무리 머리가 좋아도 아르탄보다 세상 물정 모르는 애송이 마법사들을 꼬드기는 것은 간단한 일이었다.

그렇게 3명의 수습 마법사들은 자신들이 미래의 대마법사가 될지도 모른다는 생각을 하며 세온을 찾아갔다. 마침 세온도 그들을 기다리던 참이었다.

"어서 오세요. 아르탄 님께 재능이 많은 분들이라 들었습니다."

"그게 정말인가요?"

"의례적인 칭찬일 겁니다."

"감사합니다."

세 사람의 반응은 각기 달랐다. 특히 코륨이라는 마법사는 세온을 경계하는 기색마저 보였다.

세온은 마법사들과 통성명을 나눈 뒤 그들의 마법 실력에 관하여 이런저런 질문을 던졌다. 특히 마법 수련과 각 단계에서 가장 기초가 되는 마법에 대한 질문을 많이 했다.

수습 마법사들의 설명을 듣던 세온이 말했다.

"그러니까 그 라이트 마법이라는 것이 가장 기초가 된다 이거군요."

"예, 맞습니다. 마법사들이 가장 먼저 배우는 마법이기도 하고, 동시에 마력을 측정하는 기준이 되기도 하죠."

"어떤 방식으로 마력을 측정하는 거죠?"

"마력이 강할수록 좀 더 환하고 강렬한 빛이 나오고, 마력이 약할수록 빛이 약해지거든요."

"그렇군요. 그러면 한 번 볼 수 있을까요?"

세온의 제안에 수습 마법사 중 한 사람인 코륨이 앞으로 나서며 말했다.

"우리들의 마법을 보려는 의도가 뭡니까?"

"그야 당연히 여러분들의 능력이 필요하기 때문입니다. 마법사가 필요하기 때문에 여러분들을 요구했고, 아르탄 님도 저의 제안을 받아들인 거죠. 단순히 사람이 필요할 뿐이라면 차라리 돈을 달라고 하지 않았을까요?"

세온의 대답에 코륨은 내키지 않는 기색을 보이면서도 라이트 마법을 실행했다. 코륨의 손에서는 찬란한 광구가 생겨나며 주변을 환하게 비췄다. 세온은 만족스러운 듯 고개를 끄덕였다.

"상당히 밝은 빛이군요."

"감사합니다."

"다른 분들도 이 마법을 사용해 주시겠습니까?"

"알겠습니다."

"세온 님의 말씀대로 하겠습니다."

다른 두 사람도 라이트 마법을 실행했다. 세 사람 중 가장 밝은 빛을 만들어내는 사람은 코륨이었다.

세온은 그들에게 최대한 오랫동안 빛을 유지해 줄 것을 요청했다. 이번에 가장 마지막까지 빛을 유지한 사람은 로스콰였다.

세온은 가장 기초 마법이라는 라이트를 유지하느라 탈진상태에 빠진 마법사들에게 웃으며 말했다.

"이 정도면 제가 하려는 일에 충분한 도움이 될 것 같습니다."

"대체 무슨 일을 하시려고……?"

코륨의 질문에 세온이 가슴을 펴며 대답했다.

"제가 무슨 일을 한다고 생각하시나요? 저는 연극배우입니다. 당연히 여러분의 마법을 연극에 써먹으려는 거죠."

"예?"

"아니, 그게 무슨 말씀이신지?"

"마나부터 회복하세요. 그냥 조명을 밝히는 정도에 그친다면 지금까지 해 온 것처럼 촛불을 쓰는 편이 더 나을 수도 있으니까."

"……."

그날부터 3명의 수습 마법사는 매일 라이트 마법을 탈진할 때까지 사용해야 했다. 세온은 마력을 조절하여 빛을 서서히 밝혔다가 어둡게 하는 것에 익숙해지도록 훈련할 것을 요구했다. 물론 처음부터 말을 들을 리 없었다.

라이트 마법의 밝기를 조절한다는 말을 처음 들었기 때문이다. 그러나 세온의 고집을 꺾지는 못했다.

"마력의 정도에 따라 빛의 밝고 어두움이 달라진다고 했었죠? 그렇다는 건 인위적으로 마력을 조절해서 빛의 강도를 다르게 할 수 있다는 뜻이 아닐까요? 그러니 제 말대로 마력을 조절해서 서서히 밝아지게 했다가 서서히 어두워지는 것을 연습해 주세요. 모두 잊지 마세요. 여러분들은 앞으로 일 년 동안은 제게 귀속되어 있습니다."

"아……, 아니 그런 불합리한 계약이……."

"불만은 받아들이지 않습니다."

세온은 흡사 악덕 사업자 같은 얼굴로 쉴 새 없이 마법사들을 다그칠 따름이었다.

제7화
로맨틱 비스트

　연극은 흔히 종합예술이라 불린다. 당연하다. 감동적인 공연은 배우의 연기력만으로 해결되지 않는다.

　문학적 가치가 있는 희곡이 필요하고 좋은 무대시설이 있어야 한다. 상황에 맞는 음악이 필요하고, 조명도 상당히 필요하다.

　세온이 남작에게 제안한 극장의 구조는 모든 조건들이 완비될 때를 대비하여 만들었다. 건축에 정령의 도움이 효율적이라는 말에 세온이 도움을 주었다. 그 덕분에 건물이 지어지는 속도는 상당히 빨랐다.

　노움을 이용하여 넓고 깊게 땅을 파는 일을 불과 하루 만에 해결했다. 각종 자재들은 실프를 이용해 날랐으며, 운디네의 도움으로 간단히 식수를 마련해 줬다.

세온이 정령을 통해 극장 건립을 도와주자 건물을 짓는 이들도 보다 수월하게 일을 했다. 별다른 기술 없이 힘만으로 해결하는 일은 실프가 전담했다. 숙련된 기술자들은 꼭 필요한 곳에만 손을 댔다.

덕분에 극장이 지어지는 속도는 세온의 생각보다 빠르게 진행되었다. 불과 두 달 만에 세온이 손을 댈 필요가 없을 정도로 골격을 쌓아가기 시작했다.

세온은 극장 건립을 돕는 틈틈이 마법사들을 훈련시켰다.

아르탄에게 마법사들을 지원받은 것도 나름대로 생각이 있어서였다.

세온이 있던 21세기의 연극 공연장은 어느 곳이나 조명시설이 갖춰져 있다. 스포트라이트를 이용하면 특정 인물을 강조할 수 있고, 조명을 서서히 밝게 하거나 어둡게 하는 것으로 시간의 흐름이나 장면의 전환을 표현할 수도 있다.

수습 마법사들은 세온의 다그침 때문에 라이트 마법의 밝기를 원하는 대로 조절할 수 있게 되었다. 심지어 빛의 색상마저 넣을 수 있을 정도였다.

처음엔 세온의 요구에 난색을 표하고 곤란해했다. 세온의 뜻을 적극적으로 따르는 것은 3명의 수습 마법사 중 란델이라는 청년뿐이었다.

란델은 코룸처럼 강한 빛을 내지도 못했고 로스타만큼 오랫동안 마법을 유지하지도 못했다. 그러나 세온의 말에 따라 라이트 마법을 펼치며 서서히 밝아지고 어두워지게 만드는 연습을 거듭했다. 덕분에 마나에 대한 세밀한 조절과 통제가 점차 쉬워지는 것을 경험했다.

의도한 바는 아니지만 마력의 양을 인위적으로 조절하는 연습은 그만큼 마나의 통제력을 연습하는 결과로 나타났다.

마나의 통제력이 세밀해질수록 마나의 효율성은 더욱 좋아졌다.

다른 마법을 사용할 때도 꼭 필요한 마나만을 사용할 수 있게 되어갔다. 그 과정을 곁에서 지켜보던 코룸과 로스타는 실질적인 성과를 보고 나서야 열성적으로 연습에 참여했다.

빛을 서서히 밝혔다가 어둡게 만드는 연습을 다해 갈 즈음 세온은 또 다른 주문을 했다.

"빛의 밝기를 조절하는 것이 상당히 익숙해졌네요."

"그렇습니다. 처음엔 몰랐지만 밝기를 조절하다 보니 마나의 통제력이 좋아졌습니다."

"그런가요? 잘된 일이네요. 덕분에 제 공연에도 많은 도움이 될 것 같습니다."

세온은 마법사들을 치하하며 말을 이었다.

"지금까지 빛의 밝기를 조절했으니, 이번엔 한 방향으로 빛이 집중되도록 하는 것을 연습해 보세요."

"빛의 방향을 조정한다고요?"

마법사들의 표정이 어두워졌다. 세온이 생각한 것은 스포트라이트였다. 어두운 무대에 빛이 한 방향에 집중되어 있으면 관객의 시선을 자연스럽게 끌어모을 수 있다.

세온에게는 너무나 당연한 연극의 상식이었지만, 마법사들은 그런 상식이 없었다. 어디에 쓸지도 모르는 마법을 요구하니 다들 난감할 수밖에 없었다. 더구나 빛의 방향을 통제하는 것은 마나량을 조절하는 것과는 차원이 다른 통제가 필요하지 않겠는가.

마법사들이 난처해하는 기색을 보이자 세온이 말을 이었다.

"너무 마음에 두실 것 없습니다. 마법으로 불가능하다면 도구의 힘을 빌리면 되니까요. 긴 원통에 대고 라이트 마법을 쓰면 제가 원하는 효과가 나올 거예요."

그 말에 코륨이 항의하듯 말했다.

"그 말씀은 우리들이 빛의 방향을 통제하는 것이 불가능할 거라는 뜻인가요?"

"아무리 마법이라도 만능은 아니지 않나요?"

세온의 말은 마법사로서의 자존심을 건드리는 것이었다. 아무리 수습이지만 마법사로서 마법의 불가능을 인정할 수는 없었다.

그들은 자신들의 자존심을 지키기 위해서라도 라이트 마법을 다른 방식으로 변환시키기 위한 노력을 게을리 하지 않았다. 그 과정에서 주변의 마나를 통제하고 조절하는 능력이 극대화된 것은 두말할 필요가 없었다.

수습 마법사들에게 골치를 아프게 하는 숙제를 준 세온은 하루스의 광장을 돌아다니며 머리를 식혔다.

룬드그란 전기를 공연하며 부족했던 배우도 해결됐고, 한편으로 아쉬웠던 조명도 조금만 더 지나면 해결이 될 것 같았다. 다만 음악만은 어떻게 할 방법이 없었다.

아무리 뛰어난 마법사가 있고 머리 좋은 사람이 있어도 음악적인 재능까지 줄 수는 없었다. 그저 똑똑하다는 이유만으로 예술적 재능까지 얻을 수 있다면 세상에 예술가가 따로 있을 이유가 어디 있겠는가.

"지금도 음악을 쓰고 있긴 하지만……."

룬드그란 전기를 좀 더 제대로 된 대작으로 만들기 위한 세온의 고민은 계속되었다. 다른 부분은 그럭저럭 세온의 마음에 드는 방향으로 변화되고 있었다.

그러나 음악만은 쉽지 않았다. 이곳의 음악은 너무 점잖았다. 필요에 따라 파괴적인 음향도 필요하고, 비장한 음악도 필요했다. 단원 중 몇몇이 악기를 연주할 줄 알았지만, 제대로 음악 공부를 한 건 아니었다.

세온이 이런저런 생각을 하며 하루스를 걷고 있을 때였다. 마침 귓가에 기타 소리가 들렸다.

"누가 또 길거리 공연을 하는 모양이네."

길거리에서 미술품을 만들거나 음악을 연주하는 일은 하루스에선 그리 낯선 광경이 아니었다. 수많은 예술가들이 몰려드는 곳이고 그중엔 음악가들도 헤아릴 수 없이 많았다.

"그런데 이거……, 뭔가 좀 다른데."

세온은 누군가 흥얼거리며 노래하는 곳을 향해 발길을 돌렸다. 하루스에서 듣던 기존의 음악과는 뭔가 음색이 많이 달랐다. 기존의 음악이 다과를 즐기며 나누는 여인의 수다라면, 지금은 거친 사내들의 주먹다짐 같았다.

"뭐지? 느낌이 꽤 좋은데."

다소 과격하기까지 한 기타 소리를 따라 걸음을 옮겼다. 세온의 눈에 들어온 것은 자신보다 머리 하나는 더 큰 장대한 몸집의 사내였다.

위아래로 색이 바랜 가죽옷을 입고 있었는데, 기타 연주를 하며 노래하는 모습만 아니면 전사가 더 어울릴 것 같았다.

'저 사람, 기타 대신 M-60(기관총의 일종)을 들고 있어도 꽤 어울릴 것 같은데요.'

『사람을 겉모습으로 판단하는 건 나쁜 버릇이네.』

'영감님이 보기엔 좀 다른가요?'

『지금 기타 치는 모습을 보니 음악가가 맞겠지만……. 역시 전사가 더 어울릴 것 같군.』

세온은 사내의 음악을 들으며 운성과 의념을 나눴다. 세온의 내면에 머물고 있는 운성도 비슷한 판단을 할 정도로 사내의 모습은 인상적이었다.

세온은 내심 프레그와 낯선 사내의 체격을 비교하며 음악을 감상했다.

음악은 하루스에서 듣던 여타의 음악에 비해 격렬하고 파격적이었다. 뭔가 마음을 들뜨게 하는 느낌도 있었다. 한국에서 듣던 좀 더 사람의 감성을 자극하는 그런 음악과 닮은 점이 있었다.

"내가 찾던 게 바로 저런 음악이었어!"

세온이 저도 모르게 외쳤다. 그러나 어느 누구도 세온의 외침에 관심을 두지 않았다. 사내도 마찬가지로 혼자 흥에 겨워 기타 연주에 심취할 뿐이었다. 오가는 사람 중 몇몇은 동전을 던져주고 일부는 눈살을 찌푸리고 있었다.

눈살을 찌푸리는 이들은 또 다른 음악가인 모양이었다. 그들은 사내의 음악에 대한 비평을 하고 있었는데, 호의적이지는 않았다.

"음악에 정교함이 없군요."

"순간적인 감정에 치우쳐서 천박하기까지 합니다. 이런 것을 어찌 음악이라 할 수 있는지 이해할 수 없군요."

"음악이란 조화와 엄격함에 있는 것인데, 이 소음은 너무 과격해요."

그러나 그들의 평가에도 불구하고 사내의 음악은 많은 이들의 발길을 잡아끌었다. 그만큼 이곳 사람들에게는 파격적인 음색을 제공하고 있었다. 그 증거로 사내의 발밑에 쌓이는 동전의 수가 다른 이들에 비해 월등히 많았다.

사내의 음악이 끝나기를 기다리고 있을 즈음이었다. 4명의 불량배들이 사람들을 헤치고 나타났다.

그중 일행의 우두머리로 보이는 자는 앞니 하나가 부러지고 코가 삐뚤어져 있는 것이 누군가에게 심하게 맞은 적이 있는 모양이다.

불량배들은 사내의 발밑에 쌓이는 동전을 보고 눈을 빛냈다. 처음엔 근육질의 팔뚝을 보고 잠시 망설이는 듯했다. 그러나 사내는 혼자고 자신들은 4명이나 되는 것에 힘을 내며 나섰다.

"이봐, 덩치. 누가 여기서 마음대로 음악을 연주하라고 했어?"

불량배의 말에도 불구하고 사내는 여전히 음악 연주에 심취해 있었다.

"이게 덩치 좀 있다고 우릴 무시하네?"

"척추를 뽑아다 새 악기를 만들어 줄까?"

불량배들이 시끄럽게 떠들며 다른 사람들까지 쫓아 보냈다. 그제야 사내는 한숨을 쉬며 기타 연주를 멈췄다.

"돈이 필요하면 주워가라. 난 필요 없으니까."

"뭐, 뭐야?"

"너희가 원하는 게 돈 아니었나? 그러니까 가져가라고."

사내는 이제 볼일을 마쳤다는 듯 다시 기타 연주를 시작했다. 그 모습에 불량배 중 하나가 으르렁거리며 화를 냈다.

그러거나 말거나 사내의 기타 연주는 멈추지 않았다. 자신을 무시했다는 생각이 든 불량배가 품에서 대거를 꺼내 던졌다.

터엉!

대거는 간단히 기타에 박혔다. 기타를 치던 사내가 손을 멈췄다. 그리고 천천히 몸을 일으키며 기타에 박힌 대거를 뽑았다. 먼발치에서 시비를 구경하던 사람들이 험악한 모습에 그만 도망을 쳤다.

"저놈들이……."

불량배들의 행패에 세온이 나서려고 했다. 그러자 운성이 만류했다.

『잠시 기다려보게. 불량배들에게 겁을 먹지 않은 것으로 봐서 뭔가 있는 것 같아.』

'아무리 그래도…….'

『저 사내는 두려워하지 않고 있네. 표정을 보니 귀찮아하는 것 같군.』

'그런가요?'

운성의 의념에 세온은 잠시 지켜보기로 했다. 이윽고 기타를 연주하던 사내는 기타에 박힌 대거를 땅에 던지며 말했다.

"지금 내게 시비를 거는 건가?"

"이봐, 먼저 우리들의 말을 무시한 건 너야."

"……"

"우릴 거지 취급 했잖아. 감히 그런 짓을 하고 무사할 것 같았어?"

"무시할 짓을 하니 무시하는 거다. 돈이 필요하면 어서 주워가라. 조금씩 기분이 나빠지고 있으니까 빨리 꺼져."

사내가 불량배들을 노려보며 나직하게 으르렁거렸다. 그 모습에 불량배들이 잠시 움찔하는 듯했다. 그러나 별다른 행동이 없자 다시 시비를 걸었다.

"여기서 연주를 하려면 미리 우리한테 허락을 받았어야지."

"하루스의 광장은 누구나 자유롭게 음악을 연주하고 들려줄 수 있는 곳이다. 너희들이 날뛸 곳이 아닐 텐데."

"정말 말귀 못 알아듣네. 음악을 연주하고 싶으면 해. 말리지 않으니까. 하지만 우리에게 그만큼의 성의 표시는 해야 하잖아."

코가 비뚤어진 불량배의 말에 사내가 미간을 찌푸리며 말했다.

"그래서 돈이 필요하면 가져가라고 했다. 어서 가져가."

사내가 발로 동전들을 밀어내며 말했다.

"대신 내 연주를 방해하지 마."

사내는 이제 됐냐는 듯 다시 기타를 어루만졌다. 그 모습에 불량배들은 기가 막혔다. 지금 겁을 먹고 사정을 해도 모자랄

판에 거지를 대하는 것 같지 않은가? 자존심이 상한 불량배 하나가 바닥에 침을 뱉으며 나섰다.

"이봐, 지금 뭔가 생각을 잘못 하는 모양인데…….."

"화가 나지만 참았다. 돈이 필요하다고 해서 그것도 양보했다. 더 필요하면 기다리고 있다가 거둬가도 내버려 두지. 그러나 내 음악은 방해하지 마라. 더 이상은 용서하지 않는다."

"뭐……뭐야? 누가 누굴 용서한다는 소리야?"

"다시 말하지만 돈 줄 때 얼른 가지고 가."

"이 자식이 덩치 좀 있다고 겁을 상실했나? 평생 기타를 칠 수 없게 손가락 몇 개 잘리고 나서야 정신 차릴래?"

불량배와 사내의 말다툼이 점점 험악해졌다. 그러다가 마침내 분을 참지 못한 불량배가 허리에 차고 있던 숏소드를 꺼내 들며 달려들었다. 멀리서 지켜보던 몇몇 사람들이 끔찍한 장면을 상상하며 비명을 질렀다.

그러나 사내는 불량배에게 당할 만큼 호락호락하지 않았다.

콰직!

"이놈들이 어디서 행패야? 내가 얌전히 참고 있으니까 그리 만만해 보이냐?"

사내의 고함과 함께 뭔가 박살나는 소리가 들렸다. 분을 참지 못한 사내가 기타로 후려친 것이었다.

보통 기타를 만드는 재료로 앞판은 부드러운 비자나무를 쓰고, 뒤는 단단한 단풍나무를 쓴다. 그것으로 사람을 쳐도 크게 다치지는 않는다. 그저 기타만 망가질 뿐이었다.

　보통의 음악가들이 자신의 악기를 생명처럼 소중히 하는 것을 생각하면 사내의 행동은 의외였다.

　산산이 부서지는 기타의 파편이 눈앞에 들어왔다. 허공에 뿌려지는 기타의 파편을 보는 순간 사내의 머릿속에는 절로 질문과 답변이 떠오르고 있었다.

　　Q: 지금 내 눈앞에 보이는 이것들은 뭐지?
　　A: 내 기타의 파편
　　Q: 누구 때문에 망가졌지?
　　A: 시비를 걸고 있는 불량배들
　　Q: 기타에 대한 복수를 해야 할까?
　　A: 원한은 반드시 갚아준다.

　순식간에 문답이 오가고 나서야 자신의 손에 뭔가가 쥐어져 있다는 것을 깨달았다. 어디서 난 것인지 모르는 정체불명의 몽둥이(?)였다.

　"이 새끼들아. 너희들 때문에 내 기타가 망가졌잖아!"

　사내는 자신의 손엔 들린 묵직한 몽둥이를 사방으로 휘둘렀다. 제일 먼저 당한 건 숏소드를 들고 달려들던 불량배였다.

　퍼퍽! 퍽! 퍽!

　사내의 몽둥이질에 맞은 불량배가 숏소드를 휘둘렀지만 소용이 없었다. 사내는 교묘하게 불량배의 손목을 후려쳐 무기를 떨어뜨리게 하더니 아예 멱살을 잡고 때렸다. 그의 무지막지한 폭력에 질린 불량배 중 하나가 대거를 꺼내 들더니 츤면에서 달려들었다.

"어딜 감히!"

그러나 사내는 힘도 세고 싸움에도 능숙한 듯했다. 멱살이 잡힌 놈을 몸 가까이 끌어당기는가 싶더니 자신에게 달려드는 놈에게 그대로 밀어 버렸다.

사내의 무지막지한 힘에 달려들던 불량배는 동료의 몸에 부딪치며 바닥에 나동그라졌다.

"이 자식이 내 기타를 망가뜨리더니 아예 죽일 생각까지 해? 내가 얌전히 참고 있으니까 그렇게 만만해 보이던?"

사내가 고함을 치며 재차 몽둥이질을 했다. 매를 맞는 불량배는 '기타를 부순 건 너잖아!' 라고 외쳤지만 사내는 듣지 않았다. 결국 맞다 질린 불량배 하나가 존댓말까지 써가며 애원했다.

"제……, 제발 봐주세요. 기타 값을 물어줄 테니 용서해 주세요."

그러나 이미 사내의 귀에는 불량배들의 애원도 들려오지 않았다.

"뭐가 어쩌고 어째? 지금 날 깡패 취급하는 거야? 기타 값 받지 않아도 좋아. 기타 값만큼 맞아, 이놈들아!"

이 소동은 한참 만에 경비대가 출동하고 나서야 진정이 되었다.

사내는 불량배들이 자신의 기타를 부쉈을 뿐 아니라 칼을 들고 위협을 했다고 진술했다. 게다가 악사로서 목숨보다 소중한 악기가 망가졌다는 것은 목숨을 빼앗긴 것과 진배없으니, 자신이 피해자라고 말했다.

"정말 피해자가 맞습니까?"

경비대원 중 하나가 만신창이가 된 불량배들과 사내를 번갈아 쳐다보며 말했다. 사내는 가슴을 펴며 당당하게 그렇다고 대답했다.

"내게는 증인도 있어."

"증인이라면……."

"저기 저 사람이 아까부터 계속 나를 지켜보고 있었지."

사내의 지적을 받은 세온은 기가 막혀 헛웃음을 터뜨렸다. 세온의 내면에 자리잡은 운성이 의념을 보냈다.

『시야가 넓은 것 같네. 그 와중에 자네를 본 것도 그렇고 기습을 미리 눈치채는 것도 그렇고.』

'저 사람의 신체능력은 관심 없어요. 제가 관심 있는 건 음악이니까.'

세온과 운성이 의념으로 대화를 나누는 동안 경비대원 하나가 다가왔다.

"세온 님이셨군요. 저 사람의 말이 맞습니까?"

"예, 맞아요. 저들이 먼저 시비를 건 것도 사실이고,

또······."

세온은 잠시 말끝을 흐리며 만신창이가 된 불량배들을 일별했다. 사내가 얼마나 쥐어 팼는지 아직 살아 있는 게 신기할 지경이었다.

"조금 과한 감이 있지만 정당방위였던 건 사실입니다."

"그렇군요. 세온 님이 그렇다면 그런 거겠죠."

경비대원은 세온에게 공손히 고개를 숙였다. 세온의 증언을 들은 경비대원이 사내에게 말했다.

"믿을 수 있는 분의 증언이니 무죄입니다. 다만 절차상 피······ 흠흠, 피해자의 신분도 보고해야 합니다. 뭔가 신분을 증명할 만한 것이 있으신가요?"

경비대원은 피해자라는 말에서 잠시나마 망설이며 말했다. 사내는 피식 웃으며 품에서 뭔가를 꺼내서 보여 줬다. 은으로 만든 타원형의 명패였다.

"내 이름은 류텐이야. 음악가지만 먹고살려고 어쩔 수 없이 용병 일을 하고 있지. 이게 내 용병패야."

사내가 명패를 꺼내자 경비대원 몇몇이 신음성을 냈다. 그의 이름은 뮤우 대륙에서 유명했던 것이다.

"실버급의 용병!"

"실버급의 용병으로 음악가를 자처하는 이라면······."

"세상에, 로맨틱 비스트잖아!"

경비대원들이 일제히 떠들자 선임병이 모두를 진정시키더

니 사내에게 정중히 사과했다.

"죄송합니다. 실버급의 용병이신 류텐 님을 뵙게 돼서 영광입니다."

"괜찮아. 처음 겪는 일도 아니까. 아참, 그런데 내 증언을 해 준 저 양반 꽤 유명한가봐? 당신들이 그렇게 존대를 하는 걸 보니."

"저분은 이곳 하루스의 유명인사입니다. 4대 정령을 다루는 정령술사이자 마법사시죠. 그리고 아주 대단하신 연극배우입니다."

"그래? 그것 참 대단한데."

류텐은 경비대원의 말이 새삼스러운 듯 세온을 위아래로 살펴봤다. 정령사나 마법사라는 게 얼마나 대단한 존재인가. 그런데 그 두 가지 다 해당하니 놀랄 수밖에 없었다.

잠시의 소란이 있었지만 불량배들 모두가 연행되었다. 류텐은 경비대원들이 불량배들을 끌고 가는 모습에 한숨부터 내쉬었다.

"젠장, 나는 언제쯤이나 용병 류텐이 아닌 음악가 류텐으로 불릴까?"

경비대가 사라지는 방향을 보며 한숨을 쉬는 류텐에게 세온이 다가갔다.

"인상 깊은 연주였습니다. 잠시 이야기 좀 하고 싶은데, 괜찮을까요?"

"내 음악을 인정하는 거야?"

"그…… 그렇습니다만……."

"으하하, 당연히 괜찮지. 당연히 술집으로 가야겠지?"

세온의 제안에 류텐은 웃으며 앞장섰다. 그 뒷모습에 세온은 피식 웃고 말았다.

'음악만큼 성격도 파격적이군.'

두 사람은 조그만 주점에서 맥주를 시키고 이야기를 주고받았다. 둘은 이런저런 잡담을 나눴다.

그 과정에서 세온은 류텐이 생각했던 것 이상으로 유명인사임을 알게 되었다.

"실버급의 용병이라는 게 대단한 거군요."

"생각만큼 대단하지는 않아. 숫자가 적으니까 대단하게 생각하는 거지."

"……보통은 희귀하다는 것 자체를 대단하다고 합니다만."

"응, 그런가? 그렇다면 그런 거겠지."

류텐은 신경 쓰지 않는다는 듯 맥주를 마실 뿐이었다. 그러나 류텐의 말과 달리 실버급의 용병은 상당히 높은 지위였다.

뮤우 대륙은 용병들의 등급에 따라 각기 다른 용병패를 지니고 다닌다.

처음 용병이 된 사람은 철로 된 용병패를 받게 되고, 어느 정도 경험이 쌓이면 청동패를 받는다. 대부분의 용병들이 청동패를 가지고 다닌다.

용병 중 특별한 수련법을 얻었거나 혹은 경험을 통해 마나를 다룰 수 있는 이들이 있다. 그들 중 자신의 무기에 오러를 실을 수 있는 이들은 은패를 지급받는다. 알려진 바로는 대륙 전체를 통틀어 은패를 가진 실버급의 용병은 천 명을 넘지 못한다고 했다.

얼핏 천 명이나 되면 많은 게 아니냐고 할 수도 있지만, 대륙에 차고 넘치는 용병의 숫자를 생각하면 얼마나 희귀한지 알 수 있다. 그 위로 마스터의 경지에 이르면 골드급의 용병이 될 수 있다고 한다.

류텐을 통해 처음으로 용병의 등급을 알게 된 세온이 혹시나 싶어 물어봤다.

"그러면 그 골드급의 용병은 지금 얼마나 있죠?"

"없어."

"……?"

"생각해 보라고. 골드급은 오러 블레이드를 사용할 수 있는 용병이야. 그 정도 실력이면 어느 나라를 가도 귀족이 돼서 떵떵거리고 살 수 있는데 뭐하러 용병을 하겠어?"

"아아, 그렇군요."

류텐의 말에 세온은 그제야 알아들었다는 듯 고개를 끄덕이다가 말했다.

"그렇다면 류텐 님은 지금 현존하는 용병 중에서는 최고 등급이라는 말이 되는군요."

"듣고 보니 말이 또 그렇게 되네."

류텐이 기분 좋게 웃었다. 세온이 따라 웃으며 물었다.

"용병이라면 어떤 무기를 쓰나요?"

"내 무기는 이거야."

류텐이 등에 메고 있던 것을 꺼내 보였다. 그것은 바이올린이었다. 세온이 의아해하며 다시 물었다.

"바이올린이 무기가 될 수 있나요?"

"이건 평범한 바이올린이 아니거든. 한 번 들어봐."

시키는 대로 세온은 바이올린을 들어봤다. 뜻밖에도 바이올린은 상당한 무게를 가지고 있었다. 손에 닿는 느낌으로 볼 때 쇠로 만든 것이 분명했다. 혹시나 해서 살펴보니 다른 바이올린처럼 속이 비어 있거나 하지 않았다.

"과연, 이만하면 무기로써는 손색이 없겠네요."

"그렇지? 더 신기한 거 가르쳐 줄까? 이 바이올린은 연주도 가능하다고. 내가 예전에 잠시 악기를 만든 적이 있는데, 바이올린의 재료는 절대 쇠가 될 수 없거든. 앞판은 부드러은 스프러쉬라는 나무를 사용하고 뒷판은 메이플 나무를 사용하지. 그래야 울림이 좋거든. 이건 악기를 만드는 사람들에겐 상식이라고."

"그럼 이 바이올린은 상식을 벗어난 물건이겠네요."

"맞아. 내 바이올린은 별것 아닌 것처럼 보여도 아티팩트라고."

"어떤 마법이 걸려 있죠?"

"평범한 악기처럼 연주를 가능하게 하지."

"……저, 그게 그렇게 대단한 마법인가요?"

"그야 당연하지. 쇠로 만든 바이올린인데 소리가 난다는 것 자체가 기적 아냐?"

"그것도 그렇네요."

류텐의 말에 세온도 수긍을 했다. 바이올린은 기본적으로 현을 활로 밀고 당겨서 빈 통에서 소리가 울리게 하는 구조를 가지고 있다. 그런데 류텐의 바이올린은 쇠로 주물을 떠 만든, 모양만 그럴 듯한 흉기였다.

"한 번 들려줄게."

류텐은 품에서 바이올린 활을 꺼내더니 정말로 연주를 시작했다. 신기하게도 음악을 잘 모르는 세온이 듣기에도 상당히 맑고 고운 음이 흘러나왔다. 류텐은 곰이라도 찢어 죽일 것 같은 손으로 바이올린을 훌륭히 연주했다.

짝짝짝!

"대단해요. 정말 대단해요."

세온은 진심으로 감탄하며 외쳤다. 하루스에서는 듣기 힘든 비트가 빠른 감각적인 음악이었다. 음악을 듣고 나자 더더욱 자신의 연극에 끌어들이고 싶었다. 류텐은 환호에 감사의 뜻으로 맥주 한 잔을 단숨에 들이켰다.

"이 정도면 아까 날 위해 증언해 준 것에 대한 답례는 충분하겠지?"

"그야 물론입니다."

"좋아. 그럼 이제 본격적인 이야기를 해 볼까?"

"본격적인 이야기라뇨?"

"날 우습게보지 말라고. 실버급 용병이 되기까지 내가 얼마나 많은 사람들을 만났는지 알아? 용병은 눈치가 빠르지 못하면 손해를 본다고."

"……."

"처음 봤을 때부터 뭔가 나한테 하고 싶은 말이 있다는 걸 눈치챘어. 나한테 하고 싶은 말이 뭐지?"

류텐의 말에 세온은 웃음을 거뒀다. 좀 전과는 다른 진지한 표정이었다.

"이미 눈치채고 있다니까 솔직히 말씀드리죠. 나는 당신을 고용하고 싶어요."

"고용?"

세온의 말에 류텐은 조용히 고개를 끄덕였다.

"하긴 실버급의 용병은 흔하지 않지. 실력도 아까 충분히 확인했을 테고."

"이런, 오해가 있군요. 저에게 용병은 필요 없어요. 아까 경비대에게 듣지 못했나요? 나는 정령사이자 마법사예요. 류텐 님을 무시하는 건 아니지만, 적어도 제가 더 약할 것 같지는 않은데요."

"그럼 뭔가 다른 일을 시키겠다는 거야?"

"예, 맞아요."

세온은 웃는 얼굴로 류텐을 바라보며 말을 이었다.

"극단 노리터의 음악 담당이 되어 주지 않겠어요? 우리 극단은 당신의 음악이 필요합니다."

"잠깐만, 그러니까 지금 나를 용병이 아닌 음악가로서 고용하겠다는 거야?"

"예, 맞아요. 보수는 걱정하지 말아요. 대륙 전체를 통틀어 고작 천 명을 넘지 못하는 실버급의 용병이라면 꽤 많은 돈을 받겠죠? 저도 최소한 그 정도 수입은 보장을 해 드리죠."

"이해할 수가 없군. 연극에 음악이 왜 필요한 거지?"

류텐의 질문에 세온은 잠시 생각을 했다. 음악은 극적 요소를 더욱 강하게 만들어 줄 수 있다. 지금까지 이곳의 연극은 다른 예술에 비해 너무 낙후됐다.

그 때문에 본래 세온이 있던 곳이라면 당연하게 생각하는 것조차 이곳에서는 파격이 된다.

류텐의 음악이 이곳 사람들에겐 파격적인 것이지만, 세온에겐 그냥 괜찮은 음악이었다. 대한민국에서 그 정도 음악을 듣는 건 어렵지 않다. 물론 류텐의 재능은 대단한 것이다. 누가 가르쳐 준 것도 아닌데 스스로 새로운 세계를 개척해 나간 셈이니까.

그러나 류텐의 파격적인 예술 감각은 다만 음악에 국한된 것 같았다. 연극이 종합예술이라는 개념을 가지지 못한 것이다. 세온이 자리에서 일어나며 말했다.

"먼저 공연을 보고 말씀하시죠."

"무슨 공연?"

"대마법사 룬드그란 님의 일생을 연극으로 만들어 공연을 하던 게 있죠. 지금도 그걸 위해 연습 중이고요. 만족스러운 수준은 아니지만 류텐 님만을 위한 공연을 해 드리죠. 그걸 보신 다음 계속 이야기를 할까요?"

세온의 제안에 류텐은 아무 대답도 하지 않았다. 어떻게 할까 망설이는 것이었다. 그런 류텐을 향해 세온이 쐐기를 박듯 말했다.

"저는 지금 정령사이자 마법사로서가 아닌 극단 노리터의 단장으로서 류텐 님을 받아들이고 싶습니다. 실버 등급의 용병 류텐으로서가 아니라 우리들의 음악을 담당할 음악가 류텐으로 말이죠. 아까 말씀하셨죠? 제가 정령사이자 마법사로서가 아닌 연극인 세온으로 불리는 것이 부럽다고. 류텐 님도 저처럼 될 수 있습니다. 일단 한번 저희 공연을 보세요. 그 다음 거절해도 나쁠 거 없잖아요?"

"좋아, 그렇게 하지. 네 말대로 연극을 본 다음 거절해도 손해 볼 일은 없으니."

"그럼 가실까요?"

류텐은 세온의 뒤를 따라 단원들이 연기 연습을 하는 천막으로 향했다. 예전에 사람들에게 돈을 받고 룬드그란 전기를 공연하던 장소는 이제 연기 연습실로 탈바꿈한 뒤였다.

"대단하군. 이렇게 많은 사람들이 한꺼번에 나온다는 거야?"

"그렇습니다."

"그게 가능해?"

"당장은 어렵죠. 그러나 극장이 세워지면 그때부터 가능하게 되겠죠."

"극장?"

"광장 부근에 짓고 있는 건물 보셨죠? 그것이 바로 극단 노리터의 전용극장입니다."

세온의 대답에 류텐은 할 말을 잊은 듯했다. 그 모습에 잠시 웃어보이던 세온은 손뼉을 치며 단원들을 모았다. 그리고 예전에 공연하던 규모로 류텐만을 위한 공연을 했다. 프레그가 단장이던 시절의 단원 중 셋이 빠져 나갔지만, 다른 사람이 자리를 채워주었다.

공연이 진행되는 내내 류텐은 넋이 나간 얼굴이었다. 실제 이야기를 주고받는 것 같은 대사에 정령술을 응용한 특수효과가 더해졌다. 중간 중간에 적당한 음악이 흐르며 분위기를 더욱 고조시켰다.

마침내 공연이 끝나고 세온은 류텐에게 소감을 물었다. 그

리곤 룬드그란 전기가 얼마나 큰 수익을 거뒀는지 이야기해
주었다.

"구할 수 있는 한도에서 가장 적당한 음악을 구하긴 했지
만, 솔직히 만족스럽지 못해요. 만약 음악가 류텐 님이 직접
곡을 만든다면 좀 더 좋은 음악이 가능하지 않을까요?"

세온의 설득이 이어졌다. 그러나 류텐은 손을 저으며 조용
히 하라고 말했다. 공연을 보는 내내 머릿속에 떠오르던 악상
을 음미하는 중이었기 때문이다.

그날 극단 노리터에는 새로운 식구가 늘어났다.

제8화
퓨론에서
생긴 일

　극단 노리터의 인원이 늘어났다. 극장의 완공 역시 늦어도 두 달이라고 했다. 하나같이 좋은 소식이었다. 그러나 세온에 겐 고민이 생겼다.

　공연을 하지 않고 많은 인원이 마냥 먹고 놀자니 돈이 너무 빨리 소비되는 것이었다. 극장이 완공될 때까지만 버틸 수 있으면 괜찮은데, 아무리 빡빡하게 계산해도 힘들어 보였다.

　그렇다고 다시 예전처럼 지낼 수는 없었다. 돈을 마련하려고 남자는 다른 일을 하고 여자는 몸을 파는 일은 이제 끝내야 한다.

　세온이 단원들에게 약속한 것도 그것이었다. 극단에 속한 사람들은 모두 연극에 관련된 일만을 한다는 것!

"역시 공연을 하는 수밖에 없나?"

세온은 다시 한숨을 쉬었다. 물론 지금 당장이라도 공연을
할 수는 있었다.

룬드그란 전기는 성공작이었고, 다시 예전 수준으로 재공연
을 해도 성공할 수 있다. 문제는 장소였다.

"천막 안에 다시 무대를 설치해도 괜찮겠지만, 그렇게 하면
다른 사람들이 연기 연습을 할 수 없단 말이지. 그렇게 되면
극장이 완공됐을 때 제대로 된 공연을 할 수 없어."

한참을 고민하던 세온은 유일한 후원자이자 투자자를 찾아
갔다. 켈타이어 남작이었다. 하루스 시의 관청에 들른 세온은
남작과 이야기를 나누었다.

남작과의 대화를 마친 세온은 단원들이 연기 연습을 하는
천막으로 갔다. 세온의 고민을 아는 프레그가 말을 걸었다.

"어떻게 됐어?"

"일단은 내 생각대로 됐어. 단원들을 모아줄래?"

"그러지."

세온의 말에 프레그는 단원들을 모았다. 한창 연기를 연습
중이던 단원들이 모여들었다. 세온은 단원들을 둘러보며 말했
다.

"다들 알다시피 지금 노리터는 벌이 없이 먹고 쓰기만 하고
있습니다. 먹고 자는데 들어가는 비용은 전부 돈이죠. 돈이 떨

어지기 전에 극장이 완공되면 괜찮지만, 아쉽게도 기대하기 어려울 것 같습니다."

세온의 말에 류텐이 손을 들며 말했다.

"돈이라면 내게 약간은 여유가 있다."

"고맙지만 마음만 받지."

세온의 대답에 류텐은 뭔가 불만스러운 듯 팔짱을 꼈다. 그러나 어느 누구도 쉽게 입을 열지는 않았다.

다시 과거로 돌아가는 게 아닐까 하는 걱정 때문이었다. 세온이 말했다.

"그래서 결정한 것이 있습니다. 그것은 극장이 완공되기 전에 다른 지방에 가서 공연을 하는 겁니다."

세온의 선언에 이번엔 프레그가 번쩍 손을 들며 말했다.

"세온, 설마 이 많은 인원을 전부 다 데리고 가겠다는 거야?"

"아니, 그건 불가능하지. 우린 공연이 가능한 최소한의 인원만 움직일 거야. 아르탄 님이 남겨둔 마법사 3명과 류텐을 포함해서 말이지."

세온의 대답에 프레그가 손을 내렸다. 다른 이들도 서로 얼굴을 마주보며 이야기를 나누었다. 세온은 단원들에게 정해진 배역이 있는 사람은 짐을 준비하라는 말을 하고 다시 해산시켰다.

"단장의 말대로 최소한의 인원만 움직여도 마차 두 대는 필요해. 그것도 돈이 들어."

"걱정할 필요 없어. 잊은 거야? 우리들은 대부분 유랑극단 출신이잖아. 마차라면 많이 있다고."

"그렇지만 공연을 할 만한 도시까지 가는 것도 문제고……."

"그 문제는 남작님하고 이야기했어. 우린 다른 상단과 함께 움직일 거야."

세온이 안심하라는 투로 말했지만 프레그는 여전히 불안한 기색을 감추지 못했다.

"대부분의 상단들은 우리들을 노리개 정도로 생각해. 남자들은 허드렛일을 해야 하고 여자들은……."

프레그는 과거를 회상하며 말끝을 흐렸다. 그러나 프레그가 하려는 말을 모르는 사람은 아무도 없었다. 그때 프레그가 하는 양을 보고 있던 류텐이 웃음을 터뜨렸다.

"하하핫, 내가 볼 때 너야말로 쓸데없는 걱정을 하는 것 같은데."

프레그가 무슨 소리냐는 듯 인상을 찌푸리며 돌아봤다. 류텐은 늘 가지고 다니는 강철 바이올린을 꺼내 보이며 말했다.

"단장은 정령사이자 마법사다. 나 또한 실버급의 용병이다. 이런 사람들이 공짜로 동행해 준다는데 어떤 상단이 무시할까? 제대로 대가를 받고 움직인다면 굳이 연극을 공연하지 않아도 극장이 완공될 때까지 돈 걱정을 할 필요는 없어."

류텐의 대답에 비로소 노리터의 단원들 모두가 안도의 한숨을 내쉬었다. 그동안 다들 잊고 있었던 것이다. 둘 다 연극이나 음악에만 신경 쓰는 모습을 봤기 때문이다. 프레그가 머리를 긁적이며 말했다.

"하하하, 미안. 두 사람이 어떤 사람인지 잊고 있었어. 세온이나 류텐을 보면 연극인이나 음악가로 생각하게 되거든."

"맞는 말이야. 나는 정령을 다룰 줄은 알지만 옛날부터 지금까지 연기자였어. 앞으로도 그럴 거고."

"우하하하, 너 정말 마음에 든다. 그래, 맞아. 이제 나를 용병 류텐이 아니라 음악가 류텐으로 불러달라고."

세 남자의 웃음에 다른 이들도 웃음을 터뜨렸다. 류텐의 말대로 상단을 쫓아가며 부당한 대우를 걱정할 필요가 없게 되었기 때문이다.

그러나 그날 밤 세온에겐 또 다른 골칫거리가 생겼다. 켈타이어 남작의 요청으로 움직였던 에그리앙이 그의 병사들과 함께 돌아온 것이다.

하루스로 돌아온 에그리앙은 곧장 세온을 찾았다. 그러더니 대뜸 정령술을 가르쳐 달라고 요구했다. 물론 세온은 거절했다.

"미안해. 나는 누구에게 뭔가를 가르칠 틈이 없어."

"어째서?"

"극단에 돈이 떨어져 가거든. 돈 벌어야지."

세온은 에그리앙에게 다른 도시에 공연을 하러 간다는 말을 했다. 연극 공연에 신경 쓰는 것만으로도 골치가 아픈데, 다른 사람에게 뭔가를 가르친다는 건 있을 수 없는 일이었다.

세온의 말에 에그리앙은 미간을 찌푸리더니 생각할 필요도 없다는 듯 말했다.

"나도 가겠어."

"집으로 돌아가. 잠시나마 시종 노릇을 한 인연에서 말하는데, 유랑극단 노릇은 쉽지 않아."

"그럼 정령술을 가르쳐 줘."

"저번에 정령술로 이겼잖아."

"내 살라만다는 역소환을 당했지만 네 건 남았어. 그러니까 내가 진 거야."

"혼자서 정령 셋을 이긴 건 생각나지 않아?"

"결과는 네 승리잖아."

"그건 물량공세였지."

"알았어. 내가 이겼다고 할 테니까 정령술이나 가르쳐 줘."

"나보다 정령술을 잘 쓰잖아."

"나도 다른 걸 가르쳐 달라고 하지 않아. 정령을 실체화시키는 방법만 가르쳐 주면 돼."

"그건 가르쳐 준다고 되는 게 아니라니까."

"상관없어. 하고 말고는 내가 결정할 테니 가르쳐 주기나 해."

에그리앙과의 대화는 끝없는 소모전으로 이어졌다. 했던 말을 또 하고 같은 대답을 몇 번이고 반복했다.

세온은 지칠 만큼 지쳐 버렸다. 결국 마지막 카드를 내밀었다. 일부러 정색을 하고 점잖게 존대까지 쓰며 정중하게 갈했다.

"저는 극단 노리터의 단장 세온입니다. 저희 극단이 움직이는데 외부인을 함부로 끌어들일 수는 없습니다."

그러나 에그리앙은 세온이 생각한 것보다 더 당찬 여자였다.

"그럼 지금부터 나도 극단에 들어가겠어."

"이, 이봐. 지금까지 무슨 말을 들은 거야? 그리고 극단 생활이라는 게 그렇게 쉬운 줄 알아? 한 번 공연 일정이 잡히면 최소 3개월 전부터는 집에도 못 가고 연습을 해야 한다고."

"나도 지금까지 3개월이나 집에 못 가고 돌아다녔어. 그러니까 앞으로도 그럴 수 있어."

"그거랑 이거는 다르지. 장래가 촉망되는 정령사가 왜 극단을 쫓아 다녀?"

"그럼 나한테 정령술을 가르쳐 주면 되잖아."

결국 에그리앙의 고집에 세온은 두 손을 들어야 했다. 그렇다고 현현천뇌공을 가르쳐 줄 수도 없었다.

설령 가르쳐 줘도 문제다. 현현천뇌공 자체가 얼마나 위험한 것인가. 백에 하나도 위험을 벗어나기 힘든 수련법인데, 만약 그걸 가르쳐 줬다가 뭔가 일이 생긴다면…….

"미안하지만 내가 익힌 건 절대 다른 사람에게 가르칠 수 없어. 그리고 전에도 말한 것처럼 정령을 실체화시키는 건 정령술이 아니야. 내가 익힌 마법을 응용한 거지."

"그게 마법이라는 건 나도 이해했어. 그럼 최소한 정령과 이야기를 나눌 수 있는 방법이라도 알려줘. 알려줄 수 없다면 나 역시 너희 극단의 일원이 되겠어."

에그리앙의 말에 세온은 한숨을 내쉬었다. 그러다 문득 떠오르는 생각이 있었다.

"그럼 뭘 할 수 있지?"

"무슨 뜻이야?"

"극단의 단원이 되려면 연기를 해야 하잖아. 아니면 하다못해 연극에 관련된 일을 할 수 있어야 끼워주지. 그게 아니라면 도저히 끼워줄 수 없어."

세온은 이제야말로 에그리앙이 물러나리란 생각을 했다. 그러나 에그리앙은 여전히 포기하지 않았다.

"그럼 마법사가 연극에 필요한 이유는 뭐지?"

"어째서 마법사가 필요 없다고 생각하는 건데? 내가 비싼 대가를 치루고 마법사를 둔 건 다 이유가 있어서라고."

세온의 대답에 에그리앙은 가만히 고개를 끄덕였다. 세온의 말대로 자신이 연극에 관련된 일을 한다는 것은 아무래도 무리라고 생각한 것이다.

세온이 득의한 얼굴로 웃어보였다. 그 얼굴을 빤히 쳐다보던 에그리앙이 입을 열었다.

"좋아, 그러면 내가 극단 노리터의 회계를 맡을게."

"무…… 무슨 소리야?"

뜻밖의 말에 세온이 당황하며 물었다. 에그리앙이 아무렇지도 않게 말을 이었다.

"나는 루스탄 아카데미에서도 수학 성적이 상위였어. 그것도 행정관을 꿈꾸는 수많은 인재들까지 통틀어서. 그 정도면 앞으로 네가 할 일에 충분한 도움이 될 거라고 생각하는데. 어때?"

"아니, 우리처럼 조그만 극단에 무슨 회계가 필요하다는 거야?"

세온이 당황하며 말했다. 에그리앙이 피식 웃으며 대꾸했다.

"처음 만났을 때는 꽤 똑똑한 줄 알았는데, 꼭 그렇지도 않네. 켈타이어 남작의 도움으로 짓고 있는 건물은 앞으로 네가 연극을 공연할 장소라고 들었어. 아마 그걸 짓는 데는 상당한 돈이 들었겠지?"

"그야 물론……."

"그만한 투자를 한다는 건 그만큼 이익을 볼 자신이 있다는 거잖아."

에그리앙은 차분한 목소리로 극단 노리터에 회계가 필요한 이유를 말했다. 노리터는 다른 여타의 유랑극단에 비해 인원이 많다. 당연히 소모되는 금액도 상당하다.

그것을 지금까지처럼 주먹구구식으로 관리했다간 엉뚱한 낭비가 많아질 것이다.

또 앞으로 벌어들일 돈도 많아질 것이다. 그것은 하루스에서 룬드그란 전기를 공연하며 증명된 일이다.

좀 더 큰 무대에서, 더 많은 관객에게서 돈을 받고 공연을 한다면 상당한 수입이 생길 것이다. 그 역시 제대로 관리를 해야 한다.

에그리앙은 그런 부분을 차분하게 설명했다. 세온은 그 말을 들으며 감히 반론을 내세울 수 없었다. 스스로도 예전부터 생각했던 것이기 때문이다.

"배우들에게 그랬다며. 연기를 하면 정당한 대가를 받는 게 당연하다고. 그러면 그 많은 단원들에게 공평한 임금을 지불하고 관리하려면 한도 끝도 없겠네. 또 자금을 담당하는 일이 아니더라도 내가 합류하면 좋은 점이 많을 거야."

"어떤……."

"어느 누구도 극단 노리터를 무시할 수 없는 거지. 당연하잖아. 누가 정령사가 둘이나 있는 극단을 무시하겠어?"

"그도 그렇군."

결국 세온은 에그리앙의 고집을 꺾을 수 없었다. 세온은 그렇더라도 정령을 실체화시키는 방법을 가르쳐 줄 수 없다고 열심히 설득했다. 에그리앙도 한참을 고민하다 그 부분만큼은 양보하기로 했다.

"좋아. 나도 그걸 배울 수 있으리란 생각은 하지 않았어. 마법사들이 얼마나 폐쇄적인 존재인지 알고 있으니까."

"아니 그러면 왜 아까부터 억지를 쓴 거야?"

"다른 조건을 위해서지. 모든 정령과 이야기가 통한다고 했지? 그러면 앞으로 종종 내가 살라만다와 이야기를 나눌 수 있게 해 줘."

"이야기를 나누게 해 달라고?"

"그래. 네가 살라만다의 말을 나에게 대신 전해 주면 되잖아."

"그러니까 나보고 중간에서 통역을 해 달라는 거야?"

"그런 셈이지."

"알았어. 그 정도는 해 주지. 단 내가 한가할 때만 해 줄 거야."

"좋아."

세온은 에그리앙과 대략 합의를 봤다. 두 사람 모두가 만족한 조건이었다. 그렇게 에그리앙까지 합류한 극단 노리터는 사흘 뒤 켈타이어 상단을 따라 퓨론이라는 도시로 향했다.

상단은 퓨론을 향하는 길에서는 일부러 호위용병을 고용하지 않았다. 아니 그럴 필요성을 느끼지 못했다.

세온과 에그리앙은 말할 것도 없고 류텐만 하더라도 상당한 무력을 가진 사람이다. 그만하면 어지간한 수준의 중소용병단보다 강한 전력을 가진 셈이었다. 가는 길에 정보에 어두운 산적 몇 명이 달려들었지만, 그것은 류텐이 혼자 알아서 다 해결했다.

일부러 오러를 뿜어내며 실력을 발휘할 필요도 없었다. 묵직한 바이올린을 철퇴처럼 휘두르며 한 방에 한 사람씩 바닥에 쓰러뜨렸다.

어찌나 힘이 좋고 몸이 재빠른지 산적들은 대항할 생각도 못하고 팔다리가 부러지며 바닥에 주저앉았다.

"죽은 사람은 없지만 전투를 마친 뒤의 의식을 빼면 안 되겠지?"

뭔가 알 수 없는 말을 중얼거린 류텐은 자신의 무기이자 악기인 강철 바이올린을 들고 연주를 시작했다. 소규모의 산적들이 신음을 하며 일어나지 못하는 가운데 애잔한 음악이 사방으로 퍼져 나갔다.

그 광경을 지켜보던 상인 중 하나가 중얼거렸다.

"류텐이 왜 로맨틱 비스트라 불리는지 알 것 같군."

다른 사람들도 비슷한 생각을 했는지 고개를 끄덕였다.

가는 동안 약간의 에피소드가 있었지만, 일행들 모두 무사히 목적지에 도착할 수 있었다. 세온은 에그리앙과 함께 퓨론을 다스리는 시장을 찾아갔다.

에그리앙은 세온이 생각하는 것보다 명성이 높은 불의 정령사였다. 그녀가 자신을 밝히며 시장을 만나고 싶다고 하자 금방 만날 수 있었다.

세온 역시 4대 정령 모두를 다룰 수 있다고는 하지만, 생각했던 것보다 널리 알려지지는 않았다. 소문에도 불구하고 믿지 않는 이들이 많았던 것이다.

퓨론을 다스리는 사람은 에즈몽 백작이었다. 에즈몽 백작은 천막을 치고 돈까지 받아가며 연극 공연을 한다는 것이 마음에 들지 않는 모양이었다. 가만히 인상을 찌푸리며 에그리앙에게 말했다.

"도저히 이해할 수 없군. 프로슬란 양 같은 인재가 극단 따위나 따라다니다니."

"극단장은 정령사이자 마법사랍니다. 저 정도를 인재라고 하긴 곤란하죠."

"그건 사기꾼들이나 하는 말이다. 내가 정령사나 마법사는 아니지만, 둘 이상을 한꺼번에 다룬다는 것은 평범한 재능으로는 어림도 없지. 하물며 4대 정령 모두를 다룬다고? 인간의 능력으로는 절대 불가능한 일이다."

에즈몽 백작은 세온이 뻔히 듣는 앞에서 들으라는 듯 말했다. 그 말에 세온은 뭐라 대꾸할 말을 찾지 못해 가만히 있었다.

백작의 말을 증명하기 위해 뭔가 다른 일을 할 수도 없는 노릇 아닌가. 변호는 에그리앙이 대신해 주었다.

"마법은 루스칸 아카데미의 학장이신 아르탄 님께서 확인하셨습니다. 4대 정령 모두를 소환하는 건 제가 직접 확인했고요. 그러니 의심하실 필요 없습니다."

"사실인가?"

"의심스럽다면 지금 당장 증명해 드릴 수 있습니다. 세온, 뭐해? 그 잘난 정령실체술을 보여드려."

"정령실체술이라니?"

"정령에게 실체를 부여할 수 있으니까 정령실체술이지."

에그리앙의 작명에 세온은 내심 혀를 찼다.

'이매술이 왜 정령실체술이 된 거지?'

『내 생각엔 꽤 괜찮은 이름 같네. 어쨌거나 지금 정령을 실체화시키는 게 좋겠군.』

'제 생각도 그래요.'

세온은 운성과 대화를 하면서도 정령술을 이용한 이매술을 펼쳤다. 곧 허공에 실프와 살라만다, 운디네가 모습을 나타냈고, 노움은 땅에서 뒷짐을 지고 섰다. 그들의 모습에 백작은 놀라운 듯 기성을 터뜨렸다.

"허어, 놀랍군. 본래 정령은 정령사로서의 재능이 없으면 보이지 않는 것 아니었나?"

"맞습니다. 단장은 4대 정령 모두를 소환할 수 있을 뿐 아니라, 마법을 이용해 실체를 줄 수도 있어요."

"혹시 환상마법 같은 건 아니고?"

"앞에 있는 정령들이 환상이 아니라는 건 정령사로서의 명예를 걸고 보장하죠."

"그저 헛소문이라 생각했는데, 사실이었군. 우리 왕국의 입장에서 보면 큰 인재를 얻었어."

백작의 말에 세온이 앞으로 나서며 가볍게 고개를 숙였다. 정령사나 마법사는 따로 작위가 없어도 준귀족의 대우를 받기 때문에 그 정도 예법으로도 충분했다.

"좋게 봐 주시니 감사합니다."

"아닐세. 하지만 정말 아쉬운 일이군. 자네 같은 인재가 하필 연극 따위에 빠져 있다니……."

백작의 말에 세온은 순간 울컥하는 마음이 들었다.

'이 양반이 아까부터 계속 연극을 우습게 아네. 연극이 뭐가 어때서 그런 거야?'

화가 났지만 운성의 의념이 참으라고 했고, 세온도 그 정도의 이성은 남아 있었다.

"어떻습니까? 저희 극단이 공연을 할 수 있게 허락해 주시겠습니까?"

세온의 질문에 에즈몽 백작은 미간을 찌푸리며 고개를 저었다.

"솔직히 내키지 않는군. 공터를 그런 쓸데없는 일에 써먹고 싶지 않아."

"그렇지만……."

"그 문제는 관료들과 회의를 해서 결정하도록 하겠네. 그러니 자네는 프로슬란 양과 돌아가 쉬도록 하게. 사람을 보내 저녁 식사에 초대하겠네."

백작의 말에 세온은 다시 울컥하는 마음이 들었지만 참고 물러나야 했다. 하루스에서는 켈타이어 남작 혼자 알아서 결정할 수 있는 일이 유독 이곳에서만 회의를 통해야 할 이유는 없었다. 그렇다는 건 연극 공연을 허락하고 싶지 않다는 뜻이기도 했다.

'그래도 정령술사이자 마법사니까 밥 한 끼 먹인 걸로 생색을 내겠다 이거군.'

세온은 기분이 상했지만 그래도 희망을 잃지 않기로 했다. 연예인을 딴따라 취급하는 건 이미 오래전부터 경험했던 일 아닌가. 권력자의 눈 밖에 나서 좋을 일은 없으니 지금은 숙여야 했다.

"알겠습니다."

희망을 가지고 퓨론까지 왔지만 에즈몽 백작의 연극에 대한 편견과 무지에 불안하기만 했다. 백작은 약속대로 사람을 보내 세온과 에그리앙을 저녁식사에 초대했다.

백작은 나름대로 성의 표시를 한 것인지 제법 편안한 마차를 보내줬다. 마차를 타고 백작의 저택에 도착한 이들은 식당으로 안내되었다.

자리에는 백작과 젊고 요염해 보이는 여인이 함께 앉아 있었다. 세온과 에그리앙은 백작에게 인사를 하고 자리에 앉았다.

백작이 말했다.

"인사하게. 내 아내라네."

"반가워요. 에즈몽 부인이라 부르면 됩니다."

백작의 소개에 젊은 여인은 가볍게 고개를 숙이며 인사를 했다. 몸을 숙이며 목을 트는 모습이 묘하게 유혹적인 여인이었다. 세온은 그녀가 타고난 요부 같다는 생각을 하며 인사를 했다.

"아름다우시군요. 극단 노리터의 단장 세온입니다."

"프로슬란 가문의 에그리앙이에요."

백작은 아내를 챙기며 세온과 에그리앙이 정령사라는 말을 해 주었다. 특히 세온의 경우 4대 정령 모두를 소환할 수 있는 대단한 인재라는 말까지 덧붙였다.

식사를 하는 내내 세온은 공연에 대한 말을 하기 위해 틈을 노렸다. 그러나 백작은 그럴 틈을 주지 않았다.

아니, 한 술 더떠 연극은 관두고 나라를 위해 정령술이나 마법을 연구하는 게 어떠냐는 제의까지 했다.

연극은 당연히 필요 없는 것이라 생각하는 사람에게 공연에 관한 이야기를 꺼내는 것은 쉽지 않았다.

세온도 자신의 선택이 극단 생활에 영향을 줄 수 있다는 생각이 아니었다면 자리를 박차고 일어나고 싶을 때가 많았다.

백작은 오랜만에 젊은 인재를 만난 것이 반갑다며 와인 몇 잔을 마시더니 곧 자리에서 일어났다. 백작부인은 남편이 침실로 올라가는 것을 보면서도 그대로 자리에 앉아 있었다.

"미안하군요. 남편은 돈벌이가 되거나 전쟁에서 써먹을 수 있는 게 아니면 인정하지 않아요. 연극뿐 아니라 시나 음악에 대한 이야기를 했어도 마찬가지였을 거예요."

"그렇군요."

세온이 가라앉은 음성으로 말했다. 백작부인의 말대로라면 공연을 할 수 있을 가능성이 희박하다는 말이 아닌가?

그렇더라도 정령사에 대한 예우의 의미로 잠시 공연을 위해 땅을 빌려주는 것도 괜찮지 않겠느냐는 생각이 들었다. 공짜로 빌리는 것도 아니고 정당한 대가를 지불할 테니 도시 재정에도 도움이 되지 않겠는가?

백작부인이 묘한 미소를 지으며 말했다.

"걱정하지 마세요. 제 남편이 공연을 허락하게 하는 방법을 알고 있으니까요."

그 말에 세온은 저도 모르게 자리에서 벌떡 일어나며 외쳤다.

"어떤 방법이죠?"

"간단해요. 제가 부탁하면 되죠. 백작께서는 저를 아주 많이 사랑하시거든요."

 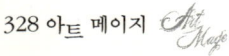

"그, 그렇다면 백작부인께 부탁을 드리겠습니다."

세온이 간절하게 말했다. 당장 무릎이라도 꿇을 기색이었다. 그 광경에 에그리앙이 헛기침을 했다. 그제야 세온은 자신이 무례를 저지르고 있음을 깨닫고 얼른 자리에 앉았다.

"죄……, 죄송합니다."

"아니, 괜찮아요. 사람이 급하면 그럴 수도 있죠. 그렇다면 제 남편을 설득하는 일에 관해 잠시 이야기 좀 나눌까요?"

"예, 그러죠."

세온으로서는 부인의 말을 거절할 이유가 없었다. 에그리앙은 먼저 돌아가겠다며 자리에서 일어났다. 그러자 백작부인이 에그리앙에게 말했다.

"일부러 돌아갈 필요는 없어요. 저희 집에는 남는 방이 많으니까 자고 가도록 해요. 여관보다는 그게 더 편할 거예요."

"그럼 오늘 하루 신세를 지겠습니다."

에그리앙이 공손히 인사를 했다. 백작부인은 시녀를 시켜 에그리앙을 안내하게 했다.

"우리도 잠시 조용한 곳에서 이야기를 나눌까요?"

"그렇게 하겠습니다."

세온은 백작부인의 뒤를 따랐다. 그녀가 말한 조용한 방은 뜻밖에도 침실이었다. 방에는 향수를 뿌린 모양인지 야릇한 향기가 사방으로 퍼져 나갔다.

세온은 하필 서재나 응접실이 아닌 침실로 들어온 것이 당황스러웠다. 괜한 위기감이 들었다. 그 때문에 저도 모르게 운성에게 의념으로 말을 걸었다.

'뭔가 이상한 생각을 하는 건 아니겠죠?'

『설마 그럴 리 있나? 두 사람은 오늘 처음 본 사이가 아닌가.』

'그렇겠죠?'

운성의 말대로 세온은 그럴 리 없다는 생각을 하면서도 묘하게 떨리는 것을 느꼈다. 백작부인은 침대에 앉으며 말했다.

"앉을 곳이라곤 침대밖에 없네요. 이쪽으로 와서 앉으세요."

"아니, 괜찮습니다. 저는 이게 편합니다."

"제가 불편해서 그래요. 이쪽으로 오세요."

"그…… 그럼 그렇게 하겠습니다."

백작부인의 요청에 세온은 마지못해 곁에 앉았다. 그러자 백작부인은 가느다란 손가락으로 세온의 어깨를 만졌다.

"정령사면서 마법사라고 해서 허약한 샌님일 줄 알았는데, 어깨가 단단하네요. 어디 보자. 어머나, 가슴도 이렇게 탄탄하시네요. 어쩌면 세상에. 정령사는 몰라도 마법사들은 마법을 연구하느라 허약한 사람들뿐이던데. 참 대단하네요."

백작부인의 행동에 세온의 뇌리에 위기감이 닥쳤다. 세온이 세상 물정 모르는 철부지가 아닌 한 백작부인의 의도를 모를 리 있을까? 지금 백작부인은 자신을 유혹하고 있었다. 세온이 점잖게 말했다.

"이러시면 곤란합니다."

"뭐가 곤란하죠?"

"부인께서는 장난이겠지만 다른 사람이 본다면 오해할 수 있습니다."

세온의 말에 백작부인이 아름답게 웃었다. 그녀는 하얀 팔을 세온의 어깨에 둘렀다. 묘한 향기가 후각을 자극했다. 세온이 다시 말했다.

"자꾸 이러시면 곤란합니다. 백작님도 계시지 않습니까?"

"그게 어때서요?"

"남편이 있으면서 남자를 유혹하는 것처럼 오해받을 상황을 만드시면 문제 아닌가요."

"오해가 아니에요. 난 지금 당신을 유혹하는 거랍니다. 걱정할 필요 없어요. 남편은 한번 잠들면 아침까지 일어날 줄 모르니까. 그러니 저와 새벽까지 함께 있어도 아무도 모를 거예요."

"……!"

"보셔서 알겠지만 남편과 저는 나이 차이가 많아요. 좋은 사람이지만 그것만으로 여자를 만족시킬 수는 없죠. 저를 제대로 안아주지도 못하는 남편 때문에 저는 항상 외롭답니다."

백작부인의 노골적인 유혹이었다. 세온은 한숨부터 내쉬었다. 남자로서 매력적인 여인이 먼저 유혹하는데 끌리지 않을 리 없었다.

눈 딱 감고 백작부인을 안으면 공연 허가도 나오게 될 테니 나쁘지 않겠지만…….

"그럴 수 없습니다."

"제가 아름답지 않나요?"

"아니요. 백작부인은 아름다운 분입니다. 솔직히 지금 부인을 거절하는 것도 쉽지 않군요."

"굳이 유혹을 뿌리칠 이유는 없어요. 당신은 나를 한 번 안 아주면 그뿐이죠. 왜요? 내가 사랑이니 뭐니 하면서 귀찮게 굴 것 같은가요?"

"죄송합니다."

세온이 거듭 사과했다. 백작부인의 매혹적인 몸매가 눈앞에 있었다. 당장이라도 젖가슴을 움켜쥐고 싶었다. 그러나 참았다. 작은 유혹에 넘어갔다가 신세 망치는 연예인을 한두 번 본 것이 아니었다.

앞으로도 오랫동안 극단을 이끌며 인기를 유지하고 싶다면 철저한 자기 관리를 해야 한다.

어디서든 꼬투리 잡힐 일은 만들지 말아야 한다. 한국에서도 순간적인 충동을 이기지 못했다가 곤란을 겪은 적도 있었다. 그 일을 다시 되풀이할 수는 없었다.

백작부인이 굳은 얼굴로 말했다.

"아까 제가 한 말이 기억나지 않나요? 공연을 하려면 내 도움이 필요할 텐데……."

"그렇다고 남편 있는 여자를 안을 수는 없습니다."

"당신은 여자를 안는 게 아니에요. 이건 거래예요. 당신은 공연 허가가 필요하고 나는 건강한 남자가 필요하죠. 그러니 오늘 밤 나를 위해 봉사해 줘요. 나는 연극 공연을 할 수 있게 해 주겠어요."

그녀의 말에 세온은 잠시 망설였다. 지금 당장 공연을 하지 못하면 극장이 완공되기 전에 돈이 떨어질 것이 뻔했다.

'잘못하면 단원들에게 좋지 않은 일을 시켜야 할지도 모르는데…….'

백작부인은 충분히 매력적인 여인이었다. 세온보다 나이는 많지만 얼핏 보기에도 요부로서의 기질을 가지고 있었다. 아마 모르긴 해도 백작부인뿐 아니라 세온에게도 만족스러운 밤이 될 것 같았다.

고민하는 기색을 느낀 백작부인은 두 팔을 벌려 안을 준비를 했다. 세온도 모르는 척 부인을 안으려 했다. 바로 그때 운성의 의념이 뇌리를 울렸다.

『옳지 않네. 앞으로도 어려운 일이 많을 텐데, 이런 유혹에 쉽게 흔들리면 어찌되겠나?』

'그…… 그렇군요.'

운성의 의념을 듣고 나서야 다시 마음을 가다듬었다. 연예인들은 마음만 먹으면 얼마든지 성적 쾌락을 누리며 살 수 있다. 당장 자신만 하더라도 애 낳을 기세로 달려드는 여고생들이 한둘이 아니었다.

　그건 다른 연예인들도 마찬가지다. 제법 인기를 누리는 연예인이 이성을 유혹하면 의외로 많은 이들이 넘어간다. 실제 그런 난잡한 성생활을 즐겨온 이들도 제법 있었다. 그리고 그들은 좋지 않은 스캔들로 인해 재능을 꽃피우지 못한 채 묻히고 말았다.

　이곳에서도 마찬가지일 것 같았다. 아무리 대단한 재능과 스타성을 가지고 있어도 자기 관리에 실패하면 더 성장하지 못할 것이다.

　세상에 영원한 비밀이란 존재하지 않는다. 정치적인 영향력이 강한 에즈몽 백작이 알게 된다면 암울한 미래가 펼쳐질 것이다.

　'그래, 지금 힘들다고 유혹에 넘어갈 수 없어. 내일이라도 당장 백작에게 부탁을 해 보는 거야. 그것도 안 되면 하루스로 돌아가서 남작에게 조금만 더 자금 지원을 받자.'

　마음을 정한 세온은 정중하게 허리를 숙이며 말했다.

　"죄송합니다, 백작부인. 아무래도 저는 안 될 것 같습니다."

　세온이 달려들 것이라 생각하던 백작부인은 힘껏 벌린 팔을 내리며 말했다.

　"후회할 거예요."

　"그럴 지도 모르죠. 백작님께 말씀 드리는 건 제가 하겠습니다. 거듭 사과드리겠습니다."

"아니, 당신은 원하는 걸 얻지 못할 거예요. 내가 방해할 테니까. 마음을 바꾸세요. 지금이라도 늦지 않았어요."

그 말에 세온은 잠시 흔들렸지만, 마음을 다잡으며 말했다.

"설령 그렇게 되더라도 할 수 없는 일이죠. 죄송합니다."

결국 세온은 백작부인에게 공손히 고개를 숙이고는 문을 열고 나가 버렸다. 세온의 귀로 백작부인의 목소리가 들렸다.

"감히 내 자존심을 건드리다니. 각오하는 게 좋아요."

그러나 세온은 아무런 대꾸도 하지 않았다. 서둘러 방을 빠져 나가면서도 여전히 갈등하고 있었기 때문이다.

'그냥 할까?'

〈2권에서 계속〉

방수윤 신무협 소설

허부대공

虛夫大公

ORIENTAL FANTASY STORY & ADVENTURE

장르문학 최대 사이트 문피아(MUNPIA)의
독자들을 단숨에 사로잡은
『천하대란』, 『용검전기』, 『무도』의 작가
방수윤의 2007년 최고의 고감도 무협!

이제 허부대공에 의해 구주 무림의 역사가 다시 쓰여진다!

득시공검자지불멸(得時空劍者之不滅)!
시공검을 얻는 자 불멸하리라!

dream books
드림북스

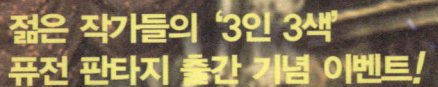

젊은 작가들의 '3인 3색'
퓨전 판타지 출간 기념 이벤트!

제 1 탄!
『미토스』, 『하이로드』의 베스트 작가!
기발한 상상력의 극치를 보여주는
아티스트 기천검.

2008년, 뮤우 대륙에 문화
대혁명을 선포한다!

Hut Mage 아트 메이지

제2탄, 박정수 작가의 『흑마법사 무림에 가다』(6월 출간 예정)
제3탄, 박성호 작가의 『이지스』(6월 출간 예정)

250만원 상당의 사은품 증정!!

LG, R10.AXE811
- 인텔 코어2듀오 E8200
- RAM:2GB/500GB
- LCD 22인치 Wide

LG, R200-TP83K
- 인텔 코어2듀오 T8300
- RAM:2048MB/200GB
- LCD 12.1인치

캐논, EOS40DFULL
- 1010만화소(1.05"CMOS)
- LCD/DSLR/1:1.6(35mm기준)
- 셔터(1/8000)/연사(초당 6.5장)

컴퓨터 or 노트북 or 디지털 카메라 중 택1

EVENT ONE

이벤트를 진행하는 3종의 책을 '모두 구입하신 분들 중' 추첨을 통해 사은품을 드립니다.

[사은품]
1명 : 〈최신형 컴퓨터 or 노트북 or 디지털 카메라〉 중 택 1 + 3종의 3권(작가 친필사인)
('EVENT ONE에 참여하신 분들 중 30명'에게 작가 친필사인이 들어 있는 3종 3권을 드립니다.)

[응모요령]
1,2권 띠지에 부착된 응모권 6개를 오려 드림북스로 보내주세요.

EVENT TWO

이벤트를 진행하는 3종의 책을 '개별적으로 구입하신 분들 중' 추첨을 통해 사은품을 드립니다.

[사은품]
3명 : 백화점 상품권(10만원) + 구입한 도서의 3권(작가 친필사인)
(『아트 메이지』(1명), 『흑마법사 무림에 가다』(1명), 『이지스』(1명))

[응모요령]
1,2권 띠지에 부착된 응모권 2개를 오려 드림북스로 보내주세요.

EVENT THREE

책을 읽고 감상평을 올리시는 분들 중 11명을 추첨하여 사은품을 드립니다.

[사은품]
서평 으뜸상(1명) : 전자사전 + 서평을 쓴 도서의 3권(작가 친필사인)
서평 우수상(10명) : 문화상품권(1만원)
                  + 서평을 쓴 도서의 3권(작가 친필사인)

[응모요령]
이벤트 진행 도서들 중 하나를 읽고 인터넷 서점(YES24) 리뷰란에 감상평을 올려주시고,
그 내용을 복사하여(이메일, 아이디 기재) 한 번 더 '드림북스 홈페이지 감상란'에 올려주세요.

[보내주실 곳] (우)142-815 서울시 강북구 미아8동 322-10
             (주)삼양출판사 2층 드림북스 이벤트 담당자 앞

[이벤트 기간] 2008년 6월 13일~2008년 7월 30일

[당첨자 발표] 2008년 8월 13일(당사 홈페이지 및 장르문학 전문 사이트에 발표합니다.)

드림북스 홈페이지 http://www.sydreambooks.com
드림북스 블로그 http://www.blog.naver.com/dream_books
문피아 사이트 http://www.munpia.com/출판사 소식/드림북스
조아라 사이트 http://www.joara.com/출판사 소식

※ 응모권을 보내주실 때는 '이름, 연락처, 주소'를 정확히 기입해 주세요.
※ 사은품은 이벤트 진행도서 3종 3권의 책이 모두 출간된 직후 일괄 배송합니다.
※ 사은품은 상기 이미지와 다를 수 있습니다.

FANTASY STORY & ADVENTURE

Bahamoont the Blood

흡혈왕 바하문트

쥬논 판타지 장편 소설

판타지의 연금술사 쥬논!
『앙신의 강림』, 『천마선』, 『규토대제』
그 화려했던 시대가 저물고, 새로운 신화로 돌아왔다!

붉은 땅, 고대 흉왕의 무덤에서 권능을 얻은 바하문트.
악마의 병기 플루토의 절대 지배자!

이제 모든 질서를 파괴하는 피의 전쟁을 선포한다!

dream
books
드림북스